Le Pere Goriot

高老头

[法] 巴尔扎克◎著　杨风帆◎译

天津出版传媒集团
天津人民出版社

图书在版编目（CIP）数据

高老头 / (法) 巴尔扎克著；杨风帆译. -- 天津：天津人民出版社, 2016.9（2019.6重印）
ISBN 978-7-201-10800-1

I. ①高… II. ①巴… ②杨… III. ①长篇小说—法国—近代 IV. ①I565.44

中国版本图书馆CIP数据核字（2016）第220490号

高老头
GAO LAO TOU

出　　版　天津人民出版社
出 版 人　黄　沛
地　　址　天津市和平区西康路35号康岳大厦
邮政编码　300051
邮购电话　（022）23332469
网　　址　http: //www.tjrmcbs.com
电子信箱　tjrmcbs@126.com
责任编辑　刘子伯
印　　刷　北京欣睿虹彩印刷有限公司
经　　销　新华书店
开　　本　880×1230毫米　1/32
印　　张　8
插　　页　8
字　　数　256千字
版次印次　2016年9月第1版　2019年6月第4次印刷
定　　价　27.80元

It leaped upon the sideboard, sniffed at the milk in many pots each covered with a saucer, and purred his morning greeting to the world.

(P6)

On this Mme. Vauquer saw to her table, lighted a fire daily in the sitting-room for nearly six months, and kept the promise of her prospectus, even going to some expense to do so. （P16）

Young Count sitting on the bench near the fireplace, took the tongs and stired up the firewood disorderly, manners were very brutal and very irritable, which made Anastasia's beautiful face ugly right away.

(P50)

"What's the matter?" Vautrin replied. And put on his wide-brimmed hat, then picked up the iron cane. (P84)

The old man lay on the broken bed, covered with a thin quilt.

(P109)

The old man wiped his tears. (P147)

The pathetic widow didn't go on, leaning on the back of the chair with hands together. (P187)

Eugene held up the old man with his left arm with a cup of herb tea in the other hand, saying, "Drink it!" (P231)

前言

69岁的高老头，是法国大革命时期起家的面粉商人，中年丧妻，他把自己所有的爱都倾注在两个女儿身上。费尽心思让她们挤进了上流社会，让大女儿嫁给了雷斯多伯爵，做了贵妇人；小女儿嫁给银行家纽沁根，当了金融资产阶级阔太太。女婿竟把他赶出家门。高老头又卖了店铺，将钱全部给了两个女儿，自己便搬进了伏盖公寓，住最低等的房间，受到大家的嘲笑。大家把他当作“恶癖、无耻、低能所产生的最神秘的人物”。

伏盖公寓里住着各种各样的人：有穷大学生拉斯蒂涅；外号叫“鬼上当”的伏脱冷；被大银行家赶出家门的泰伊番小姐；骨瘦如柴的老处女米旭诺等。每逢开饭的时候，客店的饭厅就特别热闹，因为大家可以在一起取笑高老头。

后来，高老头又为拉斯蒂涅与女儿购买小楼，供他们幽会。一天，纽沁根太太来找高老头，说明她丈夫同意让她和拉斯蒂涅来往，但她不能向他要回陪嫁钱，高老头要女儿不要接受这条件，“钱是性命，有了钱就有了一切”。这时，雷斯多夫人也来了。她哭着要父亲给她12000法郎去救她的情夫。两个女儿吵起嘴来，高老头爱莫能助，他急得晕了过去，患了初期脑溢血症。

在他患病期间，小女儿没来看他一次。大女儿来过一次，但不是来看父亲的病的，而是要父亲给她支付欠裁缝1000法郎的定钱。高老头被逼得付出了最后一文钱，致使中风症发作。

可怜的高老头快断气了，他还盼望着两个女儿能来见他一面。拉斯蒂涅差人去请他的两个女儿，两个女儿都推三阻四不来。老人每只眼中冒出一滴眼泪，滚在鲜红的眼皮边上，他长叹一声，说：“唉，爱了一辈子的女儿，到头来反被女儿遗弃！”

最后只有拉斯蒂涅张罗着高老头的丧事，两个女儿女婿只派了两驾空车跟在灵柩后面。棺木是由一个大学生向医院廉价买来的，送葬费是由拉斯蒂涅卖掉金表支付的。他目睹这一幕幕悲剧，随着高老头的埋葬也埋葬了自己最后一滴同情的眼泪，他决心向社会挑战，“现在咱们俩来拼一拼吧！”随后，他来到纽沁根太太身边与她共进晚餐。

目录 Contents

伏盖公寓

有个老妇人，她的夫家姓伏盖，娘家姓龚弗冷，在巴黎，她开了一所还包客人饭菜的公寓，已经过了四十个年头了。这所公寓位于拉丁区与圣·玛梭城关之间的圣·日内维新街上，人人称之为伏盖家。这所寄宿所接纳一切男女老少，从来没有发生过有伤风化之事，没有招惹过丝毫的流言蜚语。然而，在三十个年头里，不曾有过少女们来此住宿，而且除非家庭给予极少极少的生活费，才能让一个年轻男士来此住宿。尽管可以这么说，一八一九年，当这幕悲剧拉开序幕时，倒也真的有一位可怜的女孩子住在这儿。尽管在敏感忧愁，对苦难赞叹不已的文学中，悲剧这个词已经泛滥成灾了，而且歪曲了它的本意，结果没有人相信，但是这里必须用这个字眼，并不是说在真正的意思上，这个故事有什么戏剧意味，但是在这部书写好以后，无论是在京城里还是在京城外，说不定有人会流几滴泪水。在巴黎城外，是否依旧有人理解这本书，倒也实在是个问号。本书里写有许多考证和本地的风景，唯独居住在蒙玛脱岗和蒙罗越高地的人可以理解。这个盆地非常出名，墙壁上的石灰总是不停地往下掉，黑乎乎的泥浆溢满了阴沟，处处都是真正的苦难，又是那么忙乱不堪，不知怎样重要的事情才能在这里产生轰动效应。但是也有一些零零碎碎的痛苦，由于罪恶和德行混合在一起，因此变得崇高而且庄严，使专门利己者寻思一下，产生了一点点怜悯之心。然而他们的感想只是出现在那一瞬间，如同匆忙咽下的一粒美味的果子。文明犹如一辆大车，和印度的神车没有什么区别，与一颗不易碎裂的心撞在一起，只是稍稍停留一下，立刻压碎了它，继续大张旗鼓地前行。你们读者可能也是这样，用洁白的双手拿着这本书，坐在软乎乎的安乐椅子里，心想：说不定这本小说可以使我消磨一下时光，当把这本高老头的秘密的痛苦史阅读完毕之后，你依然有极好的胃口，香香地吃晚饭，让作者为你的不动声色负责，认为作者夸大其词，过于渲染。却不知这幕悲剧既不是作者凭空写作的，也不是小说。全部都是真实的事情，以至于人人都能在自己身上或心灵深处找到悲剧中的要素。

公寓的房子是伏盖太太的财产，位于圣·日内维新街的下段，恰好就是一个斜坡向弩箭街低凹下去的地方。这条斜坡比较陡，很少有马匹爬上爬下，所以夹在华·特·葛拉斯军医院和先贤们之间的那个窄小的街道上十分寂静。两座高大的建筑物投下一片发黄的色彩，使四周的气息都为此发生了改变，窟窿显得阴沉而且庄严，使一切都显得毫无光彩。街上的石板干干的，阴沟里既没有污泥，也没有水，靠近墙根的地方杂草丛生。每当到了这个地方，即使是最存不住心思的人也会像一切打这儿路过的行人一般，无缘无故地忧愁起来。在这儿，一辆车子发出的声音几乎是一件天大的事情。屋子里死一样寂静，墙壁都散发着监狱的味道。在这一带，一个认不出路的巴黎人看到的只是一些公寓或者私塾，困苦或者忧愁的奄奄一息的老人或者想享乐因而被迫用功的小伙子。这是巴黎城里最丑陋、世人皆知的地方。尤其是圣·日内维新街，犹如一个古铜框子，与这个故事是最适合的了。为了让读者能够了解，即使是努力用暗黑的色彩和苦闷的描述也算不上过分，就像游人游览初期基督徒墓窟时，走下一级又一级的石梯，光线随之变得黯淡起来，向导的嗓音也变得越来越空无一物了。这个比喻真的十分贴切。又有谁能说，干枯的心田和空空如也的骷髅，到底哪一种看上去更令人恐怖呢？

公寓的侧面与街道相邻，前面则是小花园，房屋与圣·日内维新街呈垂直状。一条中间微微凸起的小石子路隔开了屋子的正面和小园。路的宽度约为两公尺。一条与之平行的砂子铺就的小径位于它的前方，路的两旁长有风吕草，夹竹桃以及石榴树，都栽种在蓝白色的大陶盆之中。小路与街道相邻的一头有一扇小门，门上钉有一块招牌，上面写着伏盖宿舍四个字。下面还有一行字，即本店兼包客饭，一切宾客，欢迎前来住宿。靠近街道的栅门上安装有一个门铃，铃声极其尖锐。白天，你通过栅门向外面张望，则可以看见小路另一端的墙上，画有一个神龛，是模仿青色的大理石而化就的，也许这是本区的画家的作品。神龛之中，还画有一个爱神的肖像：全身都是斑斓的釉彩，在把什么都想看出点意义的欣赏家的眼中，这也许是爱情病的记号。在不远的街坊上，这种病可以得到治疗。神像底座上写有字迹模糊的铭文，使人回想起雕像的年代，回想起一七七七年，服尔德回到了巴黎，备受欢迎的年代。两句铭文如下：

> 不管你是什么人，她总是你的师傅，
> 如今是，昔日是，或者将来也是如此。

夜幕快要降临了，栅门被换上了板门。小园的宽度与屋子正面的长度正如相同。在园子的两边是与街道相邻的墙壁和与邻居家作分界线用的墙壁。这座界墙被整片的常春藤遮得严严实实，在巴黎城中，这显得十分清静，也很吸引人们的视线。每一处的墙壁上都钉有果树和葡萄藤，每年上面结满了小小的布满了灰尘的果子，伏盖太太年年为此发愁，这也成了房客们的谈资。各有一条狭窄的小径顺着侧面的两堵墙向前延伸。小径的尽头便是一片菩提树荫凉地。尽管伏盖太太出身于龚弗冷，老是把菩提树三个字念走了音，房客们常用文法来帮她纠正发音，却是白费劲了。两条小径中间是一大块方地，上面种有朝鲜蓟，它的两边是果树，被修剪成圆锥形，四周则是莴苣、旱芹和酸菜。菩提树荫下，摆放着一张绿漆圆桌，桌边有几个凳子，每当大热天来临时，一些能喝得起咖啡的人，尽管天气炎热得可以孵小鸡了，他们依旧前来此地喝咖啡。

四层楼以上加有小阁楼的房子都是用粗沙石建成的，那种黄色几乎让巴黎城里所有的房子都显得丑陋不堪。每一层楼上都开有五扇窗户，安装着一小块一小块的玻璃，撑起用细木条子做成的遮阳，遮阳高低不一。房子的侧面是两扇窗户，楼下的两扇窗上安装有铁栅和铁丝网。一个院子在正屋的后面，宽度为二十尺，院子中养有猪、鸭、兔子，它们和睦相处，院子里还有一所棚子，以作堆放木柴之用。一口凉橱悬挂在棚子和厨房的后窗之间，清洗碗碟后的污水从它的下面流了出来。靠近圣·日内维新街的地方开有一扇小门，为了防止瘟疫的发生，厨娘们必须洗刷院子时，就通过这扇门，把垃圾扫到了街道上。

房子本来是准备用来做公寓的，最下面的一层开有两扇临街的窗户，可以采聚光线。一扇落地长窗通向园子。客厅的侧面与饭厅相通。楼梯通遭则位于饭厅和厨房中间，楼梯上的踏梯乃是用木板和彩色的地砖拼成的，纵眼观看，客室中的状况尽收眼底，没有比这更悲凉的了：屋子摆放着几张沙发和几把椅子，用带有一条条时而昏暗时而闪光的纹缕的马鬃布包着，正中间是一张黑底白纹的云石面圆桌，一套白瓷小酒杯摆放在桌子上，已有一半的金线掉下来了，如今，这种酒杯随处可见，房间里的地板很糟糕，四周的护壁板只有半人高，其他的部位上粘着浸过油的花花绿绿的纸，上面画有《丹兰玛葛》中的主要的几幕，一些很有名的人物的身上都涂有五彩缤纷的颜色。在位于两扇安装有铁丝网的窗户之间的墙壁上的画面是加里泼梭设置、准备款待于里斯的儿子的丰盛的宴席。四十个年头过去了，这幅画始终是年轻的房客们谈笑的缘由，取笑他们由于贫穷而不得不凑合着吃的饭菜，以表明自己的地位远远高于处境。用石头砌成的壁炉架上放有两瓶旧纸花，被玻璃罩盖着。一座俗气的云石摆钟摆放在纸花的中间，颜色有些蓝又算不上蓝。壁炉的内部非常洁净，由此可见，除非有重要的事情发生，否则这里是不生炉子的。

这间房里散发一种难以言明的味道，我们应该称之为公寓气味。这种气味是闭塞的、腐烂的、发酸的，让人浑身发冷，人呼吸了后，觉得鼻子里十分潮湿，钻入了衣服之中，这是刚刚用罢餐的饭厅里发出的味道，酒菜的碗碟散发出的味道，以及救济院中的那种气味。所有的房客们身上的气味，与他们感冒的气味混合而成的让人恶心的东西，如果对此分析一下的话，可能还能描述这种气味。不过，话也得说回来，尽管这间客厅令人作呕，但是与邻壁的饭厅相比，你还会认为客厅还是比较体面的，散发着香味的，如同太太们的上房一般呢！

饭厅里全部安装了护壁，已经难以辨别油漆的颜色了，只有一块块的油迹画出了一些稀奇古怪的样子，饭厅里摆有几口食器柜，都有点黏糊糊的，颜色暗淡的破水瓶放在上面，还有雕刻有花纹的金属垫子，数堆出自都奈窑的镶着蓝边的厚瓷盆。一口小橱放在屋子的一个角落里，被分成许多格子，每一格子上都标有号码，客人们那污秽不堪的饭巾一般都存放在这里。这里摆有许许多多的难以销毁的家具，由于没地方放了，只得将它们扔在这儿，与那些留在痼疾救济院中的文明的残渣没有什么两样。在这里，你会发现一个晴雨表，每当天空下雨时，晴雨表上就会出现一个教士，还有许多让人恶心的版画，四周镶有涂有黑漆，描有金线的画框，一口镶铜的贝壳座钟，一只绿色的火炉，几盏灰尘与油混合在一起的挂灯；一张长桌，上面铺有漆布，油腻腻的，甚至淘气的实习医生都可以用手指在上面把自己的姓名刻下来。还有几张缺腿少臂的椅子，几块可怜兮兮的小脚毯，草辫总是散开了，却一直没有与之分离，还有一些破破烂烂的脚炉，洞眼都破碎了，铰链也是七零八落的，木座子黑乎乎的，如同炭头一般。这些家具陈旧不堪，破碎了、腐烂了、摇晃不已、被虫蛀了、残缺不全，脆弱不堪，奄奄一息了，如果细细地描述一番的话，肯定会写得很长很长，影响读者对这本书的兴趣，恐怕不是急性子的人所能谅解的。地砖呈红色，由于擦洗和上色的缘故，地砖上画满了高低不平的沟槽，反正，这里是一片毫无诗情画意的穷困，那种斤斤计较，浓缩的，破烂不堪的穷困，即便这儿没有泥浆，却也污迹斑斑，即便这儿没有小洞，还没有破烂，却即将崩溃了，腐烂了，变成破烂了。

这间房子最辉煌的时间便是大约早晨七点，没等主人来到，伏盖太太的猫就已经出现了。它跃上了食器柜，嗅了嗅许多罐盖有碟子的牛奶，开始做早课了，发出呼啊呼啊的声音。过了片刻，寡妇来了，她戴着用网纱做成的便帽，一圈凌乱的假发从帽子下露了出来，她一副懒洋洋的样子，拖着怪模怪样的软鞋。她的脸色憔悴不堪，而且脸庞十分肥胖，一个如鹦鹉的嘴巴一般的鼻子耸在脸的正中央，她的小手胖乎乎的，身材也很肥胖，如同教堂里的老鼠一般，她还长着丰满的乳房，摇摆不定，高高耸起，所有的一切都和这寒碜不堪而暗藏着冒险家的饭厅显得十分和谐。她呼吸着屋里暖洋洋的臭味，丝毫不感到心里难受。她的面容如同秋天初降的霜一般清新，眼睛的四周满是皱纹，她的神情可以从舞女的笑容满面而变成债主的双眉倒立，脸色阴沉。总而言之，公寓的内容可以从她的品格上体现出来，就像公寓能够对她的品格做出暗示一样。牢狱里不可缺少牢头禁卒，在你的想象中也不能顾此失彼。这个妇人身体肥胖，不带有一丝的血色，这便是这种生活所造成的，如同传染病是医院里的味道的产物一般。用毛线编织而成的衬裙从罩裙下露了出来，而那罩裙是用陈旧的衣衫改做而成的，裂开的布缝中钻出缕缕棉絮。客厅、饭厅以及小同的缩影便是这些衣衫，与此同时，厨房中的内容和房客的品格也从中泄露出来了。她刚刚出现，就构成了一个完整的舞台。五十上下的伏盖太太与所有经历过苦难的女人没有什么不同之处。她的眼睛里总是毫无光彩，一副假惺惺的样子，如同一个佯装发火以敲诈一番的媒婆一般。而且她也有意用一切手段来沾别人的便宜。如果世界还有什么乔治[①]或者毕希葛吕[②]的话，她是绝对要出卖他们的。房客们却认为她在本质上是个好人，他们听到她也咳嗽，呻吟，和他们一样，因此便相信她真的很贫穷。以前的伏盖先生人品如何，她只字不提。他是如何抛弃了家中的产业的呢？对此她的回答是倒霉。他对她的态度很坏，只给她留

① 乔治：法国大革命时代人物，以阴谋推翻拿破仑而被处死刑。

② 希葛吕：同上。

下一双流泪的眼睛，一所暂且度日的房子。还给予了她一种毫不怜悯别人的苦难的权利，因为她说过，她受尽了人间的苦难。

每当女主人那匆匆的脚步声传入耳中时，身材肥胖的厨娘西尔维连忙准备房客们的午饭。寄饭的客人一般只包一顿晚饭，每月交三十法郎。

这个故事刚刚开始的时候，一共有七位房客寄宿在这里。这一整套房里最好的两套房间位于二楼，小的一套是伏盖太太的居所。古的太太则住在另一套房中。在共和政府统治时期，她那已故的丈夫曾任过军需官一职。一位妙龄少女和她共住。维多莉·泰伊番小姐视古的太太为亲生母亲一般。这两位女客人的膳宿费每年总计一千八百法郎。一位姓波阿莱的老者和另一位伏脱冷先生住在三层楼上的两套房间里。后者四十岁左右，头戴假发，鬓角染黑了，他自称为退休的商人。四楼上有四个房间，一间住着老处女米旭诺小姐，另一间则住着高老头，这是大家对他的称呼，过去，他经营面条和淀粉生意。剩下的两间房是准备租给候鸟[①]的。高老头和米旭诺小姐一样，每月只能支付四十五法郎的两手空空的学生，然而伏盖太太除非不得已而为之，否则，这种人她是不愿意招收的。因为他们要吃许许多多的面包。

在那时候，一位小伙子住了其中的一间房。他来自安古兰末乡下，来巴黎攻读法律，他叫欧也纳·特·拉斯蒂涅。他在人口稠密的家乡节衣缩食，好不容易才攒出一点钱，可以支付他每年的生活费一千二百法郎。他属于那种由于家境贫寒，因此不得不努力学习的年轻人。从儿时起就理解父母的殷切希望，自己在那儿设计美好的前途，思索学业的影响，让学业与社会将来的动向相调和，以便先人一步，从社会中获得自己想要的东西。如果缺少他那有意思的观察，缺少他在巴黎的交际场中善于钻营的本领，我们的这则故事就没有真实的色彩了。毫无疑问，故事的这点真实性可以彻底地归功于他那思维敏捷的头脑，归功于他具有一种欲望，意欲探听一桩

① 候鸟：指知道时期的过路客人。此语为作者以动物比人。

悲惨的事情的秘密。而这幕悲剧的制造者和遭受者都对此十分忌讳，只字不提。

四楼的楼顶上有一间阁楼，是用来晾衣服的，做粗活的男仆克利斯朵夫和身材肥胖的厨娘西尔维的卧室也在此处。

除了七位寄宿的房客外，无论是在淡季或者旺季，伏盖太太总计可以为八位法科或者医科的大学生、两三位住在附近的熟人包顿晚餐。饭厅一般可以容纳一二十人，用晚餐时，一共有十八个人在座，而只有七位房客用午餐，大家围坐一桌，倒挺有家庭氛围的，每位房客都是拖着软鞋下楼，肆意议论包饭的客人的衣着打扮，面部表情，昨日的故事。这七位房客似乎是伏盖太太极其宠爱的小孩，她以膳宿费的数目为依据，对每个人定下照料和尊敬的标准，如同天文学家一般，十分准确。在这批萍水相逢的人们的心中，他们对未来的安排都是相同的。住在三楼的两位房客每月只需支付七十二法郎。只有在圣·玛赛城关，在产科医院和流民习艺所之间的地段，才能找到如此贱的房钱。（唯独古的太太的房钱与众不同），而这一点也就说明了无论是在暗里还是明里，贫穷都在压迫着这些房客们。于是在房客们那褴褛的衣衫上，依然体现了这座房子里的悲惨的情形。男人们身上的大褂颜色难辨，如同高级住宅区的住户们弃在街上的靴子，即将被穿破的衬衣，名义上存在而实际上并不存在的衣服。女人们的衣服颜色暗淡而且陈旧不堪，被染过色却又褪了，她们戴的手套上衬着陈旧的花边，而且都有点发亮了，另外她们围的围巾总是黄不拉几的，而且经线和纬线都散开了，尽管他们穿着这样的衣服，然而每个人都长得身强力壮，抵挡着人世间的风风雨雨、他们的脸冷若冰霜，而且凶巴巴的，如同陈旧的已退出了流通领域的银币一样模模糊糊的、干瘪瘪的嘴巴里长着一副极其尖利的牙齿，当你看见他们时，你就会理解那些已经上演了的和正在上演的戏剧——这并不是在脚灯和布景的前面上演的，而是一些鲜活的，或者悄无声息的，冷冰冰的，把人们的心里搅得热火朝天的，连绵不断的戏剧。

老处女米旭诺，双眼疲惫不堪，上面戴着一个油乎乎的用绿绸做成的眼罩，脑袋上还扣着铜丝，即使怜悯之神见了，也会惊诧不已的。身上也是瘦骨嶙峋的，如同一个骨架子一般。披肩上的穗子也七零八落的，如同泪水一般，似乎是披在一副枯骨上一般。昔日她肯定也曾经美丽迷人，如今又怎么变得如此形销骨立呢？是为了荒唐事吗？是遇到了使她悲伤的事情吗？是过分的贪婪吗？是否是过分地谈情说爱了？是否经营过花粉生意？还是仅仅是位妓女呢？她是否是由于年少时奢侈挥霍，因而年老时遭受到了过往行人对其侧目的报应？她的双眼苍白，让人浑身发冷，干瘪的脸上显得有点凶巴巴的。嗓音尖利异常，如同冬天即将来临时丛林中的蝉鸣。她自己说她曾经照料过一位患有膀胱炎的老者，儿女们以为他身无分文，将其弃之门外，老者送给了她一份一千法郎的终身年金，直至如今，他的承继人经常因此和她争吵，诽谤她。尽管由于情欲的摧残，她的面容很惨，然而在她的肌肤上，还留有一些白净和细腻的痕迹，由此可见，她还保有一点点剩下的美丽。

波阿莱先生几乎是架机器。他在植物园中的小径上行走时犹如一个灰不溜秋的影子，头上戴着软软的陈旧的鸭舌帽，没精打采地拄着一根拐杖，用象牙做成的柄的颜色已经变成了黄色；褪了色的大褂子都没法遮住肥大的扎脚裤、衣摆一会被扯过来了，一会又被扯过去了，脚上穿着蓝色的袜子，两条腿摇摆不定，如同醉汉一般，上身露出了脏兮兮的白背心，粗纱织成的颈围犹如枯草一般，火鸡式的脖子上系着看上去很不舒服的领带，二者凌乱地纠缠在一起。看见他那个样子，大家心里都在寻思，这个幽灵是否和在意大利的街上逛来逛去的闲哥们一样，是那种泼辣而肆无忌惮的白种民族？是什么样的工作使他变得如此干瘪萎缩？是什么样的情欲使他那满是疙瘩的脸变成了黑乎乎的猪肝色？若把这张脸画成漫画，几乎不像是真的面孔。他做过哪些差事呢？——负责处置违反伦理的罪犯所用的蒙面黑纱，铺在刑台下的米糠[①]、刑架上用来悬挂铡刀

① 刑台下的米糠：法国刑法规定，凡逆伦犯押赴刑场时，面上须蒙以黑纱以为识别。刑台下铺糠乃预备吸收尸身之血。

的绳索等等的账目。大概他曾经担任过屠宰场的收款员，或者卫生处副稽查员等等之类的职务。总而言之，这个家伙如同是社会大磨坊里的一头驴子，成了别人的傀儡却一直不知道何人是牵线者，又似乎是多少公众的苦难或者丑闻的中心；反正一句话，当我们看见他时，便会说：到底这样的人不可缺少，他便是这种人，巴黎的漂亮的人们是不知道这些被精神或者肉体上的痛苦折磨得如死灰般的面孔的。巴黎确实是片汪洋大海，即使是扔下探海锤，也无法把这片大海的深度测量出来。无论是花费多少的心血，去海中寻找，或者描述它，无论海洋探险家的人数是多么众多，无论他们是多么的热情如火，时时刻刻都会发现一片处女地，一个崭新的洞穴，或者几朵鲜花，数颗明珠，一些魔鬼妖怪，一些前所未闻，文学家从未想到去寻访的事情。在这些古怪的魔窟之中，伏盖公寓便是其中之一。

在这些人中，有两张面孔与大多数的房客和包饭的客人构成了鲜明的对比。维多莉·泰伊番小姐尽管肤色惨白，有点病恹恹的样子，仿佛是患有干血痨的少女，虽然老是忧郁不堪，态度拘束，面容寒碜而且柔弱，使她无法摆脱这幅画面的基本色彩，即痛苦。然而她的脸庞到底不是老年人的脸庞，行动和嗓音终究是欢快温柔的。这个不幸的年轻人如同一株刚移植不久的灌木，因为不服水土，树叶枯萎发黄了。她那黄里透红的面容，灰黄色的头发，太纤细的腰肢，显得有点像近代诗人在中世纪的小雕像上所看见的那种美丽，灰中带黑的双眼说明她拥有基督徒式的柔和和忍让。她那简朴而节俭的衣着把她那年轻人的身材勾勒出来了。她如此的好看则应归功于五官的巧妙搭配。只要她的心情愉快，她也许显得极其迷人，女人只有快乐，才会浪漫，就像穿戴得整整齐齐才显得美丽一样。如果舞会的欢乐为这张惨白的面孔涂上了一些粉红的色彩，如果讲究的生活使这已经稍稍陷落的双颊再度丰满起来而且飞起了红云，如果爱情可以让忧郁的双眼流神溢彩、维多莉可以与最俊俏的姑娘一比高下。她缺乏的是让女人恢复俊俏的东西：即衣服和情书。她的故事都可以写成一本书了。她的父亲自以为有理由不认亲生的女儿，不允许她待在身边，每年给她六百法郎，又使财产的性质发生了变化，以准备全部留给儿子。由于悲伤和绝望，维多莉的妈妈在远房亲戚古的太太家与世长辞。古的太太视孤女如同己出，把她抚养成人。作为共和政府军需官的遗孀，她很不幸，只有丈夫的预赠年金以及国家给的抚恤金，除此之外，她双手空空。说不定哪一天去了，留下了这位既无财产又无社会阅历的少女，任凭社会随意摆布。善良的太太每周都要带维多莉去做弥撒，每过半个月就去做一次忏悔，以便让她在未来的日子至少可以成为一位虔诚的少女。这个方法真的很不赖，拥有对宗教的热烈的情感，在以后的日子里，这位弃女也可以有条生路。她热爱她的爸爸，每年都回家，想把妈妈临死时对父亲的宽恕转达给父亲，然而父亲始终不肯见她。只有她的哥哥才能在其中周旋，但是四个年头过去了，哥哥不曾来看望过她，也没有向她提供过援助，她乞求上帝，让她的父亲睁开眼睛，让她的哥哥的心肠变软，无怨无悔地为他们向上帝祈求赐予幸福，古的太太和伏盖太太都怨恨字典上记录了太少的咒骂的词语，没法描述这种粗野的做法。当她们诅咒混账的富豪时，总会听见维多莉的一些温柔的话语，如同受到伤害的野鸽子，在她那充满了痛苦的叫喊声中流露出了爱。

欧也纳·特·拉斯蒂涅的脸型完全是南方型的，琥珀色的肌肤，乌黑的头发，蓝色的双眼。他的风度、举止、姿态都表明他是大户人家的孩子，他儿时所接受的教育使他养有优雅的风范。尽管他穿着简朴，平常老穿着隔了年头的旧衣服，偶尔也穿着考究的服装上街。平日他只是身穿一件破旧的衣服，粗布背心。很别扭的破旧的黑领带随随便便地扣在脖子上，如同一个普通的大学生一样，裤子和上衣相差不远，靴子的底皮已经被换过了。

伏脱冷恰好是两个年轻人和剩余的房客之中的中间派。他四十岁左右，鬓角都被染了色。无论谁遇见了他，都会大喊一声：好家伙！他的双肩很宽，胸部很丰满，肌肉都突起来了，方方正正的手长得极其厚实，手指节处生长着一小堆一小堆的浓毛，呈茶红色。那张还没有到一定年龄就布满了皱纹的脸庞好像是性格冷酷无情的标志。然而他那温和热情的样子却又不像是位无情的人。他那属于低中音的嗓音和他那笑嘻嘻的快活的性格显得十分谐调，一点都不招人讨厌。他十分热情，脸上总是充满了笑意。锁钥坏了，他会马上把它拆下来，马马虎虎地修理一番，涂上油，锉一会儿，又磨一会儿，然后再把它装配好，说道："我会这一套。"而且他无所不知，帆船、海洋、法国、外国、生意、人物、时事、法律、旅馆、监狱。如果有人老是怨声不断、老是诉苦，他马上会凑过来，伸出援助之手，他多次把钱借给伏盖太太和一些房客。然而接受了他的恩惠的人至死也不敢不认账。因为他表面上虽很和气，但是他拥有一道阴沉而又坚定的目光，让人深感畏惧，一看他那吐口水的样子，你就会明白他的头脑冷静到了什么样的程度。如果需要处理一些很难堪的场面的话，他杀人时绝不会眨眼。如同一些严厉的法官一般，他的双眼好像可以看穿一切问题、一切性格、一切情感。他的日常起居是这样的：吃完午饭后出门，然后回家用晚餐，他整个傍晚都不在家中，半夜左右才回到家中。伏盖太太曾经给他一把万能钥匙，他用它将大门打开。唯独他可以享受有万能钥匙这种厚待。他对待寡妇的态度是好得不能再好了，他称其为妈妈，而且还搂抱着她的腰肢——遗憾的是，对方未能足够享受这种奉承。老妈妈还认为这是最容易不过的事情，却不明白唯独伏脱冷拥有这么长的手臂，可以抱住她那肥胖的腰身。他还有一个特点，那就是，吃完饭后饮一杯葛洛丽亚[①]，每个月十分大意地花掉十五法郎。固然那样的年轻人被卷进了巴黎生活的漩涡中，什么也看不见，固然那样的老人毫不关心与自己有关的所有事情，然而即便不似他们那般浅薄的人，也没有发现伏脱冷的举止令人生疑。他能明白或者猜测到别人的事情，然而却无人看穿他的心事或者事业。尽管他采取了热情的态度，快乐的性格，以此为墙壁，隔开了他和别人。然而他偶尔表现出来的性格很有点令人畏惧的深度。他经常大发牢骚，可以与于凡那[②]一比高低，老是喜欢讥讽法律，鞭挞上流社会，对它的矛

① 葛洛丽亚：掺有酒精的咖啡或红茶。

② 于凡那：公元一世纪时以讽刺尖刻著名的拉丁诗人。

盾予以攻击，好像他仇恨社会，心灵深处深深地隐藏着什么秘密。

泰伊番小姐暗暗偷看的目光和隐藏的意图都与这位中年人以及那位大学生有关。这俩人之间，一人精神抖擞，一人英俊非凡，她在无意识的状态下被他们吸引了。然而他们却好像都没有想到她。尽管天道无常，她也许会摇身一变，成为有丰富的陪嫁品的待嫁少女。再说，对于别人自称的苦难，那些人是不愿意再去细细推敲它到底是真是假。除了毫不关心，他们还会由于彼此处于不同的境况而警惕别人。他们明白他们无力使别人的痛苦得以减轻，而且平常老是诉苦，已经说尽了互相安慰的话语，如同一对老夫妇，已经无话可说了，他们只是过着机械性的生活，如同没有涂油的齿轮在彼此磨合。当他们在途中遇见一个瞎子时，他们可以头也不回地与之擦肩而过，当他们倾听别人诉苦时，也可以毫不动情，甚至认为死亡可以解决一个悲惨的局势，由于饱经忧患，众人面对最凄惨的苦难，心都是冷的，伏盖太太算得上是这些伤心人中最快乐的人了。她凌驾于众人之上，管理着这所私人办的救济院。唯独在伏盖太太的眼中，那个小园子是一座笑意盎然的森林，其实，由于寂静、严寒、干燥和湿润，园子如同一片广阔无垠的大草原一样。唯独在她的眼中，这所黄色的、阴沉的处处散发着账台的铜绿味的房子才洋溢着欢乐。她是这些牢房的主人。她给这批终生服苦役的犯人们喂食，她的权威受到他们的尊重。根据她拟定的价格，在巴黎，这些可怜虫在何处能发现这么丰足而且干净的饭菜，以及即便无法布置得典雅舒适，至少能收拾得干净整洁的房间？即使她做事极不公正，别人也只好逆来顺受，不敢喊冤。

在这样的一个集团里，拥有社会的每一分子，只是具体些、微小些而已。如同学校里和交际场上一般，在饭桌上，每十八个客人中总有一个可怜虫，老是遭受别人的白眼、成为别人哈哈大笑的出气筒。欧也纳·特·拉斯蒂涅住在这儿的第二个年头没多久时，感到在这个他还必须度过两个年头的环境中，最引人注意的就是那个出气筒，即过去经营面条买卖的高里奥老头。如果画家来对这个对象进行处理的话，肯定会像史学家一样，让他的头部成为画面上光线的焦点。带着一半仇恨的蔑视，带着不屑的虐待，对痛苦残酷无情的虐待，干吗加在一个年纪最大的房客身上呢？难道他有什么令人发笑或者奇怪的地方，与恶习相比，更让人没法轻易谅解呢？这些问题与社会上的许多暴行有关。大概人的本性就是教那些由于自卑谦虚，由于怯懦，或者由于无所谓而默默忍受的人逆来顺受。我们都爱让什么人或者物品作为牺牲品，以此证明我们的力量，最弱小的生物，譬如小孩，会在寒冷的天气里按响人家的门铃，或者脚尖着地，把自己的姓名写在刚刚建成的建筑物上。

六十九岁高龄的高老头在一八一三年停止了做生意，搬到伏盖太太这里来居住。刚开始时，他租住了古的太太的那套房间，一年的膳宿费总计为一千二百法郎，那派头好像是多五路易[①]或者少五路易都没有什么。伏盖太太已经收取了一笔补偿费，重新布置了一下那三间房间，买了一些最起码的家具，譬如黄布做成的窗帘，用羊毛绒做面料的安乐椅，几张胶画，一些甚至乡村酒店都不屑用的壁纸。那个时候，人们尊称高老头为高里奥先生。说不定房东见他那毫不在乎的阔绰大方，还以为他是个不知行情的冤大头。高里奥刚搬来时，箱子里面都装得满满的，内衣外衣，被子，穿着都非常考究，表明这位退休的老商人很会享受。他的十八件用二号荷兰细布做成的衬衫令伏盖太太赞叹不已。面条商的纱领围上还有两只大金刚钻别针，中间有条小链子，这就更加衬出了衬衣布料的细腻整洁。平常他穿着一套宝蓝色的衣服，天天都要换一件雪白雪白的细格子布做成的背心，下身的一个圆圆的肚子高高隆起，而且不停地扇动，使得一件系有各种颜色的粗金链一蹦一跳的，鼻烟匣也是用金子做成的，里面装的是一个装满了头发的小小的圆匣子，似乎他还有一些风流往事呢！一听见房东太太说他多情，笑容就立即出现在他的嘴边，如同一个小富翁听见别人对他喜爱的东西称赞不已似的。他的柜子里（他和穷人一样，都把这个词念走了音）满是家居用的银器。伏盖寡妇十分热情地帮助他整理东西时，不禁两眼闪闪

---

① 路易：法国旧时金币，合二十至二十四法郎，随时代而异。

发光，什么勺子、汤匙、食具、油瓶、汤碗、盘子、镀了金的早餐用具，还有或好看或丑陋、分量颇重、他舍不得丢弃的玩意儿。这些东西使他回忆起发生在家庭生活中的大事。他把一个盘子抓在手里，还有一个带有一个盖子的小钵，盖上有两只大鸽子正在接吻。他告诉伏盖太太："这是我的妻子在我们婚后的第一个周年送给我的礼物。善良的女人为此把在家中做姑娘时的积蓄都花光了。哦，太太，要求我动手翻土坷垃都行，但是我绝对不会抛弃这些玩意。谢天谢地！这一生中我每天早晨都可以用这个钵盛咖啡喝。我不必忧愁，能吃现成饭的日子可长着呢！"

最后，伏盖太太还用那双喜鹊眼扫了一下那一小堆公债票，随便估计一下，高里奥这个善良的人的年收入为八千到一万法郎。从那一天开始，龚弗冷家的姑奶奶，已经满了四十八岁却只承认自己只有三十九岁的伏盖太太开始对他动起了脑筋。尽管高里奥的眼角翻了出来，不但虚肿起来，而且向下垂着，他经常伸出手去抹，在伏盖太太的眼中，这副外貌还过得去，惹人欢心，他的小腿肚子上满是肥肉，而且向外突，和他的方形鼻子一样说明他拥有一些伏盖寡妇认为很重要的优点。而他的那张脸如满月一般，又纯洁，又痴呆，也从侧面证明了这一点。伏盖太太满意的男人应该是身强力壮的，可以一心扑在感情上。每天早上，多艺学校的理发师就来到公寓里，为高里奥在头发上扑粉。然后将其梳成鸽子式的发型。在他的低低的额头上梳出五个尖角，显得很漂亮，尽管显得有点土气，但是他穿戴得整整齐齐的，每次总是倒一大堆的烟丝，他把烟吸进鼻孔的那副神情说明他从来不会因为烟壶里没有了玛古巴而犯愁。因此从高里奥老头来到伏盖太太家的第一天开始，她晚上睡觉时，心里老在思索如何告别伏盖的坟墓，来到高里奥的身边重新开始生活。她用欲火烤这个意图，如同烤一只浑身都是油脂的竹鸡。再醮，出盘公寓，与这位布尔乔亚的精英共同生活，一跃成为本区的一位重要人物的太太，为穷苦的人募捐，周日则去旭阿西，梭阿西，香蒂伊[①]逛逛。想去就去戏院，坐坐包厢，不用等待在七月来

① 旭阿西，梭阿西，香蒂伊：均为巴黎近郊名胜。

临后，房客们弄来几张作家的赠票，然后转送给她。反正一言以蔽之，她在做着一个属于普普通通的巴黎小市民的黄粱美梦，她从未向人提及过她的四万法郎，那是她一个子儿、一个子儿的积攒下来的。当然，以她之见，若论财产，自己还是一个挺不错的对象。

“至于别的条件，我还担心没法与这个家伙相比。”一想到此处，她在床上翻腾了一下，似乎是有意展示一下她那优美的身躯，因此每天早晨，胖子西尔维老是发现褥子上有一个深陷下去的洞。

打这天起，大约有三个月的时间吧，伏盖寡妇让高里奥先生的理发师为她苦心装扮了一下，她借口说公寓里体面的客人来来往往，她自己必须修饰一下，以和他们谐调。她千方百计地想把房客们调整一下，声称从此以后公寓里只接待看起来十分体面的人。每当有陌生的客人登门时，她便把高里奥先生宣传一番，说巴黎最有声望最高贵的商业巨子尤其中意于她的公寓。她发放传单，上面写着“伏盖宿舍”，然后则是这几句话：“拉丁人历史最长最出名的包饭公寓。风光迷人，从此可以远望高勃冷盆地（这必须是在四楼上远望）花园亭子幽静雅致，菩提树的阴凉覆盖着中间的小径。”另外她还提及了什么环境宁静，空气清新之类的话语。

由于这份传单，特·朗倍梅尼伯爵夫人慕名前来。她已经三十六岁了，丈夫是位将军，已经为国捐躯了，她的身份是为国捐躯的遗孀，她在等待着国家结算抚恤金。伏盖太太做着精美的饭菜，整整六个月里，客厅里都生了火，她一丝不苟地遵守传单上的承诺，甚至不惜血本。伯爵夫人对伏盖太太的称呼是“亲爱的朋友”，说准备介绍她的两位朋友，即特·伏曼朗男爵夫人以及上校毕各阿梭伯爵的遗孀来公寓租住。如今她们在玛莱区[①]租住了一家公寓，价格比这儿贵许多，不久她们就满租期了。一旦陆军部各司署办完手续之后，这些夫人都是些富婆。

“然而，”她说道，“衙门里的公事老办不完。”

用罢晚餐，两位寡妇一同走上楼去，坐在伏盖太太的房里闲

① 玛莱区：从十七世纪起，玛莱区即为巴黎高等住宅区。

聊，饮果子酒，咀嚼着房东太太为自己预备的糖果。特·朗倍梅尼夫人对房东太太对高里奥的观点表示同意，觉得那确实是高见，听说她一住到这儿来就明白了房东太太的心中所想，认为高里奥是位完美无缺的男人。

“啊，亲爱的夫人，”伏盖太太向她说道，“他没有丝毫的毛病，保养得不错，还可以为一个女人带来很多的乐趣呢！”

伯爵太太十分热情地为伏盖太太的衣着打扮献计献策。他觉得伏盖太太的装扮还配不上她的理想。她说：“你必须全副武装。”经过一番仔细的盘算之后，两位寡妇结伴来到王宫市场的木廓[①]，购买了一顶有羽毛装饰的帽子和一顶便帽。伯爵夫人又陪同她的朋友来到小耶纳德铺子，买了一件衣服和一条披肩。武装准备齐全之后，穿戴完毕，寡妇与煨牛肉饭店的招牌[②]极其相似。她却认为自己已经发生了巨大的变化，增添了许多风情，因此便对伯爵夫人心有感激之情，尽管她素来小气，却也非要伯爵夫人收下一顶价值二十法郎的帽子。其实她是想托伯爵夫人去打探一下高里奥的心思，吹捧自己一番，朗倍梅尼夫人十分愿意接受这份差使，她和老面条商人进行了一次秘密的交谈，意欲拉拢他，勾引他，为己所利用，然而面对各种各样的诱惑，对方即便没有断然拒绝，至少是害羞到了极点，她被他的俗气气得扬长而去。

“我的宝贝儿，”她告诉她的朋友，“你在这个家伙身上是榨不出什么东西来的！他老是满腹狐疑的样子，简直令人发笑。这是一个小气鬼！笨蛋！蠢货！只能招人厌恶！”

朗倍梅尼太太和高里奥先生见过面后，伯爵夫人甚至不愿意和他同住在一栋楼里。第二天她离开了公寓，都忘记支付六个月的膳宿费了。她遗留下几件破旧的衣服，价值只有五法郎。伏盖太太四处打听，总是无法探访以一些有关特·朗倍梅尼伯爵夫人的情况，

① 木廓：一八二八年以前王宫市场内有一条走廊，都是板屋，开着小铺子，廓子的名字叫作木廓。

② 饭店当时开在中学街，招牌上画一条牛，戴着帽子和披肩；旁边有一株树，树旁坐着一个女人。

她经常提起这件不幸的事情，怨自己对别人过于信任。实际上她的疑心病重于猫儿，然而，她和许多人一样，总是警惕熟人，当她和第一个陌生人相遇时，却经常受骗。这是一种奇怪的却又很现实的表现，在人们的心灵深处可以轻而易举地发现它的源泉。可能有的人没法从一起生活的人的身上得到什么，当暴露了自己心中的空虚之后，他暗暗地感到别人在对他进行严厉的批判，而他们却又感到极其需要那些无法得到的奉承，或者是自己从来不具备的长处，他们努力地想使自己具备，于是他们渴望陌生人能够尊重他们或者给予他们感情，却顾不上将来是否是一场空。更有这样的一些人，天生长着势利眼，对自己的朋友或者熟人从来不通融通融，因为这是他们的责任，没有酬劳的，设法多为陌生人服务相比，能够满足一下自尊心。因此越在情感圈中距离他们最近的人，他们就越不热爱，越是距离他们较远的人，他们却大献殷勤。显而易见，上面所提及的两种性格在伏盖太太的身上都存在。她骨子里是粗陋的、假惺惺的、卑劣的。

“我如果在这儿的话，”伏脱冷说道，“我绝对不会让你吃这个亏。我会撕开那个女骗子的面纱，让她当场丢人现眼，我只需扫一眼，就能明白那种嘴脸。”

如同一切心术不正的人一样，伏盖太太从来不能置身事外，以探讨事情的根源。她爱把自己的错误一股脑儿地推在别人的身上，承受了上次的经济损失后，在她的眼里，忠厚的面条商人罪不可赦，而且她自己也说，从此以后，她心如死灰。当她不得不承认所有的挑逗和勾引都是毫无用处的之后，她立即找到了根源，认为这位房客另有心上人。事实也说明了她的那个美丽迷人的渴望只是一场梦。她从这个家伙的身上榨不出任何东西来，就像伯爵夫人一语道破所说的那样——她倒像是位行家呢。从此以后，伏盖太太仇视的程度理所当然地远远超过了以前友谊的程度。仇恨的根源并不是因为她的爱情，而是由于希望如肥皂泡般地破灭了。一个人向情感的顶峰攀登时，也许会在路上休息一下，当他顺着怨恨的陡坡向下走时，就难以停留了。但是高里奥先生是她的房客，因此寡妇只得压抑着受了伤害的自尊心，不让它突然爆发，隐藏起失望后的唉声叹气，让报仇的想法憋在肚子里，如同修士对院长怒气难平，每遇到小人时，便要发泄出来，不管感情是好是坏，老是不停地玩弄手段。那个寡妇依靠着女人的狡猾，思索出许多暗暗捉弄他的主意，对她的仇人进行折磨。她首先把公寓里增加的几个小节目取消了。

“不必再上什么小黄瓜和干鱼了，都是些上当受骗的玩意儿！”在恢复旧章的那天早上，她如此命令西尔维。

然而高里奥先生生性节俭，就像一些空手起家的人，过去不得不节俭，如今已养成了习惯。素汤，或者是肉汤，再上一盘青菜，一直都是，而且始终是他最满意的晚餐。因此伏盖太太没法轻而易举地折磨她的房客，他几乎没有什么爱好，因此也就没法为难他。碰到如此无法攻击的人，她感到无计可施，只能轻视他，把她对高里奥的敌视影响别人，而别的房客由于好玩，居然也帮着她发泄怒气。

第一年即将接近尾声了，寡妇极其猜忌他，甚至在内心里寻思：这个收入高达七八千法郎的富裕商人，精致的银器和装饰物丝毫不比富豪的外宅差，干吗来这里住呢？只支付一笔占他的财产的极小的比例的膳宿费？在这一年的大部分时间里，高里奥先生每周总有数次在外面用晚餐，后来，他又不知不觉地改了，每月有两次在外面用餐，高里奥大爷的那些美妙的约会极其符合伏盖太太的利益。因此他在家里吃饭的习惯越来越趋于正常。伏盖太太没法不发火。在她的眼中，这种改变一方面与他的财产的慢慢减少有关，一方面则是因为他有意为难房东。在小人所具备的许多最卑鄙的习惯之中，有一种则是她以为别人和他们一样吝啬。倒霉的是，第二个年头结束时，关于高里奥先生的谣言竟然得到了证实，他要求住三楼，膳宿费减少了，只有九百法郎。他必须极其节俭，甚至整整一个冬天，屋里都没有生炉子。伏盖寡妇要求他先付钱后入住，高里奥同意了。打这以后，她便称呼其为高老头。

众人对他降级的根源议论不休，然而却没法猜透。正如假伯爵夫人所言，高老头这个家伙城府颇深，一般头脑空空，而且由于只擅长胡扯而随随便便地说话的人都拥有一套自己的思维方法。以他们之见，毫不提及自己的私事的人绝不会有什么好事，他们认为，这么体体面面的富豪摇身变成了骗子，风情万种的人物变成了老浑蛋了！时而根据那个年头搬到公寓里来住的伏脱冷的说法，高老头是开交易所为生，把自己的钱都送光了，依然依靠公债做些小小的投机取巧的事情。从伏脱冷的嘴里说出来的这句话是有声有色的金融术语。时而他肯定是个赌徒，每天夜晚都去碰运气，赢十来个法郎回来。时而他又是受雇于特务警察的秘密侦探。但是以伏脱冷之见，他还没有那么精明，难以担当此任。还有一个说法，认为高老头是个守财奴，靠放印子钱为生。再可能是个追同号奖券①的人。总而言之，众人认为他是因恶劣的爱好，不知羞耻，低能而导致的最神秘兮兮的人。但是不管他的举止和恶劣的爱好怎样的不对，人家虽然对他心有敌意，却也不至于把他赶出门去，因为他总是按时支付房饭钱。再说，他也并非一无是处，每个人都可以利用他，借助于开玩笑或者咕噜的方式来发泄快活或者糟糕的心情。伏盖太太的观点最相似，因而被大家一致认可。高老头保养得不错，没有什么毛病，还可以给一个女人带来许多快乐，根据她所说的，他确实是位奇怪的老色鬼。下面的事实便是伏盖寡妇说这些坏话的依据。

那个倒霉星伯爵夫人在这儿白白地吃住了半年，她离开公寓的几个月后，一天早上，伏盖太太还没有起床，听见从楼梯上传来窸窣窸窣的声音，一个年轻女人灵巧地来到了高里奥的房中，她打开房门的方式好像是约有暗号似的。胖子西尔维马上走上楼来，向女主人做了报告，说来了一位美丽的女子，不像是良家妇女，穿戴得像个神仙似的，脚穿一双一尘不染的薄底的呢靴，如同鳗鱼一般，从大街上溜进了厨房．并打听高里奥先生住在哪个房间，伏盖太太和厨娘一同前去窃听，几句柔和的话语传人了他的耳中，俩人也约见了好长时间。高里奥将女客人送出门外，胖子西尔维立刻拿着菜篮子，佯装去菜市场买菜，实际却是跟踪这对情人。

① 追同号奖券：买奖券时每次买同样的号码而增加本钱。

回来后，她告诉女主人说："太太，高里奥先生肯定是钱太多了，在兴风作浪，才能支持这个局面。你肯定没料到，有一辆十分好看的马车等候在吊刑街的拐角处，我亲眼看见她上了马车。"

用晚餐的时候，伏盖太太把窗帘扯了一下，以便遮住了直射高里奥的双眼的那道阳光。

"高里奥先生，阳光照耀着你，你真有艳福呀！"她在暗示早晨来拜访他的那位客人，"哦，你真有眼光，她长得很美呀！"

"她是我的女儿。"，他答道，脸上带着引以为荣的神情，房客们却认为老头子在有心顾及颜面。

一个月过去了，又有一位女客人登门拜访高里奥先生，他女儿第一次来公寓时身穿晨装，此时却是晚饭后，穿戴得十分整齐，似乎是要出门应酬的样子。房客们正坐在客厅里闲聊，忽然看见一位美丽的女人，满头金发，身材纤细，风情万种，一副典雅大方的风范，那绝不会是高老头的女儿。

"哎呀，居然有两个！"胖子西尔维说道，她根本认不出来二者实为一个人。

几天过去了，另一个女儿也来看望高里奥先生，她身材高大，长得比较健壮，满头黑发，一双眼神非常有神采。

"哎呀，居然有三个！"西尔维说道。

这第二个女儿头次来访时也是在早晨，几天过去了，一天傍晚，她身着舞衣，坐着马车来到了公寓。

"哎呀，居然有四个？"伏盖太太和西尔维异口同声地喊道。她们在这位体面的夫人身上丝毫没有发现上一次她身着晨装前来拜访的影子。

那时候，高里奥还承受着膳宿费有一千二百法郎。在伏盖太太的眼中，一个富豪养着四五个情人是稀松平常的事情，让情人充当女儿也是巧妙之举。他让她们来到公寓里，她并不气愤。然而那些女客人既然已经表明高里奥冷淡她的缘由，因此第二个年头刚开始时她便称其为老雄猫。当他降级了，只交纳九百法郎的膳宿费后，有一天，当她看见上述女客人中的一个走下楼时，就凶巴巴地质问他准备把她的公寓当成什么地方，高老头的回答是这位夫人是他的长女。

“你有两三打女儿吗？”伏盖太太用刻薄的口气说道。

“我只有两个女儿。”高老头的语气十分温和，就像一个已经落魄的人，无论怎样的贫困的委屈，他都可以承受。

第三个年头快要结束时，高老头还要求进一步节约开支，搬到四楼居住，每月只需支付四五十法郎的房饭钱。他停止了抽鼻烟，不再雇佣理发师，也不再向头上扑粉。当高老头第一次没有扑发粉走下楼梯时，房东太太惊讶不已，大声尖叫，他的头发本来是那种灰中带绿的难看的颜色，暗暗的忧愁折磨着他，使他的脸色越来越丑陋不堪，简直是饭桌上神情最郁闷的一张脸庞。现在是千真万确的了，高老头是个老色鬼。如果不是医生的医术高超，他的双眼早就完了，因为用来治疗他的那种疾病的药物带有副作用。他的头发的颜色之所以如此丑陋，是因为他荒淫无度和依然服用使他保持性欲的药品的缘故。这个可怜虫的精神和肉体上的情况都使那些荒唐的谣言变得确有其事似的。那些好看的被子衣物变得陈旧了，他便买来了十四个铜子一码的棉布，以此代替。金刚钻、金烟盒、金链子，装饰品，一件一件地消失了。他把宝蓝色的大褂和那些豪华的衣服都脱了下来，无论冬天还是夏天，他老穿着一件栗色的粗呢大褂，羊毛的背心以及灰色的毛料长裤，他的身材越来越消瘦，腿肚子没有了，昔日由于心满意足而变得肥嘟嘟的脸，天知道布满了多少皱纹，脑门上出现沟槽、牙床骨向外突出。他搬到圣·日内维新街居住的第四个年头时，与昔日相比，已是判若两人。那时候年满六十二岁的面条商，看上去都不超过四十岁，是个身材肥胖的小财主，似乎刚刚经历了一些荒唐的事情，气宇昂扬的样子，让行人看了，心中也很畅快，笑容中带着青春的活力。现在，他突然像个年过七旬的老者，一副老态龙钟的样子，步履蹒跚，面如土色。昔日那么生机盎然的蓝眼睛，如今变成黯淡无光的铁灰色，再变成惨白，不再流泪了，眼眶红红的，似乎在流淌着鲜血。有的人认为他可恨，有的人认为他值得同情。一些年纪尚轻的医学院的学生发现他下唇向下垂着，又测量了一下他面角[1]的顶尖，三番五次地戏弄，然而探不出任何话来之后，便说他患有甲状腺肿大[2]。

一天傍晚，用罢晚餐，伏盖太太讥讽说："啊，喂！她们不再看望你了，你的那些女儿们？"

显而易见，她的口气中带着怀疑他不是父亲的意味，高老头闻听此话，全身颤抖，似乎被房东太太刺了一针似的。

"偶尔会来的。"他用哆哆嗦嗦的嗓音答道。

"哎呀，偶尔你还能见到她们！"那些大学生异口同声地叫道："高老头，你真有本事！"

他的答复所引起的讥笑并没有传入老人的耳中，他又一次变得迷迷糊糊的了。只从表面上观察他的人认为他已近黄昏了，如果众人彻底地认识了他，说不定会认为他的身心疲惫让人满腹疑虑，然而要认识他并不是一件轻而易举的事情。探听高里奥是否经营过面条生意，拥有多少财产，并非十分艰难。没办法的是，那些对他很注意的老人们从不走出本社区的大街小巷，总是待在公寓里，如同粘在岩石上的牡蛎一般。至于别人的，由于巴黎的生活所特有的迷惑，当他们刚刚迈出圣·日内维新街时，他们所捉弄的可怜兮兮的老头子立即被他们抛到了脑后。在头脑迟钝的人和毫不关心的青年的眼中，高老头这种寒碜不已，笨得要命的人，根本不会拥有什么财产或者本事。至于被他称为女儿的那些女人们，众人对伏盖太太的观点表示赞成。如她这般天天晚上喜欢嚼舌头的老婆子喜欢胡乱猜疑任何事情，拥有自己的一套严格的思维方法，她说道：

"如果高老头真的有如此富有的女儿，像前来看望他的女客人，那么他绝对不会住在四楼，每月只支付房饭钱四十五法郎，也

---

① 面角：为生理学名词。侧面从耳孔至齿槽（鼻孔与口唇交接处）之水平线，正面从眼窝上部（额角最突出处）至齿槽之垂直线，二线相遇所成之角，称为面角。人类之面角大，近于直角，兽类之面角小，近于锐角。面角的顶尖指眼窝上部。

② 甲状腺肿大：其生理现象往往为眼睛暴突，精神现象为感觉迟钝、智力衰退。

不会穿戴得像个穷鬼似的上街。”

找不到一件事可以把这个结论推翻，因此，直至一八一九年十一月下旬，当这幕悲剧上演时，公寓的每一个人都对可怜巴巴的老头子做出十分肯定的观点。他根本没有什么妻子儿女，由于荒淫无度，他成了一条蜗牛，一个具有人形的软体动物，根据一个包饭的客人，即一位博物馆的工作人员说，他应该被列入加斯葛底番[①]类。与高老头相比较而言，波阿莱居然威风凛凛，富有绅士风度了。波阿莱可以说话，可以与人理论，能回答别人，尽管他说话、辩论和答复都是用不同的字语对别人的话重复一遍。然而他到底还是参与交谈，他是活物，似乎具有知觉，而不像高老头，据那个博物院职员所言，他在寒暑表上自始至终都指着零度。

欧也纳·特·拉斯蒂涅度过了暑假，回到了公寓里，他此时的心绪恰好和一些英俊非凡、年轻有为的年轻人或者由于家境拮据而暂时显得清高的青年一样。在寄居巴黎的第一个年头，法科学生考初级文凭时，作业并不繁重。可以尽情地领悟巴黎的热闹非凡。要清楚每所戏院的剧目，摸索出巴黎迷宫的路线，学会守规矩，说话，把首都里的所特有的娱乐都过过瘾，走完所有的地方，选听有意义的课程，把每个博物馆的宝藏都背得滚瓜烂熟……一个大学生绝不会认为时间过多了。他会对一些毫无意义的小事情产生浓厚的兴趣，认为它极其伟大。在他的心目中，存在自己的大人物。譬如法兰西学院的什么教授，拿着工资引人注意的人。他整理着领带，面对着喜歌剧院楼厅里的女士挤眉弄眼的，卖弄风骚。一样一样地学会了以后，他就脱离于躯壳，扩大了视野，最终领悟到社会的各个阶层是如何错综复杂地结合起来的。阳光照耀的日子，在乡间大路上成队的马车，他刚刚学会欣赏这一切，接着就心怀嫉妒。

欧也纳获得了文学士和法学士的学位，在回到故乡度暑假的日子里，已经毫无察觉地经历了这些学习的过程。儿时的幻想，内地人的想法，已经彻底地消失了。他的见识已经发生了变化，万丈雄

① 加斯葛底番：博物学上分类的名词。

心陡然而生，他对老家的情况看得一清二楚。父母双亲，两个弟弟，两个妹妹，还有一个靠养老金维持生存，除此以外一无所有的姑姑，都居住在拉斯蒂涅家那小得可怜的田地上。田里的年收入约为三千法郎，但是进项并不是百分之百地有把握。因为葡萄的价格随着酒市起伏，然而每年都必须凑一千二百法郎给他。家人为了疼爱他而把家中常年面临困境的情形瞒着他。他把儿时认为那么俊俏的妹妹和他觉得作为美丽的典型的巴黎女子相比而得出的结果；他肩负的这个大家庭的希望渺茫的未来；看到所有微小的农作物都要予以珍藏的勤俭节约的习惯；利用榨床上剩余的渣滓制造出来的家用饮料，总而言之，在这儿没必要一一列出来的诸多烦琐小事，使得他对权力和地位的渴望与出人头地的理想比以前增强了十倍。如同所有有志之士一样，他决心要靠自己的本事去争取一切。然而他明明带有南方人的性格，每到将其付与实施时，就犹犹豫豫的，动摇了决心，似乎年轻人漂流在大海之中，既不知道驶向何方，也不知该把帆挂成什么样的角度。开始时他意欲拼命地用心学习，后来却又觉得交际应酬十分必要，发现女人能给社会生活带来极大的影响。忽然想跻身于上流社会，征服几位可以充当他的后台的女人。一个有活力有才华的年轻人，再加上潇洒风流的仪表，和轻而易举地让女人迷恋的那种壮硕的美感，还担心找不到如此的女人么？他边在田间漫步，边不停地思索着这些想法。过去，他与妹妹们结伴出门漫步时没有丝毫的忧愁，现在在她们的眼里，他发生了巨变。他的姑姑特·玛西阿夫人，昔日也曾进入王宫接受召见，和一些名门显贵的领头人物相识。颇具野心的年轻人突然回忆起了姑姑经常讲述给他听的往事中，就有许多可以让他在社会上出人头地的良机。至少这一点和他在法学院里的成绩具有同等的地位。他便反复询问姑姑，那些依然可以拉扯上关系的人是怎样的亲戚。老姑太太仔细回想了一下家谱上记载的各支各派，以她之见，在一切自私自利的亲戚之中，特·鲍塞昂子爵夫人也许最易交往。她按照过时的体裁写好了一封信，让欧也纳带着，说要是可以与这位子爵夫人接近，她肯定会伸出援助之手，为他找到别的一些亲朋好友。欧也纳返回了巴黎，几天过去了，拉斯蒂涅把姑姑写给特·鲍赛昂夫人的信邮出去了，夫人为他寄来了一张在第二天举行的舞会的请柬，以此代替了回信。

上述的一切便是一八一九年十一月下旬公寓里的基本情况。几天过去了，欧也纳出席了特·鲍赛昂夫人举办的舞会，在深夜两点左右才回到了公寓里。为了对逝去的时光予以弥补，信心百倍的大学生边翩翩起舞边决心回去后开夜车。他打算首次在这个鸦雀无声的区域里熬夜，自以为自己具有充沛的精力，实际上，那只是看到华丽的排场时所产生的冲动。那个夜晚他没在伏盖太太家吃晚饭，与他同住的人也许认为他要在拂晓时分才能回来，似乎他曾经数次出席柏拉杜[①]舞会或者奥迪安舞会，丝袜上满是污泥，穿着变了形的皮鞋回到家中。克利斯朵夫在关门前夕，打开了门，向街上看了几眼。恰好在这时候，拉斯蒂涅回来了，悄无声息地走上了楼，在他身后上楼的克利斯朵夫却弄出不少的动静。欧也纳来到了卧室里，脱下衣服，穿上软鞋，把一件破旧的大褂子披在身上，点燃泥炭，匆匆忙忙地打算学习。克利斯朵夫那重重的脚步声依然在回想，盖过了年轻人所发出的轻微的响声。

欧也纳尚未开始学习，先呆呆地出神，思索了片刻，他发现在如今的富有的夫人之中，特·鲍赛昂子爵夫人便是其中之一。她家被认为是圣·日耳曼区[②]最快活的去处。若论门第和财产，她也领导着贵族社会。由于特·玛西阿姑姑的大力相助，在鲍府，这个穷学生竟然受到了他们的款待，然而却还不明白这款待到底能发挥多大的作用。可以出现在那些豪华的客厅里，丝毫不亚于一张阀阅世家的证明。一旦迈进了这个最难进入的处所，就可以处处畅通。盛大的舞会中的鬓光钗影使得他眼花缭乱，他和子爵夫人只交谈了数句话，便发现在那些争着出席的这个舞会的巴黎女人之中，有一个让年轻人一见钟情的女子，阿娜斯大齐·特·雷斯多伯爵夫人长相端

① 柏拉杜：舞厅名字，坐落在最高法院对面，一八五五年时拆毁。

② 圣·日耳曼区：当时第一流贵族的住宅区。

庄，身材高大，被称为巴黎拥有最漂亮的腰肢的女人之一。她生有一双乌黑的大眼睛，漂亮的双手，好看的双脚，举手投足之中露出了热情的火苗；如此的女人，据特·龙格罗侯爵所言，乃是匹纯种马儿。尽管她焕发着泼辣的气息，却没有给她的美丽带来影响，她的腰部很丰满，而且浑圆浑圆的，但是并不显得肥胖。纯种马儿，贵族出身的漂亮女人，天上的安琪儿，仙女般的面孔，以及新潮的公子们早就弃之不用的有关爱情的古老神话故事已被前两个字语所取代了。在拉斯蒂涅的眼中，阿娜斯大齐·特·雷斯多太太就是一个美丽动人的女人。他千方百计地在她的扇子上进行了两次登记①，而且在首次四组舞时就有良机告诉她：

“今后在何处和你相见呢，夫人？”言语之中流露出一股最招女人喜欢的热情劲儿。

“森林②，喜剧院，我家中，随便在哪儿都行。”她答道。因此，这位南方的冒险活动家，在一场四组舞或者华尔兹中可以接近的区域中，努力地和这个使人心神不定的伯爵夫人打交道。当他说明他是特·鲍赛昂夫人的表弟时，他心中的这位贵族夫人马上向他发出了邀请，说他时时刻刻都能去她家玩耍。她最后一次送给他的微笑，使得他感到必须登门造访了。在宾客中有不少的放荡得出了名的男人，如摩冷古、龙格罗，玛克辛·特·脱拉伊，特·玛赛，阿瞿达一宾多，王特奈斯，这些人都以为自己了不起，显赫一时。老是和最风骚的女人鬼混，譬如勃朗同爵士夫人，特·朗日公爵夫人，特·甘尔迦罗哀伯爵夫人，特·赛里齐夫人，特加里里阿诺公爵夫人，法洛伯爵夫人，特·朗蒂夫人，特·哀格勒蒙侯爵夫人，菲尔米阿尼夫人，特·李斯多曼侯爵夫人，特·埃斯巴侯爵夫人，特·摩弗里原士公爵夫人，葛朗里欧夫人。在这样的场面里，最糟糕的事情便是年轻人闹出了不懂人情世故的笑谈。幸亏拉斯蒂涅碰到的并非是一个讥讽他蠢笨肤浅的人，而是特·朗日公爵夫人的情

① 登记：当时舞会习惯，凡男子要求妇女同舞，必先预约，由女子在扇子上登记，依次轮值。

② 森林：近郊蒲洛涅森林的简称，巴黎上流社会游乐胜地。

夫，即特·蒙脱里伏侯爵，他为人朴实，犹如儿童一般。这位将军对他说特·雷斯多伯爵夫人在海尔特街居住。

年纪尚轻，希望跻身上流社会，闹饥荒似的意欲玩一个女人，放眼望去，已有两家高门大户的路子被打通了；在圣·日耳曼区，他可以出入特·鲍赛昂子爵夫人家，在唐打区，他可以出入特·雷斯多伯爵夫人的府第！一眼就看见了许多的巴黎河龙，以为自己长相漂亮，能够获得女人的喜欢，从而获得她的援助和保护。也以为自己富有凌云壮志，可以像走江湖卖艺的汉子一般，可以尽情地稳稳当当地走在铁索上，飞起大腿，表演一番，极其精彩，把一个美丽的女人充当一个最佳的平衡棒，以支撑着他的重心。脑中老是这些想法翻腾不息，那个女人似乎就威风凛凛地立在他点燃的炭火边，立在法律书籍和穷困之中。对此情此景，又有谁可以不像欧也纳那般寻思幻想，思索自己的前程，又有谁可以不用获得了成功的想象来美化一下前程？他正在想入非非，感到未来的快乐已经很有把握了，甚至还以为自己已经和特·雷斯多太太待在一起了，没想到寂静的夜晚突然发出了“哼”的一声长叹，当它传入耳中时，欧也纳简直还认为那是病人的痰厥。他悄悄地把房门打开了，来到走廊里，看见一线灯火从高老头的房门的下端泄了出来。他担心邻居生病了，凑近锁眼，向里面张望，没想到老人的动作十分令人起疑，欧也纳感到为了大家的安全，应该看清楚自称为面条商的人深更半夜地做些什么。原来高老头放倒了一张桌子，桌面朝下，把一个镀金的盘和一件如同汤罐一样的物件绑在桌子的横梁上，另外一些雕刻精致的东西被一根粗绳子绞着，使劲地拉，好像要将其绞成金条一般。老人悄无声息地用青筋绷起的手臂，依靠绳索的作用，拧着镀了金的银制器具，如同搓面粉一般。

“噢，好家伙！”拉斯蒂涅暗暗地心想。起身站了片刻，“他是一个窃贼还是一个藏赃物的？是否为了避人耳目，有意装疯卖傻、过着乞丐般的日子？”

大学生再次将双眼凑近锁孔，只见高老头把绳索解开了，把银块拿了起来，将一条毯子铺在桌子上，让银块滚来滚去，动作麻利地将其搓成了一根条子，就在他即将完工的时候，欧也纳心想："难道他的力量和波兰国王奥古斯德不分上下吗？"

高老头带着悲伤的神情看看他的"大作"，几滴泪水流出了他的眼眶，他吹熄烛火，爬上床躺了下来，发出了一声叹息。

欧也纳暗想："他是个疯子。"

"可怜的孩子！"高老头突然喊道。

闻听此话，拉斯蒂涅觉得最好还是不要声张此事，不能冒冒失失地认为邻居是个坏蛋。他刚要回到房中，一种难以名状的声音传人了他的耳中，也许是几个脚穿布底鞋的人正在上楼。欧也纳侧耳仔细倾听，真的有两个人的不一样的呼吸声，既无开门的声音，也没有脚步声，突然一线微弱的灯花从三楼伏脱冷的房中泄了出来。

"一所公寓里居然发生了这些奇怪的事情！"

他一边想一边迈下了几级台阶，仔细倾听，竟然还传出了洋钱的声音。过了片刻，灯火熄灭了，依旧没有开门的声音，却又有两个人的呼吸声传入了耳中。他们缓缓地向楼下走去，声音也随之小了。

"什么人呀？"伏盖太太把卧室的窗户打开了，问道。

"是我，我回来了，伏盖夫人。"伏脱冷高声答道。

"太奇怪了！"欧也纳回到卧室，心里在寻思："克利斯朵夫清清楚楚闩上了大门，在巴黎，真的要熬一个通宵，才能搞明白身边的事情。"

他的有关爱情的想象被这些琐事打断了，他开始学习了，然而，他首先对高老头产生了怀疑和猜测，心里乱糟糟的，而打扰他更不得安宁的是特·雷斯多太太的仪容老是出现在眼前，似乎一个使者，预兆幸福，最终，他上床了，进入了梦乡，年轻人决心要在晚上学习，十夜之中就有九夜以进入梦乡而告终。要熬夜就必须度过了二十岁。

第二天早晨，巴黎浓雾四起，笼罩着整个城市，即使是最守时的人也把时间弄错了。生意上的约会都耽搁了，已是中午十二点了，大家还以为是八点。九点半，伏盖太太还躺在床上，没有动静，克利斯朵夫和胖子西尔维也起晚了，此时他们正优哉游哉地喝咖啡，里面浮着一层乳脂，那是从房客的牛奶上弄下来的，西尔维把牛乳放在火上，拼命地煮，以便伏盖太太发现不了他们已经揩油的蛛丝马迹。

克利斯朵夫将第一块烤面包放在咖啡里，说："喂，西尔维，你明白，伏脱冷先生很好，昨天夜里，又有两位客人登门拜访他，太太如果心有疑虑的话，你要只字不提。"

"他是否给你什么了？"

"五个法郎，算是这个月他给我的赏钱，意思是让我别告诉别人。"

西尔维答道："只有他和古的太太两个人出手大方，其他的人都想把新年里右手赏出去的，用左手拿回去。"

"哼，他们给的钱也只有天知道。"克利斯朵夫继续说道，"一块起码的洋钱，五个法郎！高老头自己动手擦鞋已经有两年了。波阿莱那个铁公鸡都用不着鞋油，也许他宁愿吞到肚子里，也不舍得擦擦他的那双破旧不堪的靴子。至于那个身材瘦削的大学生，他仅仅支付两个法郎。两法郎都不够买鞋刷子的钱呢！最后只得将他的陈旧的衣服卖掉。真是没用的地方！"

西尔维啜吸着咖啡，"也得把话说回来。在本区，咱们这个还算得上是个好差使呢！哎，克利斯朵夫，有关伏脱冷先生的情况，人家是否告诉过你什么？"

"怎么没有！前几天，在街上，一位先生告诉我，一位将鬓角染黑了的胖子住在你那儿，对吗？我答道，不是，先生，他的鬓角并非是染的。他那种喜欢找乐子的人，才不会有这份闲心呢！我把此话对伏脱冷先生说了，他说，伙计，你回答得不错！从此以后就这么说吧！我最讨厌的是我们的短处被别人知道了，那样娶亲时不就极其麻烦吗？”

“也有人在菜市场上哄骗我，想知道我是否见到他穿衬衣了，你寻思寻思，这可笑么？”突然，西尔维将话头一转，“呦！华·特·葛拉斯已经敲过九点三刻了，还无人有动静。”

“啊，喂，他们都出门了。”古的太太与她的小姑娘八点时就前往圣·丹蒂安拜老天爷了。高老头把一个小包夹在腋下，到街上去了。大学生十点才上完课，然后再回来。我在清扫楼梯时，才看见他们出门了。高老头的小包还撞了我一下，坚硬得如铁块一般。这个老头子到底在干吗呢？别人捉弄他，把他当作陀螺一般，他为人倒不错，比他们好。他从不给钱，然而我为他送信的地方，那个太太出手十分大方，也穿扮得很漂亮。

“那是他所谓的女儿么？嗯，一共有一打吧？”

“我始终只到两家去过，也就是曾经到公寓里来过的那两位。”

“太太起床了，一会儿就要大喊大叫的了，我该到楼上去了。你照看着牛奶，克利斯朵夫，当心那只猫。”

西尔维来到了女主人的卧室里。

“咋啦？西尔维，此时已是九点四十五了，你让我睡得如同死人一般！真是前所未有的事情！”

“那是浓雾在兴风作浪，那雾浓得用刀子也砍不开！”

“午饭①怎么样了？”

“噢！那些房客都见鬼了，一大早就滚出门了！”

“西尔维，要把话说明白，你该说一大早。”

“哦，太太，随便你要我如何都行。我保证十点时你可吃上饭。米旭诺和波阿莱还没有动静，只有他们两个人没出门，睡得如同死猪一般……”

“西尔维，你把他们连在一起说，似乎……”

---

① 当时午饭比现在吃得早，大概在十一点左右（见皮尔南著：《一八三〇年代法国的日常生活》），但伏盖公寓的习惯，午饭比一般更早。

“似乎什么？”西尔维高声笑道，“两个不正好是一双么？”

“真奇怪，西尔维，昨天夜晚克利斯朵夫闩上了大门，那么伏脱冷先生怎么还可以进门呢？”

“不是这样的，夫人。他闻听伏脱冷先生回家了，便下楼去为他开门。你以为……”

“把短袄递给我，赶紧去做饭。在剩余的羊肉里放些番薯，用煮熟的梨子充当饭后的点心。选择那种两个小钱[①]一个的。”过了片刻，伏盖太太来到了楼下，她的猫儿正好用脚将罩盖掀开了，匆匆忙忙地舔着牛奶。

“咪斯蒂格里！”她大喊一声，猫儿逃走了，然后又走了回来，待在她的腿边。“行，行，你巴结，你这个老畜生。”

她继续喊道：“西尔维，西尔维！”

“哎，哎，啥事呀？夫人！”

“你看，猫儿喝掉了多少牛奶？”

“都怪浑蛋克利斯朵夫，我早就对他说过，把桌子摆好，他去哪儿了？别着急，太太，把那份牛奶掺在高老头的咖啡里吧！我再放些水，他不会发现的，他对一切毫不在意，甚至都不明白吃的是什么东西。”

“他去哪儿了？这个怪物？”伏盖太太一边摆放着盘子，一边问道。

“谁知道呢？也许他正和魔鬼交往吧。”

“我睡得过头了。”伏盖太太说道。

“然而太太，你娇艳得如同一朵玫瑰花……”

正在这时候，门铃响了，伏脱冷高声唱着歌儿，来到了客厅里：

“我早已踏遍整个地球，
别人处处都发现了我呀……”

“哦，哦，早，伏盖夫人。”他向房东打了个招呼，又热情地

① 小钱：法国的一种旧铜币，价值等于一个铜子（Sou）的四分之一。

和她拥抱。

“喂，放开呀！”

“为什么不说放肆呢？”他答道，“说吧，说我放肆吧！哦，哦，我来帮帮你的忙，摆放桌子，你瞧，我为人多好呀！……”

“勾引满头褐发或者金发的少女，
爱一阵呀叹息一次……
“我才发现了一件奇怪的事情……
……完全是偶然……”①

寡妇问道：“什么事情？”

“八点半的时候，在太子街，高老头带着镀金餐具一套，来到了一家经营收购旧食具旧肩章的银匠铺里，卖了个好价。亏他不是以此为生的，绞出来的条子还像模像样的呢！”

“果真如此？”

“当然不假。我的一个朋友要出趟远门，我把他送上邮车，然后回来了，当我看见高老头时，很想看看是咋回事。他来到了木区的格莱街上，去了靠放印子钱为生的高勃萨克家，你清楚，高勃萨克这个坏蛋可很伟大，能把他父亲的头骨雕刻成骰子！他真是个犹太人，阿拉伯人，希腊人，波希米人，哼，你别想把他的钱抢到手，他把洋钱全部存入了银行。”

“那高老头去他家干吗呢？”

“干吗！吃完当完呗！”伏脱冷答道，“这个糊涂虫甘愿卖尽家财去疼爱那些娼妓……”

“他来了。”西尔维喊道。

“克利斯朵夫，你到楼上来一下。”高老头在叫用人。

克利斯朵夫随着高老头向楼上走去，片刻之后又下来了。

“你去哪儿？”伏盖太太问道。

“为高里奥先生跑一下腿。”

① 以上是尼古拉的喜歌剧《育公特》（一八一四）中的唱词。

“这是什么？”伏脱冷一边说话，一边把克利斯朵夫手中的一个信封抢了过去，读道：送给阿娜斯大齐·特·雷斯多伯爵夫人。他又把信递还给克利斯朵夫，问道：“送往何处？”

“送到海尔特街，他说必须当面交给伯爵夫人。”

“里面装的是什么呀？”伏脱冷把信对着亮光，说道，“钱？不是的，”他把信封拆开了一个小孔——“哦，这是一张借票，说债务还清了。嘿，这个老怪物倒挺讲义气的。”他把大手伸了出来，抚摸了一下克利斯朵夫的头发，又把他的身躯像转骰子似的，骨碌碌地转了几下，“走吧！坏家伙，你又能得到几个酒钱了。”

已经摆放好了刀叉杯盘，西尔维正忙着煮牛奶，伏盖太太在生炉子，伏脱冷在一边打下手，嘴里唱道：

“我早已踏遍整个地球，
别人处处都发现了我呀……”

一切都已准备好了，古的太太和泰伊番小姐回到了公寓里。

“天这么早，你去哪儿了？美丽的夫人？”伏盖太太问道。

“我们去了圣·母蒂安教堂做祷告呢！今天我们不是要登门造访泰伊番先生么？可怜的孩子全身颤抖不止，如同一片树叶。”古的太太一边说道，一边在火炉前坐了下来，放在火门口的鞋子直冒蓝烟。

“来烤一下吧，维多莉。”伏盖太太说道。

“小姐，”伏脱冷为她搬过一把椅子，“乞求上帝让你爸爸回头固然很好，然而这还不够。必须去一个朋友，让这个丑八怪清醒一下头脑。据说这个蛮子拥有三百万，却偏偏不愿意给你一分钱的陪嫁，这个年头，美人儿必须有陪嫁。”

“可怜的孩子，”伏盖太太接过了话头，说道，“你的那个魔王爸爸不担心会有报应吗？”

一听此言，维多莉两眼潮湿，伏盖太太见古的太太向她挥了一下，就不再说话了。

军需官的遗孀又说道：“只要我能和他见面，和他交谈，把他妻子的遗书给他，也就行了，我从来不敢冒险，通过邮局寄给他，我的笔迹他是熟悉的……”

“哦，这些无辜的女人，遭到了灾难，受到侮辱，”[①]伏脱冷如此喊道，又突然停顿了，说道，“如今你就是落得了如此的下场，几天以后，让我来为你管理这笔账，保证让你满意。”

“哦，先生，”维多莉一边开口说话，一边向伏脱冷投去了又胆怯又热情的目光，伏脱冷却无动于衷，“如果你有办法与家父相见，请你对他说，在我的眼里，爸爸的慈爱和妈妈的名节重于世上一切珍宝。要是你可以劝动他的铁石心肠，我会在主面前为你祷告，我一定万分感激你……”

“我早已踏遍了整个地球……”伏脱冷的唱腔里带着讥讽的意味。

正在此时，高里奥、米旭诺小姐，波阿莱都走下楼来，可能都嗅到了肉汁的香味，那是西尔维做的，以便淋在过了一夜的羊肉上。七个同住的人正在彼此打招呼，在桌边坐了下来，时钟敲了十下，门外响起了大学生的脚步声。

“哦，好了，欧也纳先生，”西尔维说道，“今天你可以和大家共进午餐了。”

大学生向同住的人打了个招呼，然后坐在高老头的身边。

“今天，我有一件出乎意料的奇遇。”说罢，他夹了一些羊肉，又在面包上割下一块，——伏盖太太总是在那儿计算着面包的体积。

“奇遇！”波阿莱喊了起来。

“哎，你干吗大惊小怪呢？老糊涂虫？”伏脱冷向波阿莱说道，“难道他老人家还配不上吗？”

泰伊番小姐带着胆怯的神情，瞥了一眼大学生。

伏盖太太说：“对我们讲讲你的奇遇吧！”

---

① 一八一一年有出戏就有这句歌词，此戏一八三〇年还上演。

“昨天，我出席了特·鲍赛昂子爵夫人举行的舞会，我是她的表弟，她拥有一幢豪华的房子，绫罗绸缎铺满了每一间屋子，她举办的舞会规模盛大，我高兴得如同一个皇帝一般……”

“如同一只黄雀一般。”伏脱冷截住了他的话头。

“先生，”欧也纳恼怒地问道，“你说什么？”

“我说的是黄雀，因为黄雀比皇帝更快乐。”

应声虫波阿莱说道：“对，我宁愿做一只没有丝毫忧愁的黄雀，也不会做黄帝，因为……”

“总而言之，”大学生打住了他的话头，说道，“我与舞会最美丽的一位夫人起舞，她是一位万分妩媚的伯爵夫人，确实如此，那样的美人我从没见过。她的头发上戴着桃花，胸部挂着极其美丽的花球，都是些芳香四溢的鲜花，哎呀，你们必须亲眼看见才行。一个女人跳舞跳疯了，真是难以描述。唉，谁知道今天早上九点时，我发现这位如同仙女一般的伯爵夫人正走在格莱街上，哦，我的心在跳跃，认为……”

“认为她会来这儿，对么？”伏脱冷深深地注视了一下大学生，“实际上，她的目的是去找高勃萨克老头，他靠放印子钱为生。如果你掏了一下巴黎女人的心口，我保证你先看见债主，然后再发现情人，阿娜斯大齐·特·雷斯多便是你的伯爵夫人，她在海尔特街居住。”

刚听到这个姓名，大学生便向伏脱冷瞪着双眼，高老头突然把头抬了起来，瞥了一眼他们俩，明亮的目光中流露出焦急的神情，众人见了，顿觉万分奇怪。

“克利斯朵夫去迟了，她已经去过那里了。”高里奥懊悔不已，喃喃自语。

“我猜对了。”伏脱冷贴近伏盖太太的耳边，说道。

高老头迷迷糊糊地用着午餐，完全不晓得吃的是什么，呆头呆脑，精神恍惚到了如此地步，这对他来说可是前所未有的事情。

欧也纳问道："伏脱冷先生，谁告诉你她的姓名的？"

伏脱冷答道："哦，哦，既然高老头知道这个名字，我又为什么不能知道呢？"

"你说什么！高里奥先生？"大学生发出一声惊叫。

"是真的吗？昨晚她十分迷人么？"可怜兮兮的老人问道。

"你说谁呀？"

"特·雷斯多夫人。"

"你看，这个老家伙的双眼发亮。"伏盖太太向伏脱冷说道。

"难道他供养着那个女的吗？"米旭诺小姐向大学生低声问道。

"哦，真的，她极其美丽。"欧也纳向高老头答道，高老头带着羡慕不已的神情注视着他，"如果特·鲍赛昂太太缺席的话，那位仙女般的伯爵夫人在全场就算是王后了，年轻人都目不转睛地注视着她，在她的登记表上，我已是第十二个了，每次的四组舞都有她，别的女人气恼不已。昨天，她真的是最春风得意的人，人们常说，天下之美，要数帆已张开的大船，奔跑的骏马，翩翩起舞的美人，说的一点不错。"

"昨天在伯爵府第的厅堂里，今天早上伏在债主的脚下，这便是巴黎女人的本来面目。"伏脱冷说道，"如果丈夫供不起她们奢侈浪费，她们就把自己出卖了，否则就把妈妈的肚子剖开，搜刮一番，然后再去摆排场，总之，一句话，任何怪异不堪的事情，她们都能做出来，唉，不计其数，不计其数!"

一听大学生的话语，高老头神采飞扬，如同天气晴朗的日子里的太阳，当伏脱冷那尖刻的话语传入他的耳中时，他顿时阴沉着老脸。

伏盖太太说道："你还没向我们讲述你的奇遇呢？刚才，你是否和她交谈了？她是否想向你补习法律？"

欧也纳答道："她没有发现我，然而九点钟和一个最美的巴黎女郎在格莱上相遇，她跳舞一直跳到深夜两点，然后回家。这难道不奇怪么？只有在巴黎，才会发生这样怪异的事情。”

“哦，还有好多比之更怪异的事情呢。”伏脱冷大声说道。

泰伊番小姐并没仔细倾听他们的谈话，只是思索片刻之后要去尝试的事情。古的太太向她使了一个眼神，暗示她去把衣服换一下。她们俩刚离去，高老头也离开了。

“喂，看见了么？”伏盖太太对伏脱冷和别的房客说道，“一清二楚，那些女人们使他成了一个穷光蛋。”

大学生喊道：“无论怎样，我也不信漂亮迷人的伯爵夫人会是高老头的情人。”

“我们并没有要求你相信呀，”伏脱冷拦住了他的话头，说道，“你还年轻，对巴黎还比较陌生，你会逐渐明白总有一些所谓的有情郎……”

当这一句话传人米旭诺小姐的耳中时，她带着会意的神情瞥了几眼伏脱冷，如同战马听见了号角一样。

“哎，哎，”伏脱冷停顿了一下，向她深深地瞪了一眼，“我们不都是曾经拥有过一点点的痴情吗？”

老处女垂下双眼，如同女修士看见了全身赤裸的塑像一般。

伏脱冷又说道：“另外，那些人一旦产生了一个想法，就紧紧地抓住，不肯放手。他们只喝一口井里的水，而且那常常是散发着臭味的水，为了饮这臭水，他们宁愿把老婆，孩子卖了，或者让魔鬼买走自己的灵魂。对有些人来说，这口井是赌场，是做交易的地方，是收藏古画，收集虫子，或者迷恋乐曲，而对其他的一些人来说，可能是能烧一手好菜的女人。他们对世上一切女人都无所谓，只全心全意地接受那个可以使自己的疯魔得到满足的人。常常是那个女人对他没有丝毫的爱意，凶巴巴地，十分泼辣，让他们为一点点的满足付出极高的代价。唉！唉！那些笨蛋从来不知厌倦，他们会把最后一床被子送到长生库里去，以换得几个最后的钱，去献给她。高老头便属于这种人。伯爵夫人榨取他的钱财，因为他不会告诉别人，这便是所谓的上层社会。然而可怜的老头子一心想念着她。一越过痴情的范畴，你们会亲眼看见，他几乎是傻乎乎的畜生。一提起他的那一个女人，他便双眼发光，如用金刚钻一般。这个秘密是不难识破的，今天早晨，他拿着镀了金的盘子，到银匠铺里去了，我又发现他去了位于格莱街的高勃萨克老头家。再瞧瞧他的下一步的行动，他回来后，让克利斯朵夫给特·雷斯多太太送去一封信，信封上的地址咱们都亲眼看见了，里面装的是一张偿还了债务的借据。如果伯爵夫人也到那个放债的人家里去过的话，显而易见，情况十分紧急。高老头极其大方地为她偿还债务。不必过多地去联想，我们已经明白了。对你说，年轻的大学生，当你的伯爵脸上微笑，翩翩起舞，卖弄风情，不停地摇摆桃花，尖尖的手指拉着裙角时，她就像谚语里所说的那样，小鞋套着大脚，正在思索着她的或者是她的情夫的已经到了期却无法支付的借据。”

欧也纳也喊道：“听你们如此说来，我必须把事情搞个一清二楚，明天我就到特·雷斯多夫人家去。”

“是的，”波阿莱附和说，“明天就必须去一趟特·雷斯多夫人家。”

“也许你会遇见放了情分的高老头正在收账呢！”

欧也纳极其厌恶地说道：“如此说来，你们的巴黎竟是个藏污纳垢的地方了。”

“而且却是个奇怪的藏污纳垢的地方，”伏脱冷又说道，“全身都是泥泞，端坐在车上的人都是正派的人，而全身都是泥泞，靠两腿行走的是些小人，地痞。随便偷一件什么东西，你就要将他拉到法院的广场上去示众，众人都把你当猴戏欣赏，而偷了一百万，在交际场上，人们就会说你十分贤德，你们花费了三千万的钱供养着宪兵队和司法人员，以维持这种道德，真是妙不可言。”

“咋了？”伏盖太太打岔说，“高老头都熔化了他的镀金餐具了？”

“是不是盖子上刻有两只小鸽的？”欧也纳问道。

“不错，正是它。”

“也许那是他的心爱之物。”欧也纳说道，“当他把那只碗和盘子毁掉时，他泪流满面，我是无意之中发现了这一幕。”

“在他的眼中，那和生命差不了多少。”寡妇答道。

“你们看，这个老东西多么痴情啊！”伏脱冷喊道，“那个女人极有本事，使得他的心眼儿都痒痒的。”

大学生来到了楼上，伏脱冷出去了，过了片刻，西尔维叫来了一辆马车，古的太太和维多莉坐了上去。波阿莱扶着米旭诺小姐，向植物同走去，以度过她一天中最舒适的两个小时。

“哎呀，他们这不像已婚夫妇似的？”胖子西尔维说道，“今天，他们首次结伴出门，两口子都是干巴巴的，坚硬无比，碰在一起时，肯定会溅出火花，如同打火石一般。”

“米旭诺小姐最好要注意一下她的披肩。”伏盖太太面带笑容地说道，“否则它就会像蜡烛一样，会燃烧起来的。”

四点时，高里奥回到了公寓里，两盏油灯冒着青烟，他发现维多莉双眼通红。伏盖太太倾听她们讲述着白天前去看望泰伊番先生却一无所获的经过，他由于被女儿和这个老太婆死死地纠缠着，最终同意和她们见面，以把一切解释清楚。

“好太太，”古的太太告诉伏盖太太，“你能想到么？他都不让维多莉坐着说话，她自始至终都站在那儿。他并没有对我发脾气，然而却冷若冰霜地对我说，从此以后不用再劳驾我登门拜访了，说小姐（却不说他的女儿）越麻烦他，（一年才去一次，他就说麻烦了，这个魔王！）就越使他厌恶不已；又说当年维多莉的妈妈没有任何陪嫁，因此她也不能提什么要求，总而言之，她说了许多狠心的话语，使得可怜的女孩子泪流不止，如同泪人儿一般。她扑倒在爸爸的脚下，鼓起勇气，说道，她之所以苦苦地求他只是为了妈妈，她心甘情愿地遵守爸爸的旨意，不敢抱怨什么，然而乞求读一遍已故的妈妈的遗言，接着，她把信呈了上去，嘴里说着世上最柔和最真诚的话语。也不知她是打哪儿学来了这些话，肯定是上帝给予了她启示吧，因为可怜的姑娘说得极其动情，使得我这个在一边听见了的人都泪流不止，昏头昏脑的。谁知道老昏君正在修指甲，拿着可怜的泰伊番太太用泪水写成的信，扔到了壁炉里。说道，‘行。’他本想把跪倒在地的女儿扶起来，一见女儿捧着他的手，正要亲吻，便立即缩了回去。你瞧，他是多么讨厌！他的那个无用的儿子跑进了屋里，毫不理睬他的亲妹妹。”

“难道他们是畜生么？”高老头截住了她的话头，问道。

“然后，”古的太太没有注意高老头的感慨之词，“父子俩向我点了点头，便离去了，借口说有要事在身。我们今天登门造访的经过便是这样的。至少，他和女儿见了面。我不理解他为什么不肯和女儿相认，父女俩长得极其相似，如同两滴水似的。”

包饭和租住的客人们断断续续地到达了公寓，他们互相打招呼，嘴里说着毫无意义的废话。在巴黎的一些社会里，这种胡言乱语和奇怪的腔调，以及手势，就算是诙谐，主要是胡闹。这种俗语经常发生变化，没满一个月，就不会听见作为依据的笑话了。什么政治事件，刑事案件，街头的小曲，唱戏的插科打诨，都可以成为这种游戏的取材，把想法，语言当作羽毛球，拍打不停。有一种刚刚发明的新鲜玩意，名叫狄奥喇嘛，与透景象真画相比，更推进了光学的幻象，在一些画室里，人们用这个来开玩笑，不管说啥，总要在末尾加一个喇嘛，一个年轻的画家在伏盖公寓包饭，因此便带来了这个笑话。

“啊，喂！波阿莱先生，”博物院的职员说道，“你的健康的喇嘛发生了什么事了？”没等他作出答复，他又向古的太太和维多莉说道，“太太们，你们心里都不舒服，对么？”

“即将吃饭了吧？”荷拉斯·皮安训问道。他是一位医学院的学生，和拉斯蒂涅是朋友。“我的宝贝胃即将落到脚下了。”

“天气寒冷得要冰喇嘛，”伏脱冷喊道，“让一下呀，高老头。你真见鬼，你的脚占据了全部火门。”

皮安训说道：“赫赫有名的伏脱冷先生，为什么你说天气寒冷得要冰喇嘛？这句话说错了，你该说寒冷得要命喇嘛。”

“不对，”博物院的职员说道，“该说天气寒冷得要冰喇嘛，即说我的脚冰凉。”

“啊，啊，原来是这样。”

“嘿，拉斯蒂涅侯爵大人阁下，胡言乱语的法学博士大驾光临，”皮安训边叫喊边搂住欧也纳的颈部，使得他喘不过气来——“哦，嗨，列位，哦，嗨！”

米旭诺小姐悄无声息地走了进来，默默无言地冲大家点了点头，在三位夫人的身边坐了下来。

“我一见她就全身颤抖，这只老蝙蝠，”皮安训用手指着米旭诺，用低沉的嗓音对伏脱冷说道，“我对迦尔的骨相学有所研究，发现她长有犹大的反骨。”

“阁下知道犹大么？”伏脱冷问道。

“又有哪一位没遇见过犹大呢？”皮安训答道，“我可以打赌，这个毫无血色的老处女如同那些长长的虫子，气蛀空梁木的。”

伏脱冷一边整理鬓角，一边说道，“这就是小孩呀！那蔷薇，如同所有的蔷薇，只盛开了一个早上。”

一见克利斯朵夫毕恭毕敬地端着汤盂，走了出来，波阿莱叫了起来：

“啊，啊，不错的喇嘛汤端上来了。”

“先生，请原谅，”伏盖太太说道，“那是菜汤。”

所有在场的年轻人都大笑起来。

“波阿莱，你输了！”

“波阿莱输了！”

“为伏盖夫人加上两分。”伏脱冷说道。

博物院的职员问道：“然而谁留意今天早晨的雾了呢？”

皮安训说道：“那是一场疯狂的雾，惨兮兮的雾，绿色的雾，忧愁的雾，闷闷不乐的雾，高里奥式的雾”。

“高里奥喇嘛的雾，”画家说道，“由于一片混沌，啥也看不见。”

“喂，高里奥老爷，提及了您呢！”

高老头坐在桌子的横端，与端菜的门挨得很近。他抬起头，将鼻子凑近饭巾下的面包，闻了一番，这只是他做生意时的老习惯的偶然流露。

“哎呀！”伏盖太太尖刻地说道，嗓门极大，都压住了汤匙，盘子和说话的声音，“是否是面包不好？”

“不是这样，太太。”所用的面粉是哀当卜面粉，一级货。

“你是怎么明白的？”欧也纳问道。

“根据那种白色，那种味道。”

“根据你鼻子里的气味，既然你嗅个不停，”伏盖太太说道，“你太节俭了！总有一天，你只依靠厨房里的味道，你就能活下去的。”

博物院的职员说道：“如此一来，你可以去领一张发明执照，倒可以发财哩！”

画家说道：“不要理睬他，他之所以如此，只是让人相信他经营过面条生意。”

“如此说来，”博物院的职员紧追不舍，“你的鼻子是个蒸馏瓶了，可以提取食品中的精华。”

“蒸——啥？”皮安训问道。

“蒸大饼。”

“蒸笼。”

“蒸汽。”

“蒸鱼。”

“蒸包子。”

“蒸茄子。”

“蒸黄瓜。”

“蒸黄瓜喇嘛。”

从房间的四面八方传来了这八句回答，如同连珠炮一般。众人乐不可支，高老头更加诧异地注视着众人，如同要绞尽脑汁理解一门外国语言似的。

“蒸啥？”他向身边的伏脱冷发问。

“蒸猪脚，老兄。”伏脱冷一边答话，一边拍了一下高里奥的头部，压下他的帽子，把他的双眼蒙住了。

这个突如其来的打击使可怜的老人惊呆了，好长时间一动不动地。克利斯朵夫以为他已经喝了汤，便把他的汤盆拿走了。后来高老头把帽子掀了起来，拿起汤匙，向一边舀去，一下子餐桌子相碰，使得大家大笑不已。

“先生，”老头子说道，“你太缺德了，如果你胆敢再度把我的帽子向下按……”

“那又怎样呢，老头子？”伏脱冷打住了他的话头。

“那样，总会有一天，你会遭到极大的报应……”

“是不是下地狱呀？”画家问道，“还是被关进关坏小子的黑屋子呢？”

“喂，小姐，”伏脱冷向维多莉打招呼，“你为什么不吃呀？难道你爸爸依然寸步不让吗？”

“他简直是个魔王。”古的太太说道。

“最好要和他评评理儿才行。”伏脱冷说道。

“然而，”挨着皮安训坐着的欧也纳打岔了，“小姐可以为吃饭一事告他一状，因为她什么也吃不上。嗨，嗨，你们看看高老头端详维多莉小姐的神情。”

老人已把吃饭忘了，只是打量着可怜兮兮的少女，她的脸上浮现出了真正的痛苦，一个被抛弃的孝顺女儿的苦楚。

“好兄弟，”欧也纳轻轻地对皮安训说道，“咱们看错了高老头，他不但不是一个笨蛋，也不是一个死气沉沉的人。用你的骨相学来尝试一下吧，然后再把你的观点告诉我。昨天夜里，我亲眼看见他拧一个镀了金的盘子，如同用蜡做的似的轻巧灵便，此时此刻他脸上的表情，说明他有一点伟大的情感。在我的眼里，他的生活充满了神秘色彩，很有研究的价值，你不要发笑，皮安训，我可是说实在话。”

“不用说，”皮安训答道，“从医学的角度来看，这个老东西颇有格局，我可以解剖他的躯体，只需他同意就行。”

“不，只要你测量一下他的脑壳就行。”

“可以，我担心会染上他的傻气。”

造访两处

第二天，拉斯蒂涅着意地打扮了一番，下午大约三点时，他便动身前往特·雷斯多太太家。在去的路上，他想入非非，充满了希望，由于存在这种希望，因而年轻人的生活才洋溢着兴奋和激动。他们置阻碍与危险于不顾，处处都看到了成功。只凭想象，使自己的生活变成了一首诗，当计划遭到阻碍时，他们便悲伤烦恼，实际上，这些计划只是海市蜃楼、无边无际的野心。如果不是因为他们的肤浅和胆怯，社会秩序也就难以维持下去了。欧也纳担心不已，避开街上的污泥，边走边寻思，该和特·雷斯多夫人说些什么，为他的聪明才智的发挥做好准备，设计好一番迅速的答问，准备好一套美妙的词语，如同泰勒朗[①]式的警句格言，以便当求爱的机会来临时，可以运用，而一旦有求爱的机会，他的前途就可以建成了。倒霉的是，泥点依然溅到了大学生的身上，他只得去了王宫市场，让人为他涂上鞋油，把裤子刷一下，当他拿出以备万一之需的一块银币，进行交换时，心想：“如果我富有的话，我就可以乘马车，舒舒服服地思考问题了。”

他最终抵达了海尔特街，对门房说，他想拜见特·雷斯多伯爵夫人。门房见他从院中走过，门外毫无车马的动静，便带着不屑一

① 泰勒朗（1754—1838）：法国著名外交家。

顾的神情瞥了他一眼，他决心以后总有一天可以扬眉吐气，紧咬牙关，默默地忍受了。一辆装置豪华的双轮马车停在院中，马儿全副武装，站在院中，跺着脚。当他看见了大肆挥霍的奢侈，暗示着巴黎那灯红酒绿的生活的场景，便已自卑不已，别人再以白眼待之就自然而然。他尴尬到了极点。他的心情顿时糟糕透顶。原以为茅塞顿开，才思汹涌的大脑，忽然堵塞了，神志也迷迷糊糊的。看门的进屋通报去了，欧也纳在走廊内的一扇窗户下站着，提着一只脚，将肘部撑在窗户的拉手上，带着茫然的神情注视着窗外的院子。他感到等候了好长时间，如果不是他带有南方人的倔强，坚持不懈，相信一定会有奇迹发生的劲头，他早已离去了。

“先生，”看门人走了出来，说道，“此时，夫人正在上房里忙碌不堪，没有答复我，请先生先去客厅，稍等片刻，已经有客人在那里等候了。”

仆人可以在只言片语之中批评主人或者责备主人，拉斯蒂涅对这种令人生畏的本事暗暗佩服不已。另外，他成竹在胸，把仆人走出来的那扇门推开了，意欲让那些豪仆明白他和府中的人是相识的，没想到，他冒冒失失地走进了一个房间，里面摆放着油灯，酒架，用来烘干毛巾的器具，房间与一条黑乎乎的过道和一座暗梯相通。当下人们的窃笑从走廊里传入他的耳中时，他更加惊慌失措。

“先生，客厅在这里。”仆人那种假惺惺的尊敬好像增添了讥讽的意味。

欧也纳匆匆忙忙地退了出来，却与浴缸相撞，幸亏他的帽子依然抓在手中，没有掉进浴缸里。长廊的另一端燃着一盏小灯，突然，那边突然出现了一扇门，特·雷斯多夫人和高老头谈话的声音传入了拉斯蒂涅的耳中，还夹杂着一声亲吻。他随着仆人走过饭厅，来到了第一间客厅里，看见一扇窗户正面对着院子，于是，他便走了过去，站在窗前，他想看个明白，这个高老头和那个高老头是否实为一人。他的心剧烈地跳动，伏脱冷的那些可怕的议论又回响在他的耳边。仆人站在第二客厅门口，正在等他，突然，一个英俊青年走出客厅，烦躁地说道：

“我离去了，莫利斯。对伯爵夫人说一声，告诉她，我已经等候了半个多小时。”

这个肆无忌惮的男人——当然，他有权利如此放肆——唱着一支意大利歌，走向欧也纳站立的那扇窗户，为了打量陌生的客人，同时也是为了向院中眺望。

“爵爷，还是再稍等片刻吧，夫人已经忙完了事情。”莫利斯一边退向过道，一边说道。

就在这时，靠近大门的小楼梯的出口处，出现了高老头的身影，他拿起雨伞，正欲打开，却没有留心大门口处，一个戴着勋章的年轻人驱赶着一辆轻便马车，向里面冲来。高老头连忙后退一步，差点被撞翻在地。雨伞上的绸盖吓了马儿一大跳，当它冲向阶沿时，稍稍倾斜了一下。年轻人怒火冲天地回头看了一下高老头，在他没有走出大门之前，向他点了点头。那种礼节如同应付一个偶尔要去领教的债主，又如同应付一个必须表示尊敬，而一转过身去就会为之害羞的下流货。高老头热情地回礼，似乎很快乐。就在这一眨眼的工夫便发生了这些小节目。欧也纳神情专注地注视着这一切，没留心身边还有别人，突然，伯爵夫人那含嗔带怨的嗓音传入了他的耳中：

“喂，玛克辛，你要离去了？”伯爵夫人也没察觉楼下有车子开进院中，拉斯蒂涅转过身去，看见她一副娇滴滴的样子，身穿一件白色开司棉外扣粉红结的梳妆衣，头上很随意地结了一个髻，巴黎女郎的晨装便是如此。一阵一阵的芳香从她的身上散发出来，双眼水灵灵的，也许刚刚洗了澡，调理了一番，便显得更加娇艳可人。任何事情都逃不过年轻人的眼睛，他们的精神和女人们的光芒合二为一。如同植物要从空气中获得营养一样。欧也纳用不着接触，就已经感到这位夫人的双手无比细嫩，梳妆衣微微敞开，粉红色的胸部时而露出来一点点，他的双眼老在这上面转来转去，伯爵夫人根本不必用鲸鱼骨来束住腰部，她用一根带子，就勾画出了柔软的细腰，她的脖子人见人爱，她那穿着软底鞋的双脚也显得十分漂亮。玛克辛捧着她的手，亲吻着它，欧也纳刚刚看见玛克辛，而伯爵夫人也刚刚发现欧也纳。

“啊，原来是你，拉斯蒂涅先生，见到你，我非常高兴。”聪明的人见了她说话时的表情，肯定会立刻遵从她的旨意。

玛克辛看看欧也纳，又看了看伯爵夫人，那副神情明明是让不知趣的陌生的客人走到一边去——“喂，亲爱的，打发走这个小子吧！”玛克辛的目光高傲无比，毫无礼貌，和这句简洁干脆的话语的意思一样。伯爵夫人偷看了一下玛克辛的表情，脸上浮现出顺从的神情，于是，一个女人的所有心事无意之中一览无余。

拉斯蒂涅打心底里万分痛恨这个小伙子，首先是玛克辛拥有一头烫得不错的金黄色的头发，让他感到自己的头发丑陋不堪。其次，玛克辛脚上的靴子非常考究，而且一尘不染，而他的靴子上却满是污泥，尽管他小心翼翼地走路。最后，玛克辛身穿一件大衣，紧贴着腰部，如同一个迷人的女郎，而在下午两点半时，欧也纳却已身穿黑衣。来自夏朗德州的聪慧的孩子，当然会认为这个身材高挑，长着一双浅色的眼睛，皮肤白皙的花花大少，会勾引失去了父母双亲的小孩挥霍完家财的人，凭着打扮处于优势。没等欧也纳做出回答，特·雷斯多夫人便如鸟儿一般向另一间客厅走去，裙摆飞扬，如一只蝴蝶一般。玛克辛走在她的身后，满腔怒火的欧也纳便走玛克辛和伯爵夫人的身后。在大客厅里，距离壁炉架有几尺的地方，三人再度待在一起了。大学生清清楚楚地知道他会是那令人讨厌的玛克辛的障碍，却也没法顾及特·雷斯多夫人是否会发火，有意要坏这个花花大少的事。他突然回想起来，他曾在特·鲍赛昂夫人举办的舞会上和这个小伙子见过面，也猜对了他与伯爵夫人之间的关系，他恃着那股不惹祸就会成功的年轻人的胆量，暗暗寻思：“此人和我是情敌，我必须打倒他。”

啊，这个冒冒失失的家伙！他不明白这个玛克辛·特·脱拉伊伯爵老是向别人挑衅，以便对他进行侮辱，然后便马上出手，一枪打死敌人。欧也纳尽管也是个好猎人，然而却不能把靶棚的二十二个木人打死二十个。

年纪轻轻的伯爵坐在壁炉边的长椅里，把火钳子拿了起来，乱拨了一通柴火，举止十分野蛮，而且十分烦躁，使得阿娜斯大齐的那张美丽的脸庞立刻难看起来。她转过身子，面对着欧也纳，冷若冰霜地瞥了他一眼，目光中带着质问的意味。她的意思是："你为什么还不离开？"在富有教养的人的眼中，这便是逐客令。

欧也纳赔笑说道："夫人，我急于见到你，是因为……"

他忽然住口不说了。这时，客厅里的门被推开，那位驱赶轻便马车的先生突然现身了，他没戴帽子，也不和伯爵夫人打招呼，只是用放心不下的目光看了看欧也纳，握了握玛克辛的手，问了声好，口气亲热无比，使得欧也纳丈二和尚摸不着头脑。从内地来的小伙子对三角式的生活的有趣毫不知晓。

伯爵夫人手指她丈夫，向大学生说道："这位是特·雷斯多先生。"

欧也纳深深地行了个鞠躬礼。

"这位，"她向伯爵介绍欧也纳，"是特·拉斯蒂涅先生，由于玛西阿家的关系，是特·鲍赛昂夫人的亲戚，我是在她家上一次举办的舞会上和他相识的。"

由于玛西阿家的关系，是特·鲍赛昂夫人的亲戚，由于伯爵夫人要表现出女主人的高傲，说明来她府上的客人中没有不起眼的人物，因此这两句话的语气很重，于是，奇妙的作用产生了。伯爵脸上那种冷漠、矜持的神情消失得无影无踪，他向大学生招呼道：

"久闻大名，久闻大名。"

甚至玛克辛·特·脱拉伊伯爵也用忐忑不安的目光看了看欧也纳，不再像刚才那样高傲了。一个姓氏竟然具有和魔术棒相同的力量，不仅身边的人为此改变了表情，而且大学生也恢复了清醒的头脑，以及早就准备好了的聪明才智。对他来说，巴黎的上流社会的气氛原是黑乎乎的一片，此时此刻他灵机一动，突然看得一清二楚。什么伏盖公寓，什么高老头，早已抛到了九霄云外。

“我还以为玛西阿家族早已后继无人了。”特·雷斯多伯爵向欧也纳说道。

“对，先生，先伯祖特·拉斯蒂涅骑士娶玛西阿家的最后一位小姐为妻。他们生下了一个女儿，嫁给特·格拉朗蒲元帅为妻，那便是特·鲍赛昂夫人的姥爷。我们这一支是小房，先伯祖曾任海军中将，由于恪尽职守，丢掉了一切，从此之后，家境败落。茔命政府清算东印度公司的账务时，居然否认我们股东的权利。”

“贵伯祖是否是在一七八九年以前率领报复号？”

“对，没错。”

“如此一来，他应该和先祖相识了。那时候，先祖任伏维克号的舰长。”

玛克辛冲特·雷斯多夫人稍稍耸了一下肩膀，似乎在说：“如果他和这个家伙大谈特谈海军，那我们可完蛋了。”阿娜斯大齐明白他的意思，便使出女人的撒手锏，面带笑容，对他说道：

“你过来，玛克辛，我有事要向你请教，你们俩尽情地驾驶着伏维克号和报复号，并肩向大海驶去吧！”说完后，她站了起来，对玛克辛做了一个调皮的手势，玛克辛便跟在她的身后，走向上房。这暧昧的一对儿才走到门边，伯爵突然停止了与欧也纳的交谈，不快地喊道：

“阿娜斯大齐，你不要离开，你明明清楚……”

“我马上就来，我马上就来，”她不容分说地答道，“我托玛克辛办的事情，三言两语就可以说明白。”

没多久，她便回到了客厅里。所有想自由行动的女人都必须摸准丈夫的脾气，明白做到还不会失去丈夫的信任。也从来不在琐事上闹矛盾。和这些女人相同，丈夫的声音刚传入耳中，她便明白此时不能平平安安地待在内客室了。而欧也纳确实带来这番波折。于是伯爵夫人带着凶狠的神情，向玛克辛指着大学生，玛克辛用嘲讽的口吻对伯爵夫妇和欧也纳说道：

“哦，你们在说正经事，那我就不打扰了，再会了！”说罢，他扬长而去。

“不要走，玛克辛！”伯爵喊道。

“一会儿来吃饭吧！”伯爵夫人没有理睬欧也纳和伯爵，跟在玛克辛的身后走向第一客厅，在那儿待了好半天，以为伯爵会让欧也纳离去的。

拉斯蒂涅时而听见他们发笑，时而交谈，时而悄无声息，于是便向伯爵炫耀才能，或者奉承他，或者逗他高声谈论一番，有意耽搁时光，以便再度和伯爵夫人相见，搞明白她和高老头之间的关系。欧也纳无论如何也想不明白，这个和玛克辛产生了爱情可以摆弄丈夫的女人又怎会和老面条商打交道呢？他想弄明白，以便有把柄，去征服这个十足的巴黎女郎。

“阿娜斯大齐！”伯爵又在喊夫人。

“好了，可怜的玛克辛，”她向那个小伙子说道，“无可奈何，晚上再见……”

“娜齐，我希望你，”他附耳说道，“打发走这个家伙，你敞开一下梳妆衣，他便双眼发红，如火一般。他会对你倾吐情愫，拖累你，最后使得我必须打死他。”

“你发疯了？玛克辛？难道这些大学生不是极佳的避雷针么？当然，我会让特·雷斯多讨厌他的。”

玛克辛狂笑着走向门外，伯爵夫人站在窗前，注视着他坐上马车，握着马缰，将鞭子一挥，直到大门关闭了，她才回到了客厅里。

“喂，亲爱的，”伯爵对夫人说道，“这位先生家的庄园位于夏朗德边上，距离凡端伊很近。他的伯祖和我的爷爷还相识呢！”

“太好了，大家都彼此熟悉。”伯爵夫人魂不守舍地答道。

“还远远不止于此呢。”欧也纳压低嗓音说道。

“咋啦？”她带着不耐烦的神情问道。

“刚才，我看见一位先生走出门去，他和我在同一所公寓里居住，而且房间相邻，高里奥老头……”

“老头”这个调皮的字眼刚传人伯爵的耳中，正在拨动柴火的他如同手被烫了一下似的，把钳子扔向火中，起身说道：“先生，你能叫他一声高里奥先生吧！”

见丈夫很不耐烦，伯爵夫人的脸上一会儿泛红，一会儿泛白，神情十分尴尬。她假装镇定自若，竭力用平淡无奇的声音说道：“咋会知识一个我们最尊敬的……”她停顿了一下，注视着钢琴，如同心血来潮，回忆起了什么事情似的，说道：“你爱好音乐吗，先生？”

“非常喜爱，”欧也纳满面通红，心中发慌，恍恍惚惚地感到自己闯下了祸。

“你会唱歌么？”她说罢，来到钢琴前，用劲按一切琴键，从最低的音do到最高的音fa，啦啦地响声大作。

“我不会，夫人。”

伯爵在屋里不停地来回走动。

“真遗憾！不会唱，在交际场合，就缺少了一桩本事。——Ca—a—ro，Ca—a—ro，Ca—a—a—a—ro，non du—bita—re[①]，”伯爵夫人唱了起来。

欧也纳把高老头的名字道出来，也如同挥舞了一下魔术棒，与那一句：是特·鲍赛昂夫人的亲戚的魔术棒相比，二者的作用截然相反。他如同来到了一个收藏家的房中，凭借大力介绍，才走进门来，没想到，由于马虎，他撞在古董橱上，里面摆满了小塑像，于是三四件粘得比较松的头掉在地上，他渴望钻入土中。特·雷斯多夫人冷若冰霜，面沉似水，漠然的目光有意不看闯了祸的大学生。

大学生说道：“夫人，你和特·雷斯多先生很忙，请收下我的敬意，让我……”

伯爵夫人连忙做了个手势，截住了欧也纳的话头，“从此以

---

① 意大利作曲家契玛洛沙（1749—1801）的歌剧《秘密结婚》中的唱词。

后，我们总会对你的每次来访表示欢迎。”

欧也纳向主人夫妇深深地鞠了一躬，尽管一而再，再而三地推辞，特·雷斯多先生依然把他送到了走廊里。

“以后这位先生登门的话，不准再通报了。”伯爵向莫利斯命令道。

欧也纳走下石阶，却发现天上正在下雨。

“哼，”他心想，“我来到这儿，却闹了一个笑话，既不明白缘由，也不明白范畴，另外还弄脏了我的衣服和帽子。我真应该老老实实地啃我的法律，全心全意地当一位严肃的法官。想体体面面地出现在交际场合中，首先必须置办双轮马车，亮闪闪的靴子，非要不可的行头，金制链条，早上戴的鹿皮手套，价值六法郎，晚上戴的黄手套，我配得上吗？浑蛋高老头，见鬼去吧！”

刚来到大门口，一个马夫正在驱赶一辆可以出租的马车，也许才把新婚夫妇送到家中，此时正想偷偷地捞点外快，见欧也纳没撑雨伞，身着黑衣，白背心，手上又戴着白手套，脚穿涂了油的靴子，于是向他挥了挥手，欧也纳肚子正窝着一股无名火，只想钻入已经陷进去的洞中，似乎可以发现幸运的出路似的，他向马夫点了点头，也不顾身上只带了一法郎，加两个铜子，上了马车，车厢里到处都是橘花和用来扎花的铜线，说明新郎新娘刚刚离去。

“先生想去哪儿？”车夫问道，此时，他已经把白手套[①]脱了下来。

欧也纳暗暗地想：“不管了，既然花费了金钱，至少也应得利用一下。”于是，他大声答道：“去鲍赛昂府！”

“哪一处鲍赛昂府？”

欧也纳被问得张口结舌，这个出道不久的英俊少年不明白鲍赛昂府有两处，也不明白有那么多遗忘了他的亲友。

“特·鲍赛昂子爵，位于……”

① 白手套：喜事车子的马夫通常穿一套特殊的礼服，不戴白手套。

“葛勒南街，”马夫把头偏了偏，说道，“你清楚，还有特·鲍赛昂伯爵和侯爵的府第，位于圣·陶米尼葛街。”他一面把踏板吊了起来，一面补充说道。

“我清楚，”欧也纳脸色阴沉，答道。他摘下帽子，把在前座的坐垫上，心想：“今天大家都拿我寻开心，吓……这次的胡闹花光我所有的钱，然而至少，我拥有了百分之百的贵族的架势，可以前去拜见我那所谓的表姐了，高老头至少花掉了我十个法郎，这个老家伙！真，如果我将今天的背时事情告知特·鲍赛昂夫人，也许她会大笑不已呢！她肯定清楚这个老家伙和那个美丽的女人之间的见鬼的关系，与其被那个女人碰一鼻子灰——可能还要花费许多钱，——倒不如去向我的表姐献殷勤。光是子爵夫人的名字就已经具有了如此的威力，她的权势想必更不在话下，还是借助于上面的通道，一个人如果想进天堂，就应该向主下手。”

他思绪万千；不知想了多少主意，上述的话只是一个极其简单的大纲罢了。他注视着雨中的风景，稍稍平静了一些，也恢复了一些胆量。他寻思，尽管把这个月仅有的十个法郎挥霍掉了，但是毕竟保住了衣服鞋帽。听见马夫高声喊道：“对不起，请把门打开！”他不禁得意非凡。穿着镶了金边的通红的制服的看门人拉开大门，发出咕咕的声音。拉斯蒂涅非常满足，眼看马车驶过门洞，进了院子，停在台阶前的玻璃棚下。马夫身穿镶了大红边的蓝色的褂子，把踏板放了下来。欧也纳下来了，从走廊里传来了一阵窃笑。在那儿，三四个仆人正在笑话这辆俗不可耐的马车。大学生被他们的笑声提醒了，因为此时就有车马与其相比较。一辆巴黎最豪华的车子停在院子里，两匹强壮的牲口拉套，耳边插着蔷薇花，咀嚼着马嚼，马夫的头上扑了发粉，还系着领结，握着马缰，如同担心牲口逃跑似的。一辆属于一个二十六岁的男人的轻便双轮车停在唐打区的雷斯多夫人的家中，一位爵爷的显赫的仪仗摆在圣·日耳曼区，只花三万法郎，还置办不起这副车马。

“又是什么人待在这里呢？见鬼！表姐肯定也有属于她的玛克

辛。”直到此时此刻，欧也纳才知道在巴黎极少遇到没有主顾的女人，即使是流血流汗，也无法征服这样的一个王后。

他走上了台阶，心却凉了一半。正对着他的玻璃门开了，那些仆人都老老实实的，如同被揍了一顿的骡子似的。上一次他出席的舞会的举办地点是在楼下的大厅里。在收到请帖和参加舞会之间，他没有时间去拜见表姐，因此也就没有去特·鲍赛昂夫人的上房。今天他是首次欣赏到这些精美无比、独具匠心的摆设，从摆设上，可以看出一个优秀的女人的内心世界和生活习性。由于有特·雷斯多夫人的客厅作为比较物，因此对鲍府的研究也就更有趣味。下午四点半，子爵夫人可以会见来访的客人了，如果是四点二十五，她也不会会见表弟。对巴黎的礼节一无所知的欧也纳通过一座大楼梯，楼梯旁有金漆栏杆，地上也铺有红地毯，两边摆放着鲜花。他来到了特·鲍赛昂夫人的上房。在巴黎的交际场合窃窃私语议论别人的历史，一天就会是一个样，她的历史只是其中的一页，只是欧也纳对此一无所知而已。

已经有三个年头了，子爵夫人和特·阿瞿达-宾多侯爵相好，他是一个最显赫最富有的葡萄牙显贵。对当局者来说，那种纯洁的友情真是颇有趣味，不能有第三者来干扰。特·鲍赛昂子爵也尽职尽责，无论内心里怎么想，表面上总是很尊重这种莫名其妙的友情。在他们刚刚建立友情的那段日子里，每当下午两点，前来拜见子爵夫人的来客都会与特·阿瞿达-宾多侯爵相遇。由于体统方面的原因，特·鲍赛昂夫人不能将来客拒之门外，然而她态度冷漠地会见一般的客人，总是盯着墙上的嵌线，最终所有人都明白她正在受折磨。当巴黎所有人都明白，如果在两点和四点之间的这段日子里登门造访的话，就会干扰特·鲍赛昂夫人，她不能享受宁静。她总是由特·鲍赛昂和特·阿瞿达-宾多两位先生陪同着前往意大利戏院或者歌剧院。特·鲍赛昂先生为人十分圆滑，安顿好夫人和葡萄牙人后，就找一个借口转身离去。特·阿瞿达先生即将和洛希斐特家的一位小姐结为连理了，在整个上流社会中，只有特·鲍赛昂夫人对此一无所知。曾经有几个女朋友闪烁其词地告诉过她几次，她却报以大笑，认为朋友们对她的快乐心怀妒忌，意欲毁灭它。然而教堂里的婚姻公约即将公开了，那一天，这位葡萄牙俊男为此来到了府上，准备将婚事告知子爵夫人，却总是没有胆量说一个负心字眼。为啥？因为世上最难的事情要数对一个女人发出这样一个最后通牒。有的男士认为在决斗场上被人用剑插向前胸，心中还比较愉快，不像对一个哭了两个钟头，却又晕了，要进行抢救的女人无计可施。那时候，特·阿瞿达侯爵坐立不安，老想溜走，准备回去以后，再给她写一封信，把事情的原委告诉她。男女之间斩断情丝的手续，书面上的总比口头的容易办得多。当仆人报告说欧也纳·特·拉斯蒂涅先生来访时，特·阿瞿达侯爵高兴得蹦跳起来。当一个真的拥有爱情的女人产生怀疑时，与纵欲享乐，换一下口味相比，她的心思更加机灵。一旦面临被人遗弃的情形，她能够对一个姿势的含义猜测得分毫不差。即使是马儿在春天的空气中闻到促进爱情的味道，也没有她那么迅速。那个难以自主、细微的、然而却纯真得令人生畏的神情，特·鲍赛昂夫人早就一眼看破了。

欧也纳不明白，在巴黎，不管你要登门造访谁，都不得不先去找主人的朋友、亲戚，打听清楚丈夫的、老婆的，或者孩子们的历史，避免发生笑话。正如波兰谚语所言，把你的车套上五头牛！即需要千钧之力，才可以把你那满是污泥的脚拔出来。在法国，对在交谈中闯了祸还没有称谓，也许由于流言蜚语满天飞，大家以为不会有冒失的事情发生。欧也纳在特·雷斯多家闯了祸以后——主人无暇为车套上五头牛——也只有他才会鲁鲁莽莽地前往鲍赛昂家再度出乱子。二者的不同之处便是在特·雷斯多夫人家中，他使特·雷斯多夫人和特·脱拉伊先生处境尴尬，存后者家中，他却为特·阿瞿达先生找了台阶下。

十分小巧的客厅里，只涂有灰、粉红两色，摆设很精致，却毫无贵族气息。欧也纳刚刚走进客厅，葡萄牙人便和特·鲍赛昂夫人道别，匆匆忙忙地走向门边。

“那么，晚上再见，”特·鲍赛昂夫人转过头来，瞥了侯爵一眼，“咱们不是准备前往意大利剧院么？”

“恕不奉陪。”侯爵已抓住了门把手。

特·鲍赛昂夫人站了起来，让他回来一下，却毫不在意欧也纳。欧也纳立在那里，豪华的摆设弄得他神志不清，以为来到了一千零一夜中的天地。他面对这个都不拿正眼瞧他的夫人，不知如何是好。子爵夫人把右手的食指举了起来，动作优美地做了个手势，直指身前的侯爵，要他站在她的身边。这姿势带有热烈的力量，侯爵只得把门把手放下，走了过来。欧也纳注视着他，心中羡慕不已。

他心中暗想：“此乃乘坐轿车的人物。哼，居然要骏马开路，健壮的仆人尾随在后，花钱似流水，才能获得巴黎女郎的钟情么？”豪奢的想法如魔鬼般地噬咬着他的心，他的头脑被获取金钱的疯狂煽动了，对金子的饥渴使他口中十分干燥。每个季节他都会收到生活费一百三十法郎。而她的父母双亲，兄弟姐妹，姑姑每个月的花销还不足二百法郎。他把自己的处境和理想中的标准迅速作了一下比较，心中更加慌张了。

“你干吗不去意大利剧院呢？”子爵夫人面带笑容地问道。

“有要事在身。今天晚上，英国大使馆设宴请客。”

“你可以提前离去吗？”

一个男人一旦开始欺骗他人，肯定会一而再，再而三地撒谎。特·阿瞿达先生面带笑容地说道：“你一定要我提前离去吗？”

“那是当然。”

“哎，我等的就是你的这句话。”他回答时使了个媚眼，即使是别的女人也会被他蒙混过关的。

他握住子爵夫人的手，亲吻了一下，转身离去了。

欧也纳用手整理了一下头发，弯着腰准备鞠躬，以为这时特·鲍赛昂夫人应该想到他，没想到她身子前倾，冲向走廊，跑至窗前，注视着特·阿瞿达先生上车。她倾耳细听，只听见随从吩咐马夫，“前往洛希斐特公馆。”

这几个字眼，还有特·阿瞿达端坐在车厢里时脸上的那种犹如卸下千斤重担的神情，在子爵夫人的眼中，丝毫不比电闪雷鸣差多少。她转过身子，走了回来，惊恐不已。这便是上流社会里最令人恐怖的灾难。她来到卧室里，坐了下来，拿起一张漂亮的信纸，写下了这几个字：

如果你在洛希斐特家用餐，而并非在英国大使馆，你必须对我说明白，我等着。

由于手指颤抖，有几个字母写得不成样子，她修改了一下，再写了一个“C”，那是她的名字格兰·特·蒲尔高涅的简写。接着她按响了铃铛，呼叫仆人。

“雅各，”她对仆人说道，“七点半，你到洛希斐特公馆与特·阿瞿达侯爵见面。如果他在那儿，你就把纸条呈给他，不必等他的答复，如果他不在那儿，你就把原信带回来。”

“夫人，还有客人在客厅里等着见您呢！”

“啊，对，对。”说罢，她推开门，走进客厅。

欧也纳已经感到不自然了，当他最终与子爵夫人相见时，她那激动不已的口气又让他分心了。她说道：“先生，请原谅，刚才我要写个纸条，此时可以作陪了。”

实际上，她也不明白自己在说啥。她的心中正在寻思：“啊，他即将娶洛希斐特小姐为妻。但是他拥有人身自由么？今天晚上，我必须毁掉这桩亲事，不然的话……哦，明天就解决了这件事，我还着什么急呀！”

“表姐……”欧也纳叫道。

“唔……”子爵夫人向大学生投来高傲的目光，大学生不禁颤抖了一下。

这个“唔”的意义欧也纳是明白了。三个小时过去了，他增长了多少见识呀！一听到这个字眼，他立刻清醒了，满面通红，改了称呼："夫人，"他犹豫了片刻，又说道，"对不起，我确实需要别人的提携，即使是远亲，也是有用的。"

特·鲍赛昂夫人微笑了一下，笑容里却带着凄惨的意味。至于在她身边形成的坏运气她已经有所感觉。

"要是你明白我的家庭境况的话，"他又说道，"你肯定愿意成为神话故事中的仙女，帮孩子们渡过难关。"

她满面笑容地说道，"哦，表弟，你要我如何帮你呢？"

"我也说不清楚，对我来说，你恢复了我们早已变得生疏的亲戚关系，已是极大的幸福了。你让我惊慌失措，几乎不明白刚才我说啥了。在巴黎，我只认识您。哦，我想请教你，求你把我当作一个可怜的小孩，甘愿伏在你的裙下，为你做任何事情。"

"为了我，你可以杀人么？"

"杀两个人都行。"欧也纳答道。

"孩子，确实，你真的是个小孩。"她强忍着不再流泪，"你才能拥有真正的爱你！"

"哦？"他摇了摇头。

一听大学生这句极富野心的话语，子爵夫人不由自主地十分关心他。这是这位从南方来的小伙子首次施展心计。他在特·雷斯多夫人的蓝色客厅和特·鲍赛昂夫人的粉红色的客厅里，已把三年的巴黎法修完了。尽管无人提及过这部法典，然而它却成了一部上流社会的案例，一旦学会了，而且善于运用的话，可以达到任何目的。

"哦，我已经想起我要说的话了。在你举办的舞会上，我和特·雷斯多夫人相识了，我刚才去看望了她。"

"那么你极大地干扰她了。"特·鲍赛昂夫人面带笑容地说道。

"哎，正是如此。我一无所知，如果你不帮我的话，我会得罪所有的人的。以我之见，在巴黎，要找到一个年轻、美丽、富有、高雅，而且没有主顾的女人是十分的不容易。我正需要这样的女人，利用被你们说得妙不可言的人生教导我，而脱拉伊先生却处处存在。我此次前来，是请教你一个谜语的谜底。求你对我说一下，我闯下了什么性质的祸根。在那里，我说起了一个老头子……”

“特·朗日公爵夫人登门拜访。”雅各走了进来，向主人报告。大学生的话被打断了，他做了个动作，说明他气恼不已。

“你希望获得成功。”子爵夫人压低嗓音，叮咛道，“首先你不要如此的表情丰富化。”

“喂，你好，亲爱的，”她站了起来，前去迎接，拉着她的手，十分热情，即使是对亲生姐妹也莫过于此。公爵夫人也显得万分热情。

“她们不是好友么？”拉斯蒂涅心想，“从此以后，我便拥有两位保护者了。这两位夫人的口味肯定是一样的，表姐很关心我，这位女客肯定也会如此的。”

“你太好了，想到了来看望我，亲爱的安多纳德！”特·鲍赛昂夫人说道。

“我见特·阿瞿达先生去了洛希斐特府，心想你肯定独自待在家中。”

见公爵夫人说了这些不吉利的话语，特·鲍赛昂夫人既不紧咬双唇，也没有满脸通红，而是眼神镇定自若，额角舒展开来。

“如果我知道你还有来客……”公爵夫人转过身来，注视着欧也纳，补充道。

子爵夫人说道：“这是我的表弟，欧也纳·特·拉斯蒂涅先生。你是否有蒙脱里伏将军的音讯？昨天，赛里齐对我说，人人都没见到他，今天他前去贵府了吗？”

众所周知，公爵夫人疯狂地爱上了特·蒙脱里伏先生，近来成了弃妇，因此这句话在她听来，显得十分刺耳，她满面通红，答道：

“昨天他待在爱里才宫。”

“他在值班[1]么？”特·鲍赛昂夫人问道。

“格拉拉，你肯定晓得，”公爵夫人的眼神显得极其狡诈，“明天，教堂就要公开特·阿瞿达先生和洛希斐特小姐的婚姻了。”

这个打击实在是太可怕了。子爵夫人不由自主地脸色苍白，面带笑意地答道：

“哦，这又是那些笨蛋在造谣。为什么特·阿瞿达先生会让洛希斐特获得葡萄牙最好的姓氏呢？洛希斐特家才刚刚封爵不久。”

“但是别人说贝尔德的陪嫁有二十万法郎的利息呢！”

“特·阿瞿达先生是个富豪，他不会这么想的。”

“然而，亲爱的，洛希斐特小姐确实惹人怜爱呢！”

“哦？”

“另外，今天他在那儿用餐，已经谈好了婚约的条件，你的音讯如此闭塞，真让人感到奇怪！”

“哎，你到底闯下了什么祸呀，先生？”特·鲍赛昂夫人把话头一转，说道，“这个可怜的孩子踏进社会不久，他不明白我们刚才所说的话。亲爱的安多纳德，请你关照一下他。我们明天再聊，明天，一切都清楚了，你也就更有把握帮我的忙。”

公爵夫人带着高傲的神情瞥了一眼欧也纳，那种眼神可以把一个人从头上看到脚下，并将其浓缩，直至消失。

“夫人，我在无意间把特·雷斯多夫人给得罪了，我的罪名便是‘无意间’这个字眼。”大学生急中生智，发现面前这两位夫人的亲热的交谈中隐藏着尖刻的讥讽。然后他说道：“你会照样会见那些有意对你们造成伤害的人，也许还对它们心存畏惧。你以为一个伤害了别人却不知道伤得如何的家伙是笨蛋，以为他是啥也不会用的傻瓜，没有人看得起他。”

特·鲍赛昂夫人用泪水淋漓的双眼瞥了他一眼。崇高的心灵经

① 爱里才宫当时是路易十八的侄子特裴里公爵的府第。蒙脱里伏将军属于王家禁卫军，所以说“值班”。

常用这种眼神来表达他的感谢和自尊。不久前公爵夫人用拍卖行里估价员才有的那种目光端详欧也纳，已经伤害了他，如今特·鲍赛昂夫人向他投来的目光便是为他的创伤擦了止痛油。

欧也纳又说道："出乎你们的意料，我刚刚获得了特·雷斯多伯爵的喜爱呢！"由于他向伯爵夫人投去了既谦虚又狡诈的目光，"实话对你说，夫人，我只是一个可怜的大学生，既贫穷，又孤零零的……"

"先生，别这么说。任何人都不爱听哭诉，我们女人又何尝不如此。"

"行。我年满二十二岁。应该承受这个年龄的困难，再说此时我正在忏悔，在哪儿能找到这么漂亮的忏悔室呢？我们便是在这儿犯下了向教士忏悔的那些罪行。"

一听这些对宗教不恭的话语，公爵夫人脸色阴沉，极想痛责一下这些俗气的话语，她向子爵夫人说道："这位先生刚刚……"

在特·鲍赛昂夫人的眼中，表弟和公爵夫人都引人发笑。于是便没有什么顾忌地笑了起来。

"是的，他刚刚来到巴黎，正在请一位女老师，让他学点风雅。"

"公爵夫人，"欧也纳接过话头，说道，"我们想找一些路子，弄明白所爱的人的底细，难道这不是自然而然的事情吗？"

公爵夫人说道："我想特·雷斯多夫人和特·脱拉伊先生是徒弟和师父的关系吧！"

大学生说道："我根本不清楚。夫人，于是，我恍恍惚惚地闯进屋里，岔开了他们俩。幸亏我和他丈夫的关系还行，那位夫人态度还可以，一直到我把我认识的一个人说了出来。他刚刚走下他们的后楼梯，站在一条小径的尽头，拥抱伯爵夫人。"

"那是什么人？"两位夫人异口同声地问道。

"那是一个老头子，居住在圣·玛梭区，和我这个穷学生相差无几，每月的生活费只有四十法郎，大家常拿他寻开心，这个可怜虫叫高里奥老头。”

“哎呀，你这个小孩，”子爵夫人喊了起来，“特·雷斯多夫人是高里奥家的一位小姐呀！”

“面条商的女儿，”公爵夫人接过话头，说道，“她与一位糕饼师的女儿同时进宫见驾。你忘记了？格拉拉？皇上喜笑颜开，说了句拉丁文，那是有关面粉的妙语，说那些女人，他是咋说的，那些女人……”

“其为面粉也相同。”欧也纳替她说出了这句话。

“是的。”公爵夫人说道。

“啊，原来高老头是她的爸爸。”大学生做了一个万分厌恶的动作。

“可不是这样？这个老东西生有两个女儿，他都十分疼爱。然而两个女儿几乎不认他了。”

“他的小女儿，”子爵夫人注视着特·朗日夫人，说道，“不是嫁给一个银行家为妻么？他的名字像德国人的，叫特·纽沁根男爵。她叫但斐纳，一头淡黄色的头发，歌剧院侧面的一个包厢属于她，她爱去喜剧院，经常大笑，以引人注目，对么？”

公爵夫人面带笑容地答道：“哎，亲爱的，我对你真佩服得五体投地！你为什么如此留心这样的人呢？只有像特·雷斯多那样，爱得发了疯，才会和阿娜斯大齐在面粉中滚来滚去。嘿，他对生意经一窍不通。特·脱拉伊占有了他的夫人，她迟早会出事的。”

“她们不承认爸爸。”欧也纳又说了一遍。

“哎，对，”子爵夫人接过了话头，说道，“不认亲生爸爸，善良的爸爸。据说他送给每个女儿五六十万，以让她们攀高枝，快快乐乐地过日子。他只给自己留下了八千到一万法郎的收入，以为女儿永远都是如此，有一天嫁为人妇，他便拥有两个家，他们会尊敬他，恭维他。谁知还没满两个年头，他便被两个女婿赶出家门，认为他是个无法收留的流氓……”

几滴泪水涌出了欧也纳的眼眶。近来，他从家中领会到了骨肉亲情，天伦之乐，他依然拥有年轻人的信念，而且首次出现在巴黎文明的战场上。真的情感极富感召力，三个人默默无言，发了一会儿呆。

“唉，老天，”特·朗日夫人说道，“这种事儿真是见鬼，然而我们却司空见惯。总会有个缘由吧？对我说一下，亲爱的，你是否思考过，何谓女婿？——女婿便是这样的一种男人，让我们白白地为他养大女儿。我们视女儿为宝贝疙瘩，将其养大成人，我们之间有着千丝万缕的联系。在满十七岁之前，她是家中的幸福天使，即拉马丁所言的纯洁的灵魂，接着便成了家中的瘟神。女婿从我们这儿抢走了她，用她的爱情充当一把尖刀，活生生地一刀斩断了我们的天使的心中对娘家的一切情感。昨天，女儿依然是我们的生命，我们也是她的生命，明天她便成了我们的敌人。不是天天都在上演这种悲剧么？这儿是媳妇对一心为了儿子的公公十分放肆，那里又是女婿把岳母拒之门外。我听见人人都在发问，今天的社会里到底有哪些悲剧，哎，先不说我们的婚姻已经一塌糊涂了，关于女婿的悲剧不是极其恐怖吗？我对那个老面条商的遭遇一清二楚，我还没忘记，这个福里奥……”

“是高里奥，夫人。”

“对，在大革命时期，这个莫里奥曾任过他那个区的区长，他对那次著名的饥荒知道得清清楚楚，当时，面粉的售价比进价高十倍之多。他便因此变阔了。那个时候，他积了许多面粉，我奶奶的管家就曾经卖了一批面粉给他。当然，和所有的人一样，高里奥和公安委员会的人分赃。我还没忘呢，那时，管家对奶奶出言相慰，说她只要平平安安地居住在葛朗维里哀，她的麦子如同一张优秀的公民证书。卖麦子给刽子手们[①]的洛里奥[②]，唯独有桩傻事，即

① 刽子手们：大革命时代的公安委员会是逮捕并处决反革命犯的机构，在保王党人口中就变了“刽子手”。公安委员会当时也严禁囤货，保王党人却说它同商人分肥。

② 此处特·朗日夫人口中高老头名字不统一，可能因为她没留心。

对女儿过于疼爱。他在特·雷斯多家供奉着长女，又将次女安在特·纽沁根男爵身上，纽沁根是个银行家，加入了保王党，非常富有。你们知道，在帝政时期，两个女婿并不讨厌家中有个老革命党，既然此时是拿破仑执政，还可以马虎一点。然而当波旁家东山再起之时，特·雷斯多先生开始厌恶那个老头子，那个银行家更是如此。可能两个女儿一直爱着爸爸，意欲在爸爸和丈夫之间寻个两全之策。每当无客来访时，她们便请来高里奥，编出种种理由，以示体贴入微。'爸爸，你来吧！无人前来打扰，我们十分愉快！'等等。我坚信，亲爱的，所有的真情实感都长有双眼，拥有智慧，因此，那个大革命时期的可怜虫伤心欲绝。他知道在女儿们的眼里，他把她们的脸都丢尽了。也知道她们热爱丈夫，而他却是女婿的障碍，必须牺牲。于是他便做出了自我牺牲，因为他是爸爸，他主动退出。见女儿变得愉快起来，他知道他没有做错，其实是父女共同安排这小小的罪过。这种情形随处可见，在女儿的客厅里，陶里奥不就是一个油乎乎的污点么？在那里他感到不自在，心中发闷。即使是一个美丽非凡的女人对待一个最爱的男人，也会出现这种情形。要是他厌倦了她的爱情，他会离去，做出种种下贱之举，以避开她。一切情愫都会以此告终的。我们的心如同一座宝藏，一下变得空空如也，就会破产。一个人献出了全部的感情，如同挥霍完了所有的金钱，别人却不肯原谅他。这个做爸爸的献出了一切，在这二十个年头里，他献出他的心血，他的爱，又在一天之内献出了他的财富。一旦榨干了柠檬，那些女儿们便把剩余的皮丢弃在大街上。"

"社会真无耻！"子爵夫人双眼低垂，把披肩上的经纬线拉了拉。特·朗日夫人讲述这个故事，有些话伤害了她。

"不是无耻！"公爵夫人答道，"社会就是如此。我说这句话，只是说明我已看穿了它。其实，我的想法和你的一样。"她把子爵夫人的手握得紧紧的，"社会是个泥潭，我们必须站在高山上。"

她站起身来，在特·鲍赛昂夫人的额上亲吻了一下，说道："亲爱的，你此时此刻真美，血色极好。"

随即，她冲欧也纳稍稍点了点头，转身离去了。

那天晚上高老头拧镀金的盘子的一幕又浮现在他的脑海里，他说道："高老头真了不起。"

特·鲍赛昂夫人充耳不闻，她呆呆地发愣，好长时间，两个人都一声不吭，可怜的大学生站在那儿，既不敢离去，又不敢留下，更不敢说话。

"社会真是既无耻又残酷。"子爵夫人终于开口了，"只需我们遭受了一件祸事，就有一个朋友登门向你报告，用匕首刺我们的心口，让我们看刀柄。冷嘲热讽，讥笑、挖苦、蜂拥而至。啊，我一定会还击的。"她抬起了头，举止十分端庄而严肃，正好表现出了她的贵妇人的身份，眼神傲慢，目光似闪电。

"——啊，"她立刻发现了欧也纳，"你没走！"

"对，我还留在这儿。"他惊恐不已地答道。

"哎，拉斯蒂涅先生，对这个世道，你必须以牙还牙，以眼还眼。你想获得成功吗？我助你一臂之力。你能够测量一下，女人堕落到了什么样的地步？男人爱慕虚荣到了何种地步？尽管我已将人生这本书读得滚瓜烂熟，然而还有几章不太明白。此时，我都懂了。你越是没有良心，就会升得越快。你必须毫不手软地攻击别人，让别人对你心存畏惧。只有把所有的人充当驿马，骑得它们疲惫不堪，每到了站，就扔下它们。如此一来，你才会抵达欲望的顶点。这女人必须年轻貌美，富有。如果你有真情实感，得把它视作珍宝一般，隐藏起来，一辈子都不要让别人猜对，否则一切都完了。你不仅无法成为刽子手，反之别人就会拿你开刀了。将来大约某一天，如果你产生了爱情，一定要守口如瓶。在没有弄明白她的情况之前，千万不要把你的心掏出来。如今，你尚未获得爱情，但是为了保全以后的爱情，你首先必须学会警惕别人。我告诉你，米盖尔……（她毫无察觉地把名字说错了），女儿抛弃了爸爸，希望爸爸早点亡故，这还算不上是恐怖的事情呢！那对姐妹彼此心怀忌妒。雷斯多出身世家，太太入宫见过驾，也被贵族社会接纳了，然而她的富有的妹妹，迷人的但斐纳·特·纽沁根太太，银行家的夫人，心中却非常难受。她的心被忌妒噬咬着，她和姐姐面和心不和，还不如路人。姐姐并非她的姐姐了，两个互相不肯相认，就像不承认她们的爸爸一样。对特·纽沁根夫人来说，只要能踏进我的客厅一步，即使是让她舔干从圣·拉查街至葛勒南街的大道上的尘土，她也心甘情愿。她以为特·玛赛可以帮她实现这个目标，便情愿受他的支配，对他纠缠不休。谁知特·玛赛根本就不在乎她。你如果可以介绍她来我这儿，你便成了她的宝贝。从此以后你可以爱她，就爱她，不然的话，利用一下她也行。我可以和她见一两次面，每当举行盛会，宾客盈门的时候，然而我却不可单独和她见面，我见到她时，招呼她一声就可以了。你把高老头的姓名说了出来，关了伯爵夫人家的大门。对，朋友，你可以二十多次前往雷斯多府，她会二十次出门。他们将你拒之门外了。行，你请高老头为你介绍一下特·纽沁根夫人吧！那位美丽的夫人可以成为你的幌子。当有一天，她另眼看待你时，一切女人就会蜂拥而来，追求你。和她作对的敌人，她的好友，心心相印的友人都想抢走你。有的女人只会爱被别的女人相中的男人，如同那些处于中产阶级的女人，以为把我们的帽子戴在头上，就具备了我们的风范。因此到那时，你就可以大红大紫。在巴黎，大红大紫便是万事如意，就是发现了权势的万能钥匙。如果女人认为你才华横溢，有能力，男人就会信以为真，只要你不露出马脚就行。那时，不管你有多大的愿望，它都会成为现实。你去哪儿都行。那时候，你就会知道，社会只是笨蛋和骗子的组织。你既不当笨蛋，也不当骗子。你可以借走我的姓氏，它如同一根阿里安纳的钱，拉着你走进这座迷宫①。不要玷污了我的姓氏。”她转了转颈部，豪气干云地瞥了一眼大学生，

① 希腊神话，阿里安纳把一根线授给丹才，使他杀了牛首人身的米诺多，才能逃出迷宫。

“干干净净地还给我，行了，你走吧，我不挽留了，我们女人也要打自己的仗。”

“是否需要一个唯命是从的人为你点燃火药？”欧也纳截住了她的话头。

“那又如何呢？”她问道。

他拍了拍胸部，表姐冲他微微一笑，他也报以微微一笑，转身离去了。此时已是五点了，他饿了，担心会错过晚餐。这种忧虑，让他觉得到了在巴黎飞黄腾达，发现了通道的幸福。高兴之余，他的许多想法立刻团团围住了他。处于他这种年龄的小伙子，一旦蒙受了委屈，就得气疯了，冲着社会扬起拳头，又想报仇，又丧失了信心。那时，拉斯蒂涅正为“伯爵夫人家的大门被你关上了而生气，心想，“我要去尝试一下。果真如特·鲍赛昂所言的话，要是我真的碰了一鼻子灰，那么……哼！特·雷斯多夫不管前往谁家的沙龙，都会与我相遇。我必须学会击剑，打枪，打死她的玛克辛。——然而钱又在何处呢？”他突然向自己发问，“我去哪儿找钱呢？”特·雷斯多伯爵夫人那豪华的摆设突然在他的眼前闪闪发光。在那里，他亲眼看见了一个高里奥小姐喜爱的豪华。金光闪闪的屋宇，司空见惯的珍贵的器具，暴发户的俗气的摆设，如同别人的姘头那样奢侈。

鲍赛昂家的大家气势又压倒了这幅美丽的图画。他想象着巴黎的上流社会，立刻又产生许多坏主意，扩大了他的视野和心襟。他发现了社会的本质，法德对富有的人毫无约束力，财富便是金科玉律，他心想：“伏脱冷说得很对，有钱便是道德！”

当他到达圣·日内维新街后，他连忙走上楼去，拿来十个法郎，支付了车费。他来到散发着臭味的饭厅里，十八个吃饭者如同马槽前的牲畜一般，正在进餐。他认为这种穷相和饭厅里的情形丑陋不堪。环境的改变实在是太快了，形成了鲜明的对比，使他的野心更加受到了刺激。一边是非常高雅的社会的清新漂亮的情景，每个人都很年轻、开朗、浪漫、热情，身边又是优美的艺术品和奢华的摆设；一边却是满是污点的惨兮兮的图画，人们的脸上只留下情欲扫荡的迹象。特·鲍赛昂夫人由于成了弃妇，一气之下，便给他提出了计谋，他顿时想起来了，而面前这种悲惨的情景又如同为那些话语作了注释一般。拉斯蒂涅决定兵分两路，前去攫取财富。凭才华，同时也凭爱情，做一个学识渊博的博士，同时也做一个赶潮流的人。可笑的是，他依旧十分幼稚，不明白这两根线永远无法相交。

“你神情忧郁，侯爵大人。”伏脱冷说道。他的眼睛仿佛可以看清别人心中内最隐秘的东西。

欧也纳答道：“我不堪忍受这种玩笑，要想在此地做一个真正的侯爵，必须拥有十万法郎的收入，走运的人从不住伏盖公寓。”

伏脱冷注视着拉斯蒂涅，脸上带着倚老卖老、不屑一顾的神情，似乎在说：“小子，你不够我一口呢！”他又说道：“你心情很坏，也许在美丽的特·雷斯多夫人那儿失败了。”

欧也纳说道：“哼，由于我说她爸爸与我们同桌吃饭，她便把我赶了出来。”

饭桌上的人你看我，我看你，高老头垂下双眼，转过头去，擦了一下眼睛。

“你的鼻烟落到我眼睛里了。”他对身边的人说道。

“从此，如果谁敢捉弄高老头，那便是捉弄我。”欧也纳注视着高老头身边的人，说道，“他强过我们，当然不包括夫人们。”他向泰伊番小姐补充道。

此言便使事情发生变化。欧也纳说话的神情使桌上的人默默无言，唯有伏脱冷用讥讽的口气答道：“你想成为高老头的幕后人物，成为他的老板，首先必须学会击剑、开枪。”

“是的，我正想如此。”

“如此说来，今天你准备开始了。”

“可能。”拉斯蒂涅答道：“但是无人能管我的事情，因为我不想明白别人深夜里干啥！”

伏脱冷歪着眼睛，瞥了一眼拉斯蒂涅。

“老兄，你想把别人的把戏拆穿，就必须来到戏棚子里，不可在幕布的空隙里弄一下就行了。不必多嘴！”他见欧也纳即将发火，补充道，“如果你想谈谈，我随时奉陪。”

饭桌上，众人都冷若冰霜，一声不吭了。大学生的那句话传入了高老头的耳中，他心中难过极了。不明白大家已经改变了对他的看法，也不明白一个可以禁止别人欺侮他的小伙子出来为他说话，成了他的保护人。

“高里奥先生确实是一个伯爵夫人的爸爸吗？”伏盖太太压低嗓音问道。

“同时，他也是一位男爵夫人的爸爸。”拉斯蒂涅答道。

“他只得做爸爸。”皮安训对拉斯蒂涅说道，“我已经端详过他的头；他只有一根头骨，一根父骨，也许他是天父！”

欧也纳忧心忡忡，当皮安训的玩笑话传入他的耳中时，他并不感到好笑。他必须服从特·鲍赛昂夫人的劝说，思索着去哪里搞钱，如何去搞，在他的眼前，社会这片大草原显得空荡荡却又密密的，他注视着它，呆了。用罢晚餐，客人们都离去了，只有他一个人待在饭厅里。

“你见到我的女儿了？”高老头神情激动地问道。

欧也纳如梦初醒，握住老人的手，十分亲切地注视着他，答道：“你是个好人，正人君子，咱们等一会儿再说你的女儿。”

他不想再倾听高老头说话，便走到卧房里，写信给他妈妈。

亲爱的妈妈，请你思索一下，能否再施给我一次养育之恩。如今，我的情况是可以迅速变富，只是我需要一千二百法郎，而且是必须要。对爸爸只字不提此事，说不定他会不同意，而要是我没有这笔钱的话，我即将绝望，以至自绝身亡。以后我会亲自把我的意图告诉你，因为你必须明白我此时的境况，几乎要写几部书呢！好妈妈，我没有赌博，也未负债，然而如果你愿意保全你给予我的生命的话，你必须帮助凑齐这笔钱。总之，一句话，我已经和特·鲍赛昂子爵夫人见过面，她同意提携我。我可以只吃面包，只饮凉水，有时可以饿肚子，然而我不能没有在巴黎种植葡萄的工具。以后是飞黄腾达还是掉进泥中都与此有关。我完全明白你们对我的希望，而且要马上使它变为现实。妈妈，把一些旧首饰卖掉吧！马上我会为你买新的，家中的境况我一清二楚，我对你的奉献也是心中有数，你应该相信我不是无缘无故地让你奉献，那样的话，我几乎是畜生了。我是无可奈何才请求你的。这一次的支援关系到我们的前途。有了它，我便开始打仗了，因为巴黎的生活是一场无休无止的战斗。如果为了凑齐钱数而被迫卖掉姑姑的花边的话，请你对她说一下，将来，我会寄给她更美丽的花边。

他给两个妹妹也写了信，想得到她们的私房钱，他明白她们肯定会心甘情愿地送给他的。为了让她们在家中只字不提此事，他有心挑起年轻人的好胜心，使她们明白要体贴他。然而，写完了这些信件后，他依然有点忐忑不安，心神不定。年轻的野心家明白他妹妹那些远离尘世、不沾尘土的心灵是多么的崇高，明白她们会由此产生多少痛苦，同时，也会带给她们多少幸福！她们会怀着多么愉快的心情，藏在庄园深处，评价她们心爱的哥哥。他的心中燃起了希望之火，仿佛看见她们在偷偷地数着不多的私房钱，看见她们炫耀姑娘的狡黠，出于好心而首次玩弄花招，用匿名的形式把这笔钱邮给了他。他心想：“一个姐妹的心是无比纯洁的，饱含无限的温情。”写了这样的信后，他感到对不起她们。她们许愿时是多么卖力。乞求苍天和大地的动机是多么纯真！如今有一个奉献的机会，她们还不乐坏了吗？要是他妈妈无法凑齐他所需要的那笔钱的话，她又会是多么的烦恼！这些极其真诚的情感，这些可怕的奉献，即将变成他通往特．纽沁根夫人家的阶梯，一想到这儿，几滴泪水涌出了他的眼眶，如同供奉给家庭神坛的最后的几炷香，他心中乱极了，在屋里不停地走来走去。由于房门半掩着，高老头看见了他，便走了进来，问道："先生，发生了什么事了？"

"唉，邻居，我依然记得做儿子的和做兄弟的职责，就像你一直承担着做爸爸的职责。你真该为伯爵夫人着急，玛克·特·脱拉伊控制了她，她迟早会倒霉的。"

高老头嘴里咕咕哝哝的，他退出门外，欧也纳也不知道他在说啥。

第二天，拉斯蒂涅把信件送到邮局。直到最后的一分钟，他还拿不定主意，然而最终扔了进去，对自己说："我肯定成功。"这是赌徒们的口头语，大将的口头语，这种对运气坚信不疑的话经常置人于死地，而并非拯救生命。几天过去了，他前去拜访特·雷斯多夫人，然而她闭门不见。他去了三回，三次都被拒之门外，尽管他等到玛克辛不去的时候登门造访。子爵夫人猜对了。大学生从此不再努力学习，仅仅去课堂上应卯，签到。然后便走了。大部分大学生直到考试前夕才肯学习，欧也纳把第二年和第三年的课程都放在一块儿，准备到那时候再老老实实地读完法律课程。如此一来，在十五个月里，他便无事可做，以便在巴黎的大海中游泳，追女人，或者发笔横财。

在那一周里，他和特·鲍赛昂夫人见过两次面，他都是等到特·阿瞿达侯爵的车子驶离了鲍府后才登门的，这位显赫一时的女人，圣·日耳曼区最浪漫的人又过了几天快乐的日子，使洛希斐特小姐和特·阿瞿达侯爵的婚事暂且停顿了。特·鲍赛昂夫人十分担心好日子不长，在最后的几日里，更加热情如火，然而就在这段日子里，她的灾难形成了。特·阿瞿达侯爵和洛希斐特家私下里商量好了，觉得这一次的争吵和和好好处多多，巴望特·鲍赛昂夫人对此应有个心理准备，最终愿意放弃每天下午的约会，以为特·阿瞿达的未来做出牺牲。难道不是每个男人都要经历结婚这个阶段吗？

因此，尽管特·阿瞿达天天说着甜言蜜语，其实他是在演戏，然而子爵夫人也甘愿上他的当，“她最不肯庄严地跃下窗口，宁愿在楼梯上滚来滚去。”她的最好的朋友特·朗日公爵夫人如此说道。这些最后的光辉照耀了她很久很久，因此子爵夫人依然待在巴黎，为年轻的表弟服务——她对他关怀备至，几乎到了迷信的地步，似乎觉得好运会伴随着他。欧也纳对她也极其忠诚，充满了怜悯之情，而那时候这个女人正无法找到同情和劝慰的目光。在这种情况下，当一个男人对一个女人说些充满了温情的话语，肯定是居心叵测。

为了把面临的情形弄个一清二楚，然后再和纽沁根家套近乎，拉斯蒂涅意欲搞清楚高老头昔日的生活。他找到了一些有根有据的材料，大意如下：

大革命前夕，约翰-姚希姆·高里奥是一个平凡的面条司务，他技术熟练，节约，很有魄力，当一七八九年首次大暴动发生了后，主人家被抢了，他把铺子盘了下来，地处西安街，离麦子市场很近。他非常识趣，竟然愿意任本区的区长一职。于是，他的生意便获得了那个危机四伏的时期的一些有权有势的人物的保护，他白手起家的原因便是这种头脑灵活。就在那真真假假的大饥荒期间，巴黎的粮价高得吓人的那段日子里，他开始富裕起来。那时候，人们在面包店前挤得不可开交，而有的人依旧平安无事地从杂货商手中得到各种各样质量上乘的面包。

高里奥在这一年里攒下了一笔钱，从此，他做生意和许多财大气粗的人一样，占据了优势。他的经历便是一些中等人具有的经历。他的平凡帮了他的忙。而且一直到富有并不意味着危险的时候，他的财产才为人所知，因此人们并没有妒忌他，他的聪明才智仿佛被粮食生意耗尽了，只要麦子、面粉、粉粒、质量鉴定、来源、注意存放、猜测行情、预知收成、低价购进谷子，从乌克兰买来麦子，储存起来等等有关的事情，高里奥可谓是首屈一指。看他打点生意，说明粮食进口的法律、出口法、探究立法的依据、钻法律的空子等等，他具有国务大臣的才华。做起事来既耐心，又干脆，有能力，有毅力，动作敏捷，眼光锐利像鹰一样。事事占有先机，事事都不出乎他的意料，无所不知，守口如瓶。有智有谋，如同外交家一般，冲锋陷阵，犹如军人一般。然而一旦不谈他的本行，一走出他那间黑乎乎的俭朴的铺子，没事时倚着门框立在台阶上时，他依然是一个愚蠢野蛮的工人，不善于思考，无法感受到精神上的愉悦，看戏时老打瞌睡，反正他属于巴黎的陶里庞人，只会引人发笑。两种感情填塞了面条司务的心，也吸干了他，就像粮食生意耗尽了他的聪明才智似的。他娶了拉·勃里的一个富农的独生女儿为妻。他崇拜赞叹，无比热爱他的妻子。高里奥称赞她长得娇嫩，而且身强力壮，既温柔多情又漂亮迷人，和他正好形成了鲜明的对比。男人生来就具有的感情，不是为可以时时刻刻护卫弱者而引以为荣么？除了骄傲，还有爱，然后就能明白许多稀奇古怪的精神现象。爱实际上是一些心地坦诚的人对给予他们幸福的人表示热情如火的谢意。七年美满幸福的日子过去了，高里奥的妻子亡故了。这便是高里奥的不幸，因此这时候，她开始在除了感情以外的一些方面对他施加影响。说不定她可以教育这个呆板的人，让他明白一些世道和人生。既然她早早地走了，高里奥对女儿的疼爱之情便发展到了荒谬的地步。他所爱的人被死神夺走了，他便把爱倾注在两个女儿身上，刚开始时，她们倒也真的使他的全部情感得到了满足。虽然一些商人或者农民争着想让女儿做他的后妻，还提了许多优厚的条件，他都不想再娶了。他的泰山是唯一的一位他觉得比较投机的人。他非常肯定地说高里奥立下了誓言，一辈子不做有愧于妻子的事情，即使是在她死后的日子里。中央市场上的人不明白这种崇高的痴情，以此作为笑话他的素材，还为他取了一些俗不可耐的外号。有一个人和高里奥成交了一笔生意，一边喝酒，一边叫这个绰号，顿时被面条商打了一拳，打在肩上，头向前倾，一直滚到了奥勃冷街的一块界碑边。高里奥没有边际地偏爱女儿，那深情而又温柔的父爱被传诵得满城风雨。甚至有一天，一个同行意欲让他远离市场，以便控制行情。对他说，一辆马车把但斐纳撞倒在地。面条商顿时面如土色，匆匆回到家里。由于这场虚惊，他在床上躺了好几天。尽管那狠狠的老拳没有打在造谣者的身上，但是在一次风潮中，他破产了，以后便无法再进市场一步。

不用说，两个女儿所接受的教育是不合理的。每年的收入高达六万法郎以上，他自己的花销还不到一千二，因此高里奥乐于使女儿的幻想得到满足。给她们请来最好的老师，使她们掌握高等教育不可缺少的各种技巧。而且还请了一个小姐陪伴她们。两个女儿还是挺幸运的，陪伴她们的小姐聪明高雅。两个女儿都会骑马，拥有专车，过着奢侈的生活，如同一个富有的老爵爷的姘头似的。只要开口，即使是最奢侈的想法，爸爸也是有求必应，条件便是女儿和他亲热一下。可怜的人以为女儿是天使，理所当然地凌驾于他之上。他甚至也喜欢她们给予他的痛苦。一到可以嫁人的年龄，她们可以自由地选择丈夫，每人拥有父亲的一半家产作为陪嫁。特·雷斯多伯爵相中了阿娜斯大齐的美丽，她也极想成为一个贵夫人，于是便告别了爸爸，进入了上流社会。但斐纳爱财，她成为纽沁根的妻子，他是一个银行家，原籍在德国，在帝政时期，他受封为男爵，高里奥依然经营面条生意。没多久，女儿女婿见他重操旧业，心中很不舒服，尽管他除了这个以外，已经一无所有，他们乞求了他五年，他才同意拿着盘出铺子的钱和五年的利润不干了。他住进伏盖公寓时，这笔资本就开始生息了。伏盖太太认为收入为八千到一万。见女儿被丈夫压制，不但不接他去同住，还不肯在家中公开接待他，高里奥极其绝望，便来到了伏盖公寓。

这便是盘下了高老头的铺子的缪莱先生所提供的情况。因此，特·朗日公爵夫人告诉拉斯蒂涅的种种猜想得到了证实。

从此，这场模糊而恐怖的巴黎悲剧落幕了。

首次见世面

十二月份的第一个周末，拉斯蒂涅收到了两封信，一封是母亲写来的，一封是大妹写来的。那些一眼便可以看清楚的笔迹使得他高兴不已，心儿在剧烈地跳动，却又十分害怕，全身哆嗦。两张薄纸如同给他的希望下了一道生死攸关的判决书。一想到父母姐妹们所承受的困难，他确实有点畏惧，然而她们溺爱他，他十分肯定，可以放心地榨干她们最后的几点鲜血，母亲的来信如下：

亲爱的孩子，我把你所需要的钱寄给你了，但是希望你好好地用，以后即便是拯救你的生命，我也不能背着你爸爸去凑数目这么大的一笔钱。那就要动我们的命根子了，把田地抵押出去，我对你的计划的内容一无所知，自然也就无法责备你。你要解释的话，也不必写上几部书，你只需说一句话，我们做娘的就会知道，而有了这句话，我就可以不再因为无从了解而忐忑不安。对你说吧！这封信给我带来了极大的痛苦。好孩子，到底是什么使得你让我如此担心呢？你写这封信的时候，心中也许很不好受吧！因为我读这封信时，心中难受极了，你想干什么呢？难道你的未来，你的快乐，就在于佯装并不存在的身份，付出你无法承受的资本，虚掷你那珍贵的求学的时光，去了解那个社会么？孩子，相信妈妈的话吧！弯弯曲曲的道路绝对不会带来不朽的业绩。像你这样处于这种情况的小伙子，应该把耐心和知足当作美德，我并不怨你，我不愿意我们的奉献为你带去一点点的苦味。我是以一个既相信儿子，又有眼光的母亲的身份说这番话的。你清楚你的职责所在，我也明白你有一颗纯真的心，出发点也是好的。因此我很坦然地告诉你：行，亲爱的，去干吧！我忐忑不安，因为我是妈妈，但是我们的愿望和祈祷伴随着你走出每一步。亲爱的孩子，一定要谨慎！你应该像大人一样明辨是非，你的肩上担着你所爱的五个人①的前程。是啊，你担着我们的财富，就像你的快乐便是我们的快乐。我们祈求上帝帮助你实现计划，你的姑姑真是太好了，她甚至明白你的关于手套的话语。她很快乐地说，她对长子最软弱。欧也纳，你应深情地爱着她，等你获得了成功以后，我再把她为你所做的一切告诉你。不然的话，她的钱会烧伤你的手的。你们这些小孩子还不明白何谓奉献纪念品！然而我们又有什么不能为你而奉献呢？她要我对你说，她亲吻你的额头，希望你天天愉快。如果不是因为手患了痛风症的话，她也会给你去信的。父亲很健康，今年的收成出乎我们的意料，再见！亲爱的孩子，至于你妹妹的事情，我就不说了，洛尔给你去了信。她爱东扯西拉地谈谈家中的事情，我便允许她来了。但是我祈求上天，让你获得成功！噢，对，你必须成功。欧也纳，你给我带来了极大的痛苦，我无法再忍受第二次了，由于渴望能留给我的孩子一些财产，我才尝到了穷困的滋味，行了，再见吧！不要音讯全无，接受你妈妈的亲吻吧！

欧也纳读完信后，泪流满面。高老头把镀了金的盘子拧成条子

① 父亲，母亲，两个妹妹，一个姑母，应当是五个人。

用卖掉的钱为女儿偿还债务的情景浮现在他的脑海里。“你的妈妈也把自己的首饰扭成了条子，”他自言自语地说道，“当姑姑出卖纪念品时，她肯定流泪了。你又有何权力责备阿娜斯大齐呢？她是为了情夫，你是自己的前途，你又何尝比她强呢？”一些热烈如火的感觉在大学生的心中涌动。他意欲抛弃上流社会，不用这笔钱。这种良心上的谴责说明了他心怀高尚。有的人对同胞进行批判时，不大关心这一点，只有天上的安琪儿才会顾及这一点。因此受到人世间的法官的审判的犯人经常会获得天使的宽恕。拉斯蒂涅把妹妹的来信拆开了，看到那纯真而又婉转的字眼，他心里才好受了些。

亲爱的哥哥，你的来信非常及时，我和阿迦德都想把钱做许多种用场，几乎无法决定该买哪种东西了。你犹如西班牙国王的仆役一般，把主人的表打得粉碎，却反而使他的难题迎刃而解。你的一句话便让我们同心协力了。真的，因为选择一事，我们俩总是争吵，然而做梦也没想到，原来唯独一项用途可以使我们的一切欲望得到真正的满足。阿迦德高兴得蹦了起来。我们十分高兴，整天疯疯癫癫的，惹得（姑姑是这么说的）母亲脸色严肃地问道：‘何事呀，两位姑娘？’要是因此我们受到一点怨言，我想我们还会高兴呢？对于一个女人来说，为了她所爱的人受苦，是一件值得高兴的事情。唯独我在高兴之余有点不太舒服，心中有点事情。将来我绝对不会是一个贤良的女人，我花钱太厉害了，买了两根腰带，一支漂亮的引针，可以用来穿引胸衣上的小孔。还有一些没用的玩意，于是我便没有胖子阿迦德那么多的钱，她非常节约，积攒起一块块的洋钱，如同喜鹊一般。她攒了两百法郎。我呢，可怜的朋友，我只攒了一百五十法郎。我遭到天大的报应，好想把腰带丢进井中，以后我一用腰带，心中便会不舒服了。唉，我占了你的便宜。阿迦德为人非常好，她对我说：‘我们把钱凑在一块，寄给他三百五十法郎吧！’请宽恕我无法把详细情形告诉你。按照你的要求，我们带着这笔巨款假装出去散步，来到大道上后，我们便去了吕番克村，驿站站长格冷贝先生收下了这笔钱，回来时，我们一身轻松，如同燕子一般。阿迦德问道：‘是否是由于高兴，我们的身子才这么轻盈？’天知道我们说了多少话，恕不详述了。不管怎样，话题都是有关你这个巴黎佬的事情。哦，好哥哥，我们非常爱你，要说守口如瓶吧，我们这样爱开玩笑的少女，据姑姑说，啥事也做得出来，即使是只字不提也行。妈妈和姑姑背着我们前往安古兰末，俩人没向任何人提及旅行的目的。在启程之前，还召开一次会议，会期较长，我 们以及男爵大人都被拒之门外。拉斯蒂涅国的人们议论纷纷，公主们私下赶制出来为王后陛下所绣的小孔纱衣，补足了两条边。凡端伊方面已经打定了主意，不砌围墙，代之以篱笆。小百姓要浪费水果，钉在墙上的果树已不复存在，但是别人可以欣赏一下园中的美景。要是王储要手帕子的话，特·玛西阿母后从尘封多时的仓库里拿出了一匹早已被忘得一干二净的一级荷兰细布，阿迦德和洛尔两位公主正在穿针引线，双手总是冻得通红通红的，等候王储发号施令。唐·亨利和唐·迦勃里哀两位小王子依旧那么调皮，大吃葡萄酱，惹姐姐们生气，不愿学习，爱掏鸟巢，吵吵闹闹的，违反禁令，前去砍柳枝，以便制成枪棒。教皇的专门使者，俗称本堂教士，恐吓他们，说要把他们从教中驱逐出去，要是他们再不学神圣的文法，老是舞弄枪棒的话。再见了，亲爱的哥哥，我以此信表达对你一心一意的祝福，也表示你极大地满足了我对你的友情，以后你回到家中，肯定会告诉我许多事情，你从不向我隐瞒什么，对吗？我是你的大妹呀！

姑姑曾说在交际场中，你春风得意。

只说及了一个女人，就再也没有说别的。

再也没有说什么，当然是针对我们的罗！喂，欧也纳，如果你需要，我们可以把做手帕的布省下来，为你缝制一件衬衣。关于此事，速速来信，如果你不久就需要做工细致的很好看的衬衣，我们必须马上缝制，巴黎如有什么我们不明白的样式，你寄来一个样本。特别是袖口，再见了！再见了！我亲吻你左边的脸颊，那是属于我一个的。我把另一张纸留给阿迦德，她说过绝不窥探我写信，然而为了保险，我得监视她写信。

热爱你的妹妹：洛尔·特·拉斯蒂涅

“哦，对，对！”欧也纳心想：“不管怎样，我必须发财！如此的忠心是用稀世之宝也无法回报的，我必须为她们带去世上的一切快乐！”停顿了片刻，他又心想：“一千五百五十法郎，必须把每一个法郎都用在紧要处。洛尔说得对，见鬼！我只有用粗布制成的衬衫。为了男人的快乐，姑娘们十分机灵，犹如窃贼一般。她如此单纯，为我想得如此周到，就像天上的安琪儿一般。对世间的罪过一无所知，便原谅了别人！”

于是他拥有整个世界了！先叫来了裁缝，探了一下口风，竟然同意赊账。自从和脱拉伊先生见过面后，拉斯蒂涅明白了，裁缝会对年轻人的生活带来极大的影响。由于账单一事，裁缝要么是个生死对头，要么是个好友，总是处于两个极端，欧也纳请的那个裁缝明白人要衣装的古语，自以为可以捧高年轻人。后来，拉斯蒂涅对他除了万分感谢之外，把两句话加在他那套妙不可言的谈话里，使这个裁缝变得富有起来了。

“我清楚依靠他制成的两条长裤，有人结上了一门亲事，陪嫁为两万法郎。”

一千五百法郎的现金，还有可以赊欠的服装！如此一来，来自南方的穷光蛋充满了信心。当他来到楼下吃早饭时，举止带着一个小伙子得到了几文钱的那种难以言明的味道。当一个大学生的口袋里有了钱时，他顿时感到有了后台，与昔日相比，走起路来，虎虎生风，杠杆找到强大的支撑点，眼神丰富，有胆量面对一切，一切举止也变得灵活多了。昨天，他还十分胆怯，被人打了不敢还手，此时他却胆量倍增，敢于对内阁总理不敬。他的心中发生了翻天覆地的变化，他什么都想，神通广大，胡思乱想，既要这样，又要那样，非常高兴，非常豪爽，也特别多话。总而言之，过去光秃秃的鸟儿如今羽翼丰满了，一贫如洗的大学生拣起一点点的快乐，犹如一条狗冒着天大的危险偷一根骨头，一边咀嚼，吮吸着骨髓，一边依旧在奔跑，当几枚来之不易的金钱落在年轻人的口袋里，他就会细细地体味、咀嚼乐趣，十分得意，魂儿都飞上九霄云外好长时间了，却不知怎么说贫穷二字。他拥有了整个巴黎，在这个年龄，任何东西都金光闪闪，可以冒出火星。长大成人的男女哪会有这种快乐呢？那是负债的年纪，担惊受怕的年纪！而由于担心受惊，所有的快乐才分外有意义！所有不太清楚塞纳河左岸、在拉丁区没有混过的人对人生一窍不通。

拉斯蒂涅吃着伏盖太太家的煮熟了的梨子，一个铜子一个，他心想：“嘿，如果巴黎的女人们都明白了，肯定会来这儿，追求我。”

正在这时，栅门上的铃铛响了，驿车公司的一个信差走了进来，来到了饭厅里，他找的是欧也纳·特·拉斯蒂涅先生。把两只袋子和一张签字的回单交给了他。伏脱冷深深地瞥了欧也纳一眼，后者如同被鞭子抽打了一下似的。

伏脱冷对他说道：“那么你可以去找老师了，以学会击剑和开枪。”

“金船抵岸了。”伏盖太太注视着钱袋子说道。

米旭诺小姐不敢看钱袋，害怕别人发现她贪婪。

“你的母亲太好了。”古的太太说道。

“他的母亲太好了。”波阿莱连忙附和道。

“是的，母亲都挤血了。”伏脱冷说道，“如今你可以去玩耍，可以去结交朋友，钓来一笔陪嫁，和那些头上插满了桃花的伯爵夫人翩翩起舞，然而小朋友，你听我说，你必须经常光顾靶场。”

伏脱冷摆了个瞄准的架势。拉斯蒂涅想去拿钱，赏给信差，然而他一个子儿也没有，伏脱冷给了来人一个法郎。

“你有很好的信用。”他注视着大学生，说道。

拉斯蒂涅只好向他道谢，尽管那天从鲍赛昂府上回来，互相讥讽了几句后，他对此人深恶痛绝。在那八天里，欧也纳和伏脱冷每次见了面都默默无语，冷眼相对。大学生苦思冥想，搞不懂是咋回事。也许孕育思想的力量是思想散发的标准，头脑想把思想送至何处，思想便落在何处，其准确性丝毫不下于飞出炮筒的子弹，然而二者的效果却不一样。有的个性娇贵，思想可以钻进去，毁掉组织。也有的个性坚强，头脑像铜墙铁壁一般，别人的思想只会落下来，如同炮弹碰到城墙一般。还有的个性像棉花一样，别人的思想一旦和它相碰，便失去作用，就像炮弹掉在壕沟外的小沟里。而拉斯蒂涅的头脑中却满是火药，稍一接触，便爆炸了。他的朝气过于旺盛，没法躲过思想散发的作用，一旦和别人有感情上的接触，就会感染，在他还没反应过来时，许多奇怪的思想便在他的心中扎根了。他的精神视觉十分明析，如同他的山猫眼睛一般。每种感官都极其灵敏，具有一种神秘的力量，可以预知远处的思想，也具有一种弹性，反应迅速，来去自如。我们就是佩服出类拔萃的人物和善于掌握敌人的短处的士兵身上的这种弹性，而且从这一个月以来，欧也纳拥有和缺点一样多的优点。社会逼出了他的缺点，而为了满足他那日益膨胀的欲望，这些缺点是不可缺少的。他的优点之一便是南方人的开朗，爱干脆利索地解决问题，没法忍受那种不上不下的情形，在北方人的眼里，这个优点便是缺点。以他们之见，要是这种性格是缪拉[①]获得成功的钥匙，那么他也是因此丧命的。从这儿

① 缪拉：法国南方人，拿破仑之妹婿，帝政时代名将之一，曾为拿波里王，终为奥军俘获枪决，以大胆勇猛出名。

可以看出，要是一个南方兼有北方人的狡黠和洛阿河彼岸[①]强悍，那么他便是一个全才，可以成为瑞典国王[②]。的于是，拉斯蒂涅绝对不可长时间地接受伏脱冷的炮火的袭击，而不弄明白这人到底是敌人还是朋友。他经常感到他的情欲，思想被这个怪人看穿了，而这个怪人却把自己掩盖得严严实实的，其深沉就像通晓一切，看见了一切却默默无语的斯芬克斯。此时此刻，欧也纳有了几文钱，便想反击了。伏脱冷喝光了剩余的咖啡，准备站起来，到外面去，欧也纳说道："请原谅，请稍等片刻。"

"有什么事吗？"伏脱冷答道。并把阔边大帽戴在头上，把铁手杖拿了起来。平日，他经常舞动这根手杖，那副神情似乎在说，即使有三四个土匪袭击他，他也不会害怕。

"我要把钱还给你。"拉斯蒂涅说道，赶紧把袋子解开了。数了一下，便给了伏盖太太一百四十法郎，说："算清账，朋友亲，一直到 今年年底，我们谁也不欠谁的，请再为我换五法郎的零钱。"

"朋友亲，算清账。"波阿蒂注视着伏脱冷，又说了一遍。

"这一法郎还给你。"拉斯蒂涅把钱递给了那个头戴假发的斯芬 克斯。

"你似乎害怕欠我的钱，对吗？"伏脱冷高声说道。并向他投去了锐利的目光，一直看到了他的心灵深处，欧也纳素来厌恶他那副厚颜无耻的讽刺的笑容，好几次都想和他闹。

"对……是的。"大学生答道，并把两只钱袋子拿了起来，准备走上楼去。

伏脱冷正要从与客厅相通的那扇门出去，而大学生却想与楼梯道相通的那扇门出去。

---

① 洛阿河彼岸：此处事实上还不能算法国南部；巴尔扎克笔下的南方，往往范围比一般更广。

② 瑞典国王：裴拿一陶德，也是法国南方人，拿破仑部下名将。后投奔瑞典，终为瑞典国王，迄今瑞典王室尤为裴拿氏嫡系。

“你明白吗？特·拉斯蒂涅喇嘛侯爵大人，你的话有点冲？”说罢，伏脱冷砰的一声把客厅的门关上了，迎面走向大学生，大学生向他投去了冰冷的目光。

拉斯蒂涅把饭厅的门关上了，拉着伏脱冷，来到了楼梯脚下，楼梯间里有扇板门，与花园相通，门上镶着长玻璃，并安有铁栅。西尔维正走出厨房，大学生当场说道：

“伏脱冷先生，我既不是侯爵，也不是什么拉斯蒂涅喇嘛。”

“他们要打起来了。”米旭诺小姐不痛不痒地说道。

“打架。”波阿莱附和道。

“哦，他们不会打架的。”伏盖太太抚摸着一堆洋钱，答道。

“他们去了菩提树下，”维多莉小姐喊道，站起身来，注视着窗外，“可怜的年轻人并未犯错呀！”

古的太太说道：“亲爱的孩子，到楼上去吧！不要管闲事。”

古的太太和维多莉站了起来，来到门边，西尔维迎面把他们拦住了，问道：“为什么呀？”伏脱冷先生对欧也纳说道，“我们来讲讲理吧！说罢，他一把抓住他的手臂，踩着我们的朝鲜蓟，走了过去。”

就在这时候，伏脱冷来了。——“伏盖妈妈，”他面带笑容地说道，“别害怕，我要去菩提树下试一试我的手枪。”

“哎呀，先生，”维多莉双手合十，说，“为什么你想把欧也纳先生打死呢？”

伏脱冷向后退了两步，注视着维多莉。

“又有一件公案，”他的声音中带着讥讽的意味，可怜的少女满面红云。“这个年轻人十分可爱，对吗？你让我想出一个办法，好，我来成全你们的幸福吧，迷人的孩子。”

古的太太一把抓住少女的手臂，一边向前走去，一边附耳说道：“维多莉，今天你让人摸不着头脑。”

伏盖太太说道：“我反对别人在我这儿开枪，你如果把邻居惊动了，一大早警察会登门的。”

“哦，别担心，伏盖妈妈，”伏脱冷答道，“你不要慌张，我们现在就去靶子场。”说完以后，他赶上了拉斯蒂涅，热情地拉着他的胳膊：

“等一会儿，你就会看到，我站在三十五步以外，连发五颗子弹，都射中了黑桃A[①]的中心。你不会一下子就失去了信心吧，我觉得你有点发火了，那样的话，你会稀里糊涂地死去了呢！”

“你胆怯了？”欧也纳问道。

“不要激我，”伏脱冷说道，“今天天气不错，坐在这儿吧！”他手指几只漆成了绿色的凳子，“好了，这里不会有人听到了，我们谈谈。你是一个不错的小伙子，我不愿伤害你，我发誓——（吓，见鬼）我伏脱冷可以发誓，我确实喜欢你。什么原因呢？我会对你说的，如今只要你明白，我看透了你，如同你是我的儿子一般。我可以证明给你看，哎，把袋子放在这里吧！”他手指圆桌，说道。

拉斯蒂涅依言而行，他不明白，这个本说要把他打死的，为什么又突然成了他的保护人。

“你很好奇我是谁，做过什么，如今又在干什么。你的好奇心太重了，孩子，哎，别急，我有好多话呢！我背过时。你先听我说，一会儿再做出答复。背时这个字眼就概括了我过去的身世。我是哪一位？我是伏脱冷，干什么的？做我喜欢做的事情，没了！你想清楚我的脾气么？只要待我不错或者我认为投缘的人，我十分客气地对待他们。这些人可以十分放肆，虽然在我的脚肚子上踹上几脚，我也不说：‘哼，小心！’然而，小乖乖！那些和我捣蛋的人，或者我认为不投缘的人，我就会变得很凶，如同一个魔鬼一般，我还必须对你说一下，杀人在我眼中如同——呸……这种事情！”说罢，他吐了口痰，“只是我很体面地杀人，如果是必须杀人的话，我便是你们口中的艺术家，不要小瞧我，我读过贝凡

① 黑桃A：黑桃为扑克牌的一种花色，A为每种花色中最大的牌。此处是指打枪的靶子。

纽多·彻里尼[①]写的《回忆录》，而且那还是用意大利语写的原版书。他是一个会享受的英雄，我从他那儿学会了仿效天意，天意，也就是说一视同仁地砍杀我们。我还学会了处处喜欢美。你说：孤身一人反对所有的人们，打倒他们，这不是很美的事情吗？我仔细思考过你们这个乱糟糟的社会组织，听我说，孩子，决斗是小孩子们的事情，等于胡闹。当两个人中有一个人是多余的时候，唯有笨蛋才借助偶然性去做出决定。决斗呀？如同猜铜子！哦，我一口气连发五粒子弹，全部打中黑桃A的中心，一颗接一颗，我依然站在三十五步以外。具备了这些小本事，我以为射中一个人是确定无疑的了，唉！谁知我站在二十步以外开枪射击，却没有打中一个人，对面的那个家伙从来没有摸过手枪，然而你看！”说罢，他把背心解开了，如熊背一般长满了毛的胸口露了出来，上面长着一堆让人恶心而恐惧的黄毛，“那个小家伙乳臭未干，可居然烧焦了我的毛。”他拉着拉斯蒂涅的手，按在乳房上的一个小洞上，“那时候，我依然是个小孩，和你的年龄差不多，满了二十一岁。我依旧对一些东西坚信不疑，例如对一个女人的爱情信以为真，对搞得你昏头昏脑的一些荒唐的事情信以为真。我们打起架来，你也许会打死我的。如果我躺在地上，你该怎么办呢？必须逃跑，去瑞士，吃父亲的，一文不花，然而父亲也没有几个钱。你此时的情况，我来点拨你一下，我的观点比别人的高明，因为我有生活阅历，明白可以走两条路，或者稀里糊涂地认命，或者奋起反抗。我，有必要说吗？我不服从任何东西，根据你此时这个架势，你明白你要的是什么，一百万的财产，而且必须迅速到位，否则，虽然你想入非非，一切都是一场空，白费心机！我来为你支付这一百万吧！”他停顿了片刻，注视着欧也纳，“啊，啊，此时你对伏脱冷老子客气多了，”当我的那句话传人你的耳中时，就如同少女听见别人说，晚上再见，然后整理了一下身上的毛，舔了一下嘴唇，就像刚喝了牛

① 贝凡纽多·彻里尼（1500—1571）：十六世纪意大利版画家，雕塑家，以生活放浪冒险著称于世。

奶的小猫。这样就对了，来，过来，咱们互相配合吧！先把你的那笔账算一下，小兄弟，在家乡，我们有父母双亲，祖姑姑，两个小妹（一个芳龄十八，另一位芳龄十七）两个弟弟，（一个十五岁，一个十岁）这便是我们的名单。祖姑姑负责教育两个妹妹，神甫当两个弟弟的拉丁文老师。家里老是喝栗子汤，极少吃白面包，爸爸极其珍视他的裤子，妈妈很少置一件冬衣或者夏衫，妹妹们凑合着穿。我无所不知，我在南方居住过，如果年年家中寄给你一千二，所有的收入总计为三千法郎，如此一来，这便是你们的情况。我们请了一个厨娘，一个仆人，总要顾及面子，爸爸还被封为男爵呢！至于我们，我们野心勃勃，鲍赛昂家支持我们，咱们不行，心里很想变得富有起来，口袋里却不名一文。嘴里咀嚼的是伏盖夫人做的普通的饭菜，心中却想着圣·日耳曼区的上等食物，睡着破床，心中想着万丈高楼。对你的想法，我并不想出言相责，我的宝贝，并非人人都有野心。你去向娘儿们打听一下，她们要想哪一种男人，难道不是野心家么？与别的男人相比，野心家更加身强力壮。血液中含有更多的铁，也就更加热心。女人身强力壮时，非常幸福，非常美，因此专爱男人中的身强力壮者，即使是被他压坏了，却也心甘情愿。我把你的想法一项一项地指出来，以便提问你。这便是问题：我们肚子饥饿，如同狼一般，长着又尖又锐利的牙齿，如何能弄到鱼肉呢？首先要把《法典》吃下去，这并不是有意思的事情，从中也学不到啥，然而却必须闯过这一关。好，过了关后，你便去做律师，打算在未来担任重罪法庭的庭长，在一些好汉的肩上刺下T. F. [①]两个字母，赶出城去，以便让有钱人平平安安地睡觉，这可不太好受，而且时间太长了。首先必须满面愁容在巴黎混两个年头，只欣赏那些让你垂涎三尺的美丽的果子，不可与其接触。心中很想得到它却无法得到，那才让人难受呢！如果你脸色苍白，性子软，如一条虫子一般。那还没什么，倒霉的是，你的血像狮子血一

① T.F.：苦役犯肩上印着T.F.两个字母，是“苦役”二字的缩写。

样热热的，胃口也特别好，一天里可以闹腾二十次。如此一来，你便遭罪了，受到地狱里最残忍的刑罚。即使你很守本分，只喝牛奶，写一些悲哀的诗句，然而历尽万般艰辛，满腹怨气后，无论你拥有如何宽广的胸怀，你必须先屈尊在一个笨蛋手下任代理检察员，住在一个破败不堪的小镇里，政府给你扔下一千法郎的工资，如同向一条肉铺里的狗扔下一些剩菜剩饭，你负责盯着窃贼，冲他狂叫不已，为富人说理，把好人送到断头台上去。你必须这么做，如果没有后台，你就永远待在内地法院里，当你满了三十岁时，你可以成为一名推事，年薪为一千二百法郎，如果你把这个饭碗捧得牢牢的话，等到四十岁时，你可以娶一位磨坊主的女儿为妻，她为你带来的陪嫁约为六千法郎，行了，谢天谢地了！如果有后台，刚满三十岁时，你就可以当上检察官，工资为五千法郎，娶区长的女儿为妻。再玩弄一下无耻的政治手腕，例如拉选票，把自由党的玛虞哀读成了保守党的维莱（因为押韵，因此不必良心不安！），四十岁时，你可以当上首席检察官，还可以当议员。亲爱的孩子，你一定要小心，这样行事的前提是昧良心，历尽艰辛二十年，默默地受苦二十年，我们的妹妹只能作老处女。还必须告诉你，整个法国只有二十个首席检察官的职位，有两万人候补，在这些人中间，有的极其无耻，为了高官厚禄，都可以卖掉妻儿。要是你认为这个行业让你恶心的话，那么我们再来看看别的。特·拉斯蒂涅男爵想当律师么？噢，太好了，先必须等十年，每月的开支为一千法郎，要有一套藏书，一间事务所，出门交际，毕恭毕敬地奉承诉讼代理人，才可以接下案子，去法院碰壁。如果你可以凭借这个行业出名的话，那也还行，然而你去打听一下，五十岁上下每年收入超过五万法郎的律师，在巴黎又有几人呢？吓，如此忍气吞声，不如去做海盗。而且本钱来自何处呢？这都令人沮丧。是的，女人的陪嫁是另一条路，哦，你肯结婚么？那与在脖子上拴一块石头没有什么两样。再说为了钱结婚，那么你的荣誉感，理想又在哪呢？不如此刻就反抗社会！如蛇一般，卧在女人面前，舔岳母的脚，做出了连猪婆也会害羞的事儿来！呸！如果这样可以换来幸福，那也还行。然而在这种情况下娶的媳妇会让你背时的。就像阴沟盖一般。和自己的妻子打架还不如和男人打斗。这便是生命的十字路口，老弟，你自己选择吧！你已经选择好了，你去表亲鲍赛昂家拜访过，闻到了贵族气息。你也曾登门拜访过高老头的女儿雷斯多夫人，嗅到巴黎女郎的气息。你那天回来，脸上清清楚楚地刻着几个字，爬上去！奋不顾身地爬上去！我暗暗为你喝彩，心想，这个男人倒挺合我的胃口。你需要花钱，去哪儿找钱呢？你把妹妹的血抽出来了。做哥哥的一般都骗过妹妹的钱。你老家有不计其数的栗子，却缺少洋钱，天知道这一千五百法郎是怎么弄来的，花钱时就像出门抢劫的大兵一样迅速，钱花完了，该咋办呀？学习吗？如今你知道了，学习的结果是为波阿莱那种人晚年在伏盖太太租间房子。有四五万年轻人处于你一样的境地，此时都面临着一个问题：赶快挣笔钱，你便是其中之一。你思考一下，你们将会怎样以死相拼，怎样打架，肯定会你吃我，我吃你，如同一个瓶子里有许多蜘蛛一样，因为并不存在四五万个好空缺。你明白巴黎人如何发达的吗？他们靠的不是天才的光辉，就是钻营的本领。不是像炮弹一般轰进这个人群里，便是如瘟疫一般，钻到里面去。清清白白、老老实实是毫无用处的。人人都会屈服在天才的威力之下，他们开始时是仇恨他。诅咒他，因为他独占了，不愿分给别人。然而如果他坚持己见，众人都屈服了。反正无法埋掉你时，便向你磕头。很少有人具有雄才大略，腐败堕落遍地风行。社会上笨蛋不计其数，而笨蛋的武器便是腐败。你会觉得它的刀尖遍地都是。有的男人只有六千法郎的工资，这便是他的全部财产。老婆要买一万多法郎的衣服。有的小职员，收入只有一千二百法郎。他也会买田置地。你会发现有的女人出卖肉体，目的便是和贵族院议员的儿子乘坐马车，在长野跑马场的中央大街上兜风。女儿的收入为五万法郎。可怜而且无用的高老头却必须为女儿偿还债务，这是你亲眼看见的。你看吧，在巴黎，如果走几步路，还不会遇上这种鬼东西，那才奇怪呢！我敢于用头作赌注，和这一堆蔬菜打赌，如果你遇上了相中的女人，无论她是何人，无论她如何富有，漂亮，年轻，你会立即陷进马蜂窝里。法律约束着她们，凡事都必须和丈夫钩心斗角一番，都是为了情夫，打扮，孩子，家中的开支，虚荣，手腕，几乎说不尽，反正动机并不高尚。因此，正派人便成了人们的敌人。你明白何谓正派人吗？在巴黎，正派人是默默无闻，不肯分肥的人。这里面还不包括那些可怜兮兮的公共奴隶，四处为人做苦役，却得不到一分钱。我称他们为信奉主的笨蛋。当然，这是道德的最高境界，无比蠢笨的好榜样，同时这也是苦海。如果上帝开玩笑，没有出席终审判决，那些好人肯定会愁眉不展。因此，你如果希望迅速发迹，必须此时十分富有，或者佯装富有。想挣大钱，你就必须动大手术，否则就草草收场算了。三百六十个行业中，如果有十几个人迅速发迹了，人们便会叫他们小偷。你自己去思考吧！这便是人生，如同厨房一般，臭气熏天。想要揩油，就不能担心把手弄脏了，完事后，把手洗干净就行了。如今所谓的道德，指的便是这个。我有权如此评价社会，因为我熟悉社会。你以为我在诅咒它吗？绝对不是这样。世界本来如此，道德家始终无法改变它。没有十全十美的人，只是他弄虚作假的程度有时高有时低，一些笨蛋便人云亦云，说世风变得淳朴了，或是世风日下了。我并不帮平民诅咒富豪，从上到下的三个等级的人都是相同的，每一百万这些高级动物之间便有数十个凶狠的人，他们高高在上，甚至凌驾于法律之上，我便是这样的一个人，如果你有种的话，就抬起头向前猛冲。然而你必须和妒忌，诅咒，平庸做斗争，和一切人做斗争。拿破仑曾经遇到一个陆军部长，他名叫奥勃里，拿破仑几乎把此人送到了殖民地里[①]。你好好想一想吧！看你每天早上起床后，是不是比昨天的你更加胆大。如果是这样的话，我能为你设计一个无人否决的计划。喂，我告诉你，我这儿有一个想法，我曾经设计过一种长老的生活，在美国的南部

① 此处指一七九四年的拿破仑被国防委员会委员奥勃里解除意大利方面军的炮兵指挥。

买下一大块土地，就买十万阿尔邦[①]吧！我将那里种庄稼，购买奴隶，依靠卖牛、烟草、树木等，弄个几百万，过着小皇帝一般的日子。住在这种破屋中的人做梦也不会想到那种随心所欲的日子。我是一个大诗人，我并不写诗，而是用行为和感情来体现诗。此时我拥有五万法郎，只买得到四十个黑人，我需要二十万法郎，因为我需要两百名黑人，这样我的长老生活的瘾得到满足。你明白么？黑人？那些孩子是自生自灭的，你可以随便对待他们，绝对不会有一个好奇心重的检察官来过问此事。当你拥有这笔黑资本后，在十年里，你就会挣三四百万。如果我成功了，就不会有人来对我的出身盘根问底。我就是拥有四百万的先生，合众国的一分子。那时，我才年过半百，还没有到发霉的地步。我可以随心所欲地玩。总之，如果我为你搞到了一百万的陪嫁，你是否愿意分给我二十万？佣金只占两成，算不上多吧？你可以让小媳妇儿对你产生爱情，一旦结合后，你必须显得懊悔不已，坐立不安，在半个月的日子，佯装愁闷不堪，然后，在某一天晚上，你先假装一番，在两次亲吻之间的空隙里，告诉你的老婆，你负债二十万，当然那个时候，你必须称她为小乖乖！每天都有一批出类拔萃的年轻人在上演这种戏。一个少女向你奉献了她的心，你还担心她不会把钱袋打开么？你以为你失去了东西？不是这样的，一桩生意就可以捞回这二十万，看你的资本，脑瓜子，你可以挣来一切。因此，在六个月的时间里，你得到了幸福，也使一个小娇娘得到了幸福。还有伏脱冷老头，你的父母和妹妹们，她们都得到了幸福，此时此刻，他们不正是没有木柴，双手发紫么？你不必对我的建议和条件大惊小怪！在巴黎，每六十桩幸福的婚姻中，属于这种交易就有四十七桩。公证人公会曾经强迫一位先生……”

“我该怎么做呢？”拉斯蒂涅带着急不可待的神情截住了伏脱冷的话头。

---

① 阿尔邦：古量度名，约等于三十至五十一库亩，或因地而异。每亩合一百平方公尺。

“哦，你不必费心，”伏脱冷答道，此时此刻，他如同一位渔翁发现鱼儿上钩一样，显得很兴奋。“我告诉你，所有令人同情，遇到了困难的女人的心就是一块对爱情饥渴不已的海绵，只用有一滴爱情，海绵就会膨大。追求一个孤零零的，失望至极，一贫如洗，将来出乎意料地拥有许多财富的少女，呃，几乎就是摸到了一手的同花顺[①]，或者已经知晓了一等奖的号码，再去购买奖券，或者有人透露消息，便去做公债。你的婚姻如同在混凝土上建立了基础。一旦少女得到了几百万的财产，她就将其视作泥土，丢在你的脚下，说：‘我的宝贝，你拿去吧！阿陶夫，拿去吧！阿弗莱，拿去吧！欧也纳！’只要阿陶夫，阿弗莱或者欧也纳拥有那么灵活的脑筋，可以为她奉献，所谓的奉献，只是把一套旧衣服卖掉，换来几个钱，夫妇俩一同前往蓝钟饭店，吃顿香茵包子，夜晚，俩人再去滑稽剧院欣赏戏剧，或者把表当掉，送给她一条披肩，我不必把这些爱情的小花招详细讲给你听。这一套很得女人的欢心，例如写情书时，你洒几滴水在信纸上，以此冒充泪水，我觉得你好像非常明白调情的招数。你看，巴黎就像新大陆上的树林，有不计其数的野蛮民族生活在这里，什么伊林诺人，许龙人都在社会上以打猎为生。你这个猎人追求的是百万家财，为了猎取它，你必须使用陷阱，鸟笛和哨子。打猎是多种多样的，有的人的猎物是陪嫁，有的人的猎物是破产后的清算[②]，有的人昧着良心，有的人把毫无招架之力的订户出卖[③]了。所有得到许多东西的人受到尊敬和祝贺，上流社会也接待了他们。说句公道话，在世界上，巴黎数得上是热情的城市。要是欧洲各大首都的傲慢的显贵都攀上一个臭名昭著的百万富豪和他们以兄弟相称，巴黎肯定会对他张开双臂，出席他置办的宴席，吃他的东西，和他举杯碰盏，庆贺他的卑鄙无耻的事情。”

“然而去哪儿找来这样的一位少女呢？”欧也纳问道，“近在

① 同花顺：纸牌中最高级的大牌。

② 清算：资本主义社会中的商人是靠倒闭清算而发财的。

③ 订户出卖：报馆老板出让报纸。

眼前，随便你怎么摆布。”

“你指的是维多莉小姐吗？”

“正是如此。”

“为什么？”

“你的那个特·拉斯蒂涅男爵夫人已经对你产生了爱情。”

“她身无分文呀！”欧也纳惊异不已地问道。

“哦，你说这事呀？再补充两句，一切都清楚了，大革命时期，泰伊番老头把他的一个朋友暗杀了，他是和我们一样的英雄，我行我素。他是银行家，是弗莱特烈—泰伊番公司的大股东，他想让独生子继承全部的家产，一脚踢开了维多莉。可是我却讨厌这种不公平的事情。我就像堂·吉诃德一样，专爱杀富济贫。要是上帝想把他的儿子召回天国，泰伊番肯定会和女儿相认。无论怎样，他都需要一个继承者，而这正是人类生来俱有的傻性子。然而他无法再生小孩了，这一点我清楚。维多莉温和，美丽，不久就会让父亲改变态度的，她用感情把父亲哄得找不着北，如同德国生产的陀螺似的。你对她的爱会使她万分地感激，绝不会把它抛至脑后的。她会成为你的妻子，我呢，则替老天行事，让上帝许下愿望。我有个刎颈之交，他是洛阿军团①的上校，刚刚被调入了王家卫队。他接受予我的建议，参加了极端派的保王党，他才不是倔强的糊涂虫呢！顺便给你一句忠告，好兄弟，你不能相信自己的话，也不能相信自己的思想。如果有人想买走你的思想，你就卖给他。一个自以为从不改变思想的人是一个始终在直线上行走的人，以为自己从不犯错误的大笨蛋。世界上不存在原则，只存在事故。不存在法律，只存在时势，高明的人和事故和时势团结在一起，随意支配。如果真的存在什么一成不变的原则和法律，人们也不能老是改变，如同咱们换件衬衫那样轻而易举。一个人根本不必要比整个民族更机灵。为法国效劳最少的人却成了人们崇拜的偶像。因为他总是非常激进，实际上，这种人只能待在博物院中，与机器为伍。再贴上标签，称

① 洛阿军团：滑铁卢一仗以后，拿破仑的一部军队改编为洛阿军团。

之为拉斐德[1]，那位被众人投石攻击的亲王对人类不屑一顾，因此，别人要求他立下多少誓言！他都照办。在维也纳的会议上，是他让法国逃过被人瓜分的命运，他为人弄来了王冠，别人却在他脸上涂满污泥[2]。噢，我对任何事情的底细都一清二楚，我知道的秘密才叫多呢！不必说了。我就钦佩，我可以立刻采用一个坚决的建议，然而不知这一天何时来到，在法庭上，从来没有三个推事对同一条法律的解释意见一致。说正经的吧！谈谈我的那个朋友吧，我只要一开口，他就会再次把耶稣钉在十字架上。我伏脱冷老头只用说一句话，他就会找那个小子的麻烦，——他——对可怜的妹妹分文不给，哼——然后……"

伏脱冷站了起来，摆好架势，如同一个剑术教师打算拉开步子的样子：

"后来，让他滚回老家！"

"太恐怖了！"欧也纳说道，"你不是在说真的吧？伏脱冷先生？"

"哦，哦，哦，不要紧张，"他答道，"不要如此幼稚，如果你愿意，尽情地发脾气吧，骂我是恶棍，坏家伙，流氓，土匪，随便你！只是不要称我为骗子，也不要说我是间谍！开始吧！说吧！放连珠炮吧！我不怪你，在你这样的年龄，这是再自然不过的事情。我是过来人！只是你该仔细思考一下，说不定有一天你干出了这更卑鄙的事情，你会去奉承美丽的女人，收下她的钱，你心中已是这么想的了。因为如果不预支爱情，你的梦想又怎能变为现实？亲爱的大学生，德行是一个整体，是就是，不是就不是，没有丝毫的含糊不清。有人说可以赎罪，可以用忏悔来抵去罪过！哼！这是笑话！为了爬上某一社会等级，引诱了一个女人，使一家兄弟反目

① 拉斐德：法国将军，一生并无重大贡献而声名不衰，政制屡改，仍无影响。

② 指泰勒朗，在拿破仑时代以功封为亲王，王政时代仍居显职，可谓三朝元老。路易十八能复辟，泰勒朗在幕后出了很大的力量。

成仇，总而言之，为了，自己的快乐和利益，所干下的所有无耻的事情，你认为这与信仰，希望，慈悲三大原则相符么？一个富家少年勾引一个小孩，使其在一夜之间失去了一半的财产，为什么只判他服刑两个月？在加刑[①]的案件中，一个令人同情的穷光蛋偷走了一千法郎，为什么要判他终身服苦役？这便是你们的法律。条条都是荒谬透顶，戴着黄手套满嘴好笑的人杀起人来都不见血，始终藏在幕后，一般的杀人犯却在黑乎乎的夜间用铁把门撬开了，然后走了进去，这清清楚楚地触犯了加刑的条款了。此时我对你的提议，以及以后你要干的事情，二者的差别便是是否见血。你还真的以为世上会有一成不变的玩意儿？哎，千万不要看得起人，而是应该捉摸一下法网上有哪些漏洞，只要不是臭名远扬地变富了，骨子里的罪案都是人们所不记得的，只是手脚做得利索些而已。”

“不要再说了，先生，我不想听了。你会让我怀疑自己的，这个时候我只接受感情的指引。”

“孩子，随便你！我以为你是个好汉，我不再和你绕圈子，只是最后对你说一下，”他盯着大学生，“我向你交出了我的秘密。”

“你的计划我是不接受的，当然我会忘记它的。”“说得不错，听了你这句话，我非常愉快，难道不是这样的吗？如果是别人，他就不会如此体贴入微了，我的心意你不要忘了，我给你半个月的期限，要么干，要么不干。”

看着伏脱冷把手杖夹在腋下，平静地离去了，拉斯蒂涅不由自主地心想：“真是一个呆板的家伙，特·鲍赛昂夫人很文雅地对我说的话被他不加掩饰地说了出来。他用如钢般的锋利的爪子撕碎了我的心，我为什么要登门拜访特·纽沁根夫人呢？我刚有这个念头，他便猜得分毫不差。这个土匪对我说的几句关于品德的话远远超过了许多人告诉我的东西。要是品德禁止做出让步，难道我不是偷了我妹妹的钱？”

① 加刑：法律术语，例如手持武器，夜入人家，在刑事上即为加刑。

他把钱袋扔在桌子上，坐了下来，想入非非。

“忠于品德，即做一个高尚的殉道者。哼！无人不相信品德，然而谁是高尚的人呢？人们喜欢自由，然而自由的人们又在何处呢？我的青春如同万里无云的碧空，然而渴望富贵，不就是打定主意说假话，跪倒在地，爬行，拍马屁，弄虚作假吗？不就是乐意听从那些说假话，下过跪，在地上爬过的人么？要成为他们中的一员，必须先为他们效劳。呸，不可如此。我要老老实实，一清二白地学习，不分日夜地学习，依靠能力来发财致富，这是获得富贵最缓慢的路，但是我都会心地坦然地睡觉。白壁且一尘不染，如同百合一般纯洁，以后回首往事时，难道不是一件挺美的事情吗？我和生活，正如一个小伙子和她那未过门的妻子一样，十分新鲜，然而伏脱冷却让我看到了结婚十年后的情况。见鬼！我越思考越糊里糊涂的，还是不想任何事情，接受感情的指引吧！”

欧也纳的幻想被胖子西尔维的嗓音赶跑了，她说裁缝来公寓了。欧也纳提了两个钱袋，面对着裁缝，他倒挺喜欢这种情形。试了晚礼服后，他又把白天穿的新衣试了一下，他顿时与以前判若两人了。

他心中寻思：“我还担心不及特·脱拉伊？这绅士的派头不是一样的吗？”

“先生，”高老头来到了欧也纳的卧室里，说道，“你是向我打听特·纽沁根夫人去哪儿交际吗？”

“没错。”

“下个周一，她将出席特·加里里阿诺元帅举办的舞会。如果你可以去的话，请你回来后对我说一下，她们姐妹俩是否玩得十分开心，穿着什么衣服，总而言之，你要详细地讲述给我听听。”

“你咋知道此事？”欧也纳请高老头在火炉边坐下，问道。

“是她的女仆对我说的。我从丹兰士和公斯当斯[①]处探知她们的

① 丹兰士：特·纽沁根太太的女佣人。公斯当斯：特·雷斯多太太的女佣人。

行动。”他如一个年轻的情夫一般，为知晓了情人的行动，对自己的办法洋洋得意。“你可以与她们见面了，你！”他天真地表现出了他的羡慕和痛苦。

“我还不清楚呢！”欧也纳答道，“我要登门拜访特·鲍赛昂夫人，问她是否可以介绍我和元帅夫人相识。”

欧也纳一想到从此以后他可以身着新衣前往子爵夫人家，不禁心中暗喜。伦理学家口中的人心的深渊，指的也就是一些蒙蔽自己的想法，难以察觉地只考虑到自己的利益的想法。那些突如其来的改变，满口仁义道德的高调，又忽然转回老套路，这些和我们追求幸福的希望是相符的。一见自己穿得整整齐齐的，手套靴子都合乎标准，拉斯蒂涅又把努力于学问的主意抛到了九霄云外。当年轻人不义时，他没有胆量照镜子，大人却敢于正视自己，这便是两个人生阶段的不同之处。

在这几天里，欧也纳和高老头由邻居变成了好朋友。他们彼此心知肚明的友情，伏脱冷和大学生的不和，实际都出自相同的思想。以后如果有什么勇敢的哲学家，意欲对我们的感情对物质的影响予以肯定的话，他肯定会在人和动物的关系中发现许多真实的事例。以证明感情是具体的。例如，看相人对一个人的脾气进行推测时，他绝对不能一眼望去便心中有数，如狗一般，迅速地明白了生人对它的爱憎。有些毫无趣味的人意欲留住古老的词语，然而每个人都会说物以类聚这个成语。当我们被人爱时，我们会感觉到的，感情无论附在什么东西上，都会留下蛛丝马迹，而且可以穿过空间。一封信就是一个灵魂，是口语的忠心的回应。因此，敏感者以为爱情的至宝便是信件。高老头的那种没有目标的感情，已经使他那如狗般的本性达到了近乎神话的地步。他当然可以感受到大学生对他的怜悯，佩服和一片好心。然而刚开始时的友情还未发展到心心相印的地步。欧也纳过去确实说过想和特·纽沁根夫人见面，然而他却并不希望高老头充当介绍人，只是想高里奥能向他透露点消息，为他所用。直到欧也纳登门拜访了阿娜斯大齐和特·鲍赛昂夫人，回到家中以后，高老头才当着众人的面说了那些话，然后才向欧也纳提及了女儿。他说道：

“亲爱的先生，你怎么能认为因为你把我的名字说出来了，特·雷斯多夫人便对你不高兴呢？两个女儿都十分孝顺我，我是个有福气的爸爸，只是两个女婿待我不好。我不愿由于和女婿处不好，便让两个好孩子悲伤，我宁愿偷偷地去看望她们。这种没有公开的快乐是那些可以随时与女儿见面的父亲所能理解的。我不能那样，你知道吗？因此每当遇到好天气时，先向女仆打听一下女儿是否外出，然后我便在天野大道上等他。车子向我驶来时，我的心剧烈地跳动。见她们穿戴得如此美丽，我非常愉快。她们顺便向我笑了一下，哦，那就犹如从天上射下来的一道漂亮的光线，为世界镀上了金。我等在那儿，她们还要从哪儿回来呢！是的，我再次看到她们了。由于呼吸了清新的空气，她们的脸红扑扑的。身边的人都说道：“哦，多么美丽的女郎！”我闻听此言，心中十分高兴。那不是我的亲生骨肉吗？我爱为她们拉着车的马儿，我甘愿做她们的小狗，蹲在她们的膝头，她们开心，我才感到生活很有乐趣。每个人都有自己的表达爱的方法，我的方式既不对谁构成障碍，别人为什么要多管闲事呢？我有自己乐的方式。夜晚，我去看女儿外出，参加舞会，这难道违反了法律吗？如果去迟了，听到“夫人”已经离去了，那样我就会万分伤心。有一天晚上，我一直等到了凌晨三点，才见到已有两天没见的娜齐，我开心极了，差点晕了。我请你以后说起我时，一定要说我的女儿对我很孝顺。她们要把各种各样的礼物送给我，我拒绝了，我说：“不必花钱了，我要那些东西有什么用呢？我样样都有。确实，亲爱的先生，我是啥呀！只是一具臭皮囊而已！只是一颗心和女儿形影不离而已。”

那时候，欧也纳意欲外出，先生逛逛蒂勒黎公园，然后待时候一到，便去登门造访特·鲍赛昂夫人。高老头停顿了片刻，突然又开口说道：“等以后你与特·纽沁根夫人见过面后，请对我说一下，这两个人，你更喜欢哪一位。”

在欧也纳的人生道路上，这次散步成为一个转折点。有些女人开始注意他了，他是那么英俊，那么年轻，那么得体，那么高雅！一见自己成为行人称赞的对象，欧也纳顿时把被他洗劫一空的姑姑妹妹抛到了九霄云外，也忘记了良心上的谴责。他发现一个和天使极像的魔鬼飞过他的头顶，他便是那着长着五种颜色的翅膀的撒旦，他撒下红宝石，把黄金做成的箭射到了王宫前，使女人们穿上了大红或大紫的衣服，使俗不可耐的光芒笼罩着朴素的王座，欧也纳倾听着那个虚荣的妖怪不停地说话，认为虚假的光芒象征着权势。虽然伏脱冷的评论带着玩世不恭的意味，但是它在他的心里已经深深地扎下了根。如同媒婆的身影总在处女的脑海中晃动一般，她对少女说道："黄金和爱情是无限的。"

欧也纳一副懒洋洋的样子，他一直散步到五点左右，于是他便去拜见特·鲍赛昂夫人，没想到碰了一鼻子灰，这种软钉子是小伙子难以抵抗的。一直到现在，在他的眼里，子爵夫人十分客气，十分热情。这是贵族教养的体现。并非一定有什么真实的感情。他刚刚走进去，特·鲍赛昂夫人便做出了一个不快的动作，用冰冷的口气说道："特·拉斯蒂涅先生，我没法会见你，至少在此时此刻！我十分忙碌……"

拉斯蒂涅早已迅速学会了察言观色，因此，对他来说，这句话，这个动作，这个眼神，这种语气，彻底地表明了贵族阶级的特点和习俗。他看见丝绒手套下的铁掌，在万种风情之中发现了本质和自私，看见了油漆中的木料。总而言之，他听见的这种口气是上至王上，下至末等贵族的语气；我是王，过去欧也纳过分相信了她的话，过分相信她的胸襟宽广。倒霉的人只明白恩人和受了恩惠的人是盟友，以为所有高尚的心灵之间没有丝毫的差别。谁知那种使恩人和接受恩惠的人齐心的仁慈是和真正的爱情一样，非常稀少，无人理解的来自天国的热忱。而这都体现了美丽的心灵的大方豪迈。拉斯蒂涅总想出席特·加里里阿诺公爵夫人举办的舞会，因此也就默默地容忍了表姐的性格。

“夫人，”他用颤抖的嗓音说道，“如果没有重要的事情，我也不敢前来打扰你，请你原谅，我一会儿再来吧！”

“可以，那么你来此用餐吧！”她为刚才的严厉感到有点难为情了，因为这位夫人的善良和她的高贵不分上下。

尽管欧也纳为她那迅速改变的态度十分感动，但是他离去时，不免感慨万千：“只顾爬吧！必须忍受一切。在一瞬间的工夫里，即使是最善良的女人也会遗忘了友情的承诺，把你视为破靴，扔在一边，还用说别的女人吗？各人自顾各人，没想到竟会怎样！对，她的府第并非铺子，我不该向她求助。正如伏脱冷所言，如同一颗炮弹似的轰进人群。”

一想到在子爵夫人家用餐的幸福，大学生的怨言马上烟消云散了。正是如此，仿佛命中注定一般，他生活中的所有的小事，就像伏脱冷所言，逼迫他在战场上为了活命而杀人，为不上当而被迫骗人。一股脑儿地抛弃了感情和良心，把假面具戴上，残酷地戏弄人，悄悄地去夺取富贵。

他再次来到子爵夫人的府上，只见她兴高采烈的样子，又像平时一样。俩人来到饭厅里，子爵早已在此等候。众所周知，在帝王当政时期，饮食最挥霍无度。特·鲍赛昂先生玩腻一切玩意儿。

除了对吃喝非常有讲究外，他再也没有别的爱好了。在这方面，他和路易十八，台斯加公爵[①]一样。他饮食上的挥霍既重外表，也重内容。欧也纳还是第一次在簪缨世家吃饭，从来没有看见过这种排场。在帝政时期，舞会结束时的消夜盛行一时，军人们不好好地吃一顿，养精蓄锐，就没法应付国内外的战斗。由于当时的风气，这种消夜被取消了，以前，欧也纳仅仅出席过舞会，幸好他态度稳重——将来因为这一点，他很有名，而那时，他已经具备了一些风范——并没有做出大惊小怪的样子。然而一看见那些精雕细

① 台斯加公爵：生于一七四七；一七七四年宫中掌膳大臣。路易十八复辟后，仍任原职，以善于烹调著名。相传某次与王共同进膳后以不消化病卒。路易十八闻讯，自诩“胃力比那个可怜的台斯加强多了”。

刻而成的银具，宴席那无穷无尽的规矩，首次领会到悄无声息的服务，一个具有丰富的想象力的人又怎能对这种时时刻刻十分高雅的生活存有羡慕之心，对他早晨所想象的那种艰苦的生活产生厌倦之感呢？他突然回想起公寓里的情况，感到深恶痛绝，发誓必须在正月里搬家，一方面是换一间卫生的房子，另一方面避开伏脱冷，免得他威胁到他的精神。凡是思路清晰的人肯定会发问，既然巴黎有不计其数的，或明或暗的有伤风化的事情，为什么国家会这么糊涂，把学校建在城里，把年轻人聚在一块？为什么会尊重漂亮的女人呢？为什么兑换商放在铺面上的金子不会被人偷走呢？以年轻人极少犯罪的情况为例，那些有耐心的饥荒患者竭力压抑馋痨的苦功更加让人佩服得五体投地了。把贫苦的大学生反抗巴黎的斗争好好地描写一番，这便是现代文明最悲惨最壮烈的素材。

特·鲍赛昂夫人注视着欧也纳，惹他说话，然而在公爵面前，他总是一声不吭。

“今天晚上，你陪我前往意大利剧院，好吗？”子爵夫人向丈夫问道。

“对我来说，可以陪伴你当然是一件幸福的事情，”子爵殷勤却有点调皮地答道，而欧也纳对此毫无察觉，“遗憾的是，我要去多艺剧院和朋友约会。”

“那肯定是他的情人了！”她心中寻思。

“今天晚上，阿瞿达不来陪你么？”子爵问道。

“不。”她有点不快地答道。

“哦，如果你一定要人陪伴的话，拉斯蒂涅先生不是在这儿吗？”

子爵夫人喜笑颜开地注视着欧也纳，说：“对你来说，有点不便吧？”

“夏多勃里昂先生曾经说过，法国人爱好冒险。因为冒险中有荣誉。”欧也纳弯弯腰，答道。

片刻之后，一辆飞快的轿车载着欧也纳和特·鲍赛昂夫人前往。那个时髦的剧院，他坐在子爵夫人的身边。他来到一个正面的包厢里，无数双眼睛注视着他和子爵夫人。子爵夫人的打扮非常漂亮，再说动人心魄的事情纷至沓来，欧也纳简直以为来到了神话世界里。

子爵夫人问道："你有话要和我说，对吗？哦，你看，特·纽沁根夫人距离我们有三个包厢。她的姐姐与特·脱拉伊先生则待在另一边。"

子爵夫人说罢，瞥了一眼洛希斐特小姐的包厢，一见特·阿瞿达先生并不在她的身边，子爵夫人的脸上顿时焕发出青春的活力。

"她长得极其可爱。"欧也纳看了看特·纽沁根夫人。

"她的睫毛黄得发冷发白。"

"对，然而她的腰肢是多么可爱！"

"她的手太大了。"

"噢，她的眼睛太美了！"

"脸过分长了些。"

"长也有长的好处。"

"果真如此！这么说，她太幸运了！你看她举起手眼镜又放下来的动作！每个动作都带有高里奥的气味。"听了子爵夫人的这些话语，欧也纳不禁惊讶不已。

特·鲍赛昂夫人举着眼镜，不停地来回照，仿佛对特·纽沁根夫人并没有在意。实际上，特·纽沁根夫人的一举一动都没有逃过她的眼睛。剧院里所有的人都很体面。然而特·鲍赛昂夫人的年轻、迷人、风流的表弟的所有的心思都在但斐纳·特·纽沁根身上，但斐纳见此情景，心中万分得意。

"先生，你老这么看着她，别人会笑话你的。如此奋不顾身地老盯着人看，是实现不了目的的。"

"亲爱的表姐，我已经多次受你的关照，如果你乐意成全的话，我只请你再支援我一见，它不会付之流水的。我已迷得神魂颠倒了。"

“如此迅速？”

“不错。”

“就是此人么？”

“难道我还能在别的地方发挥我的能力吗？”他深深地看了一眼表姐，停顿了一下，突然说道，“特·加里里阿诺公爵夫人和特·斐里夫人是好朋友。你看到她时，请向她介绍一下我，带我去参加她在下周一举行的舞会。在那里，我会见到特·纽沁根夫人，尝试一下我的本事。”

“行了，既然你对她一见倾心，你的爱情会一帆风顺的。看，特·玛赛正待在特·迦拉蒂沃纳公主的包厢之中。特·纽沁根夫人正在受折磨呢，她气愤万分！想和一个女人接近，特别是和银行家的夫人，就没有比这更妙的良机了。唐打区的女人都爱报仇。”

“当你面临此情此景时，那你该如何是好？”

“我呀，我会默默地忍受苦难。”

这时候，特·阿瞿达侯爵来到了特·鲍赛昂夫人的包厢里。

他说道：“由于要来看望你，我把一切弄得一塌糊涂，我先说一下，以便不会白白地奉献。”

在欧也纳的眼里，子爵夫人脸上的光芒表达了真正的爱情，并不可与巴黎式的打情骂俏、装腔作势同日而语。他很佩服表姐，便一声不吭，长叹了一声，让阿瞿达坐在他的位置上。心想：一个女人爱人爱到如此程度，真是高尚极了，伟大极了，可这个家伙却为了一个像玩具式的女娃娃，抛弃了她，真让人无法理解。他像小孩一样怒气冲天，想在特·鲍赛昂夫人的脚下滚来滚去，巴望自己具备一种魔鬼似的力量，把子爵夫人抢过来，放在自己的心灵深处，如同一只雄鹰在草原逮到了一只尚未断奶的小白山羊，并把它带到了巢里。在这个粉黛遍布的博物院中，没有一幅画是他的，没有一个女人属于他，他心中十分委屈。他心想：拥了一个姘头，就有了显贵的地位，有了权势的标志！他注视着特·纽沁根夫人，如同一个受辱的男人盯着敌人。子爵夫人转过头来，冲他使了个眼色，对他的知趣表示十分感谢，这时，台上的第一幕刚刚落幕。

她向阿瞿达问道："你和特·纽沁根夫人是熟人，你能向她介绍一下拉斯蒂涅先生吗？"

侯爵向欧也纳说道："哦，她见到你肯定会十分高兴。"

英俊的葡萄牙人站了起来，拉着大学生的胳膊，一瞬间的工夫，他们便来到了特·纽沁根夫人身边。

"男爵夫人，"侯爵向她说道，"我为能把这位欧也纳·特·拉斯蒂涅骑士介绍给你为荣。他是特·鲍赛昂夫人的表弟。你给他留下了十分深刻的印象。我想成全他，让他走近来仔细看看他心中的偶像。"

这些话语中带着一点开玩笑和冒昧的意味，然而由于巧妙地掩饰了一番，女人永远不会对此生厌的。特·纽沁根夫人微笑了一下，让欧也纳坐在刚刚离去的丈夫的位置上。

她说道："我不敢请你待在此地，一个人如果有和特·鲍赛昂夫人待在一起的福气，他是不会离开的。"

"然而，夫人，"欧也纳压低嗓音答道，"要是我意欲讨表姐的欢心，那可能我应该和你待在一起。"他又高声说道："侯爵来此之前，我们正谈论着你，议论着你那落落大方，高雅的风范。"

特·阿瞿达先生转身离去了。

"先生，果真如此？你和我待在一起吗？"男爵夫人问道，"那么我们彼此认识了，我姐姐和我谈及过你，真是久闻大名。"

"如此说来，她可真善于弄虚作假，她早已拒绝了我。"

"怎么回事？"

"夫人，我该让你知道事情的前因后果，但是我必须说出一桩隐秘的事情，必须先请你谅解。我和令尊大人是邻居，刚开始时，我对特·雷斯多夫人是他的女儿一事毫不知情。无意之中，我很冒昧地说了一下，得罪了你的姐姐和姐夫。事情真会出乎你的意料，在特·朗日公爵夫人和我的表姐的眼里，这种抛弃父亲的举止极其不符合传统。我对她们说了一下事情的原委，她们笑得要命。

特·鲍赛昂夫人把你和你姐姐比较了一番，不停地赞扬你，说你十分孝顺高里奥先生。真的，你怎么会对他不孝顺呢？他如此地疼爱你，真让我忌妒死了。今天早上，我和你父亲说了两个小时的话。刚才，我陪表姐用餐时，你爸爸的那些话都在我的脑子里，我对表姐说道：‘我不信你的美丽的仪容可以和你的善良相提并论。’也许是见我如此仰慕你，特·鲍赛昂夫人才有意带我到来这儿，以她那一贯的热情对我说，我会有机会与你相见。”

“先生，”银行家夫人说道，“承你看得起，我不胜感激。我们马上就会变成老朋友了。”

“尽管你口中的友情并非泛泛之交，然而我一辈子都不愿做你的朋友。”

女人听说刚刚出来见识世面的人的这套老话，心中十分受用。只有平静的头脑才会感到这些话的空虚和肤浅。一个小伙子的行为、语气、眼神使这些废话变得声色俱厉。特·纽沁根夫人认为拉斯蒂涅多情，风度翩翩，她像一切女人那样，无法对大学生的那些开门见山的问话作出答复，便将话题一转，聊起了别的事情。

“不错，姐妹对待可怜的爸爸的态度很坏。然而他如同主一般地对我们关心备至。特·纽沁根先生只允许我白天会见爸爸，我无可奈何，只得做出了妥协。然而，为此我流过多少次泪，难受过多少天！除了平常的虐待，这种蛮横也导致我们的婚姻生活遭到了破坏。在别人的眼中，我是巴黎最快乐的女人，其实我却是最痛苦的一个人。我说了这么多，你肯定以为我发疯了。然而你也与我爸爸相识，也说不上是外人了。”

“哦，”欧也纳答道，“你一辈子也无法遇上第二个像我一样心甘情愿地向你奉献身心的人。你要求得到的不是快乐吗？”他的声调动人心弦，“啊！要是女人的快乐便是有人热爱，有人心疼，有心心相印的朋友，可以把心中的欲望、梦幻、悲伤、高兴告诉他，显露出自己的心，动人的缺点和美丽的优点，不用担心别人会利用它们，那么请不要怀疑我，只有在一个年轻男子的身上，才会发现这颗忠诚的心。因为他拥有许许多多的梦想，只需你稍微暗示一下，他便可以为你上刀山，下火海，万死不辞，他不明白天有多高，地有多厚，也不想明白，因为对他来说，你便是整个世界。我啊，请别笑话我的单纯，我刚刚来自交通不发达的内地，不明白人情世故，只知道一些拥有美丽的心灵的人。我从没想过爱情，承蒙你看得起我，视我为知己，我从她那儿领会到了热情的可贵，既然我没有可以为她奉献生命的女儿，我就如希吕彭[①]一样，爱一切女人。然而刚才我进门时看到了你，便如触电一般，深深地迷上了你，我已经仰慕你好长时间了。然而我做梦也没想到你会如此动人。特·鲍赛夫人提醒我不要老注视着你，她不明白你那迷人的红唇，白皙的皮肤，柔和的双眼，让我无法不看你。你看，我也倾诉多心胡话，然而请你允许我说出来吧！”

女人最爱倾听这些古里古怪的花言巧语，即使是最怪的女人也会倾听的，即使她们不该作出答复。如此开场后，拉斯蒂涅又把嗓音压得低低的，说了许多心里话。特·纽沁根夫人脸上的笑意分明在怂恿他说下去。她时而望望特·迦拉蒂沃纳公主的包厢中的特·玛赛。拉斯蒂涅一直陪伴着特·纽沁根夫人，直到她先生来找她一起回家。

“夫人，”欧也纳说道，“我希望能在特·加里里阿诺公爵夫人举办舞会之前前去登门造访你。”

“既然内人请你去，她肯定会表示欢迎的。”特·纽沁根男爵说道。一见这个肥肥胖胖的亚尔萨斯的大脸盘，你就会明白他极其狡猾。

特·鲍赛昂夫人站了起来，准备和阿瞿达一同回去了。欧也纳一边走近他们，向他们道别，一边心想：“事情进展得比较顺利。我对她说‘你可以爱我吗？’她并不是万分惊讶。已经备好了缰绳，只等跃上去了。”他不明白男爵夫人完全没有心思，她正等着

① 希吕彭：十八世纪博马舍喜剧《费加罗婚礼》中人物，年少风流，善于钟情。

特·玛赛的一封信，那是一封让人悲伤的一刀两断的信。欧也纳对此产生了误解，以为她上钩了，兴高采烈的，陪着子爵夫人来到了戏院外的走廊里，人们都站在那里等车。

欧也纳离去之后，阿瞿达面带笑容地对子爵夫人说道："你的表弟与以前相比，几乎判若两人。他想冲进银行了。你瞧，他机灵得如同一条鳗鱼，我想他会发迹的。唯独你会指导他相中一个急需劝慰的女人。"

"然而，"特·鲍赛昂夫人答道，"先必须清楚她是否还爱着那个抛弃了她的人。"

欧也纳从意大利剧院走向圣·日内维新街。在回来的途中，他老是美美地盘算着。刚才他看见特·雷斯多夫人对他很留意，无论他是待在子爵夫人的包厢，还是和特·纽沁根夫人待在一起，他猜测以后那位伯爵夫人不会再把他拒之门外了。他也觉得元帅夫人肯定会喜欢他的，如此一来，在巴黎上流社会的中心，他便可以和四个显贵人家打交道了。他已经明白，尽管他还不懂用哪种办法，在这个错综复杂的名利场上，得把一个机钮放在手中，才可以凌驾于一切之上支配机器，而他也觉得自己真的可以让轮子不转。"如果特·纽沁根夫人爱上了我，我会指导她如何支配她的丈夫。那个家伙经营银钱，能帮我马上发大财。"他并没有赤裸裸地如此想道，他依然不够成熟，无法看清或者估计形势，仔仔细细地安排一番，他的思想就像浮云飘在空中，尽管它比不上伏脱冷的想法那么歹毒，然而如果将其放在良心的坩埚内熔化，也并不一定能够提炼出多少纯分子了。一般的人也就始于这类事儿，最终失去了廉耻之心，但是如今社会上这种风气盛行，司空见惯了。在现代社会里，那种正派，清清白白，颜力坚强，仇恨丑恶，觉得稍微越过了常理便是罪不可赦的人已是极其稀少的了。昔日曾有两部优秀的作品是这种真正的性格的代表，一为莫里哀的阿赛斯德，再就是近代的华尔特·司各特的丁斯父子俩。可能性质截然不同的作品曲曲折折地描述了一个上流社会的人物，一个野心勃勃的人怎样昧着良心，走上了歧路，成为伪君子，而最终使目的成为了现实会同样的迷人，同样的令人动心。

当拉斯蒂涅来到公寓的门口时，他已经迷上了特·纽沁根夫人，认为她拥有窈窕的身材，如同燕子一般轻盈。那令人陶醉的双眼，如同看见了血管而如同丝织品一般细腻的皮肤，动人的嗓音，金色的头发一一浮现在他的脑海中，大概他行走时全身血液沸腾，使得头脑中的人物形象分外具有诱惑的意味。他十分笨拙地敲了敲高老头的门，喊道：

“喂，邻居，我与但斐纳夫人见过面了。”

“在什么地方？”

“在意大利剧院里。”

“她玩得如何？请进来。”老人还未穿戴整齐，就起床了，把房门打开了，又匆匆在床上躺下。

“告诉我，她如何？”他紧接着问道。

欧也纳还是第一次来到高老头的房中。欣赏了一番女儿的衣着打扮，又见到父亲居住的环境极差的地方，他不禁做了一个惊诧不已的动作。窗上没有窗帘，有几处的糊壁纸受潮了，因而掉了下来，卷了起来，被煤烟熏得发黄的石灰露了出来。老头子在破床上躺着，身上盖着一条薄被，脚上盖着用伏盖太太的旧衣服缝制而成的棉花毯。地砖湿漉漉的，到处是灰尘。窗户的对面是一口破旧的红木柜子，略微有点像鼓，铜拉手呈蔓藤和花互相交错的形状，脸盆和水壶放在一个用木板做面子的洗脸架上，一整套的剃胡须的用具放在一边。几双鞋子放在墙角处，床头柜的下部没有门，上部也没有云石，壁炉上没有留下生过火的蛛丝马迹。旁边是一张用胡桃木做成的方桌，高老头就是凭借桌子的横梁毁掉镀了金的盘子的。高老头的帽子放在一口破旧的书柜上，这套破破烂烂的家具中还有两把椅子，一张靠背椅，草垫子已经深深地陷了进去。天花板上用一条破布条吊着用红白方格的粗布做成的床幔，即使是在最贫穷的掮客居住的阁楼里，家具也会比高老头在伏盖公寓里使用的家具要好得多。当你看见这间房时，你会全身发冷，胸口闷得发慌，如同监狱阴沉沉的监舍。幸亏高老头没有在意欧也纳在蜡烛放在床头柜上时的神情，他打了滚，把被子拉到了下巴处。

“喂，你告诉我，你喜欢姐妹俩中的哪个？”

“我更喜欢但斐纳夫人，”大学生答道，“因为她更加孝顺你。”

一听这句满含深情的话语，躺在床上的老人把手臂伸了出来，抓住了欧也纳的手，十分激动地说道：“万分感谢，她说了哪些有关我的话儿？”

大学生复述了一遍男爵夫人的话，也夸张了一番，老头子似乎在倾听主的旨意。

“好孩子！对！对！她十分爱我！然而对她所说的关于阿娜斯大齐的话语，你不要信以为真。为了我，姐妹俩彼此妒忌，你知道吗？这更加使她们的孝心得到了证明。娜齐同样也十分爱我，我明白这一点。父亲和儿女如同主和我们一般。他会钻进孩子们的心灵深处，看他们有什么样的居心。俩人都很善良，哦！如果还有两个善良的女婿，那该多么快乐呀！然而世界上并不存在全福的事情，如果我和她们待在一块儿，只要听到她们的嗓音，明白她们在何处，看见她俩进进出出，如同昔日待在我身边一样，那么我几乎快乐得要命！她们打扮得十分好看吗？”

“是的，高里奥先生，但是既然你女儿都嫁得如此阔气，那你为什么在这样的贫民窟中居住呢？”

“嘿，”他佯装无所谓的样子说道，“我住得再好，那又有什么关系呢？我说不出这些事儿，他无法一口气说出两句完完全全的话语。总之，所有的东西都在此地，”他拍打了几下胸部，“我呀，我的生活维系在两个女儿身上，只要她们可以玩耍，无忧无虑，穿得不错，住得不错，至于我穿什么，在什么地方睡觉，又有什么关系呢？总之她们穿得暖和，我就不会感到浑身发冷，她们面带笑容，我就不会愁眉不展，只有她们悲伤时，我才会悲伤，当有一天你成为父亲，听见小孩子吵吵闹闹的，你就会心想：‘她们来源于我的体内。’你会感到这些小东西身上的每一滴血都是你的，是你的血液中最好的成分——难道不是这样的吗？甚至你会感到你和她们的肌肤粘连在一起，当她们行走时，你自己也在行走，不管在何处，她们的嗓音都在回应我。当她们的目光中流露出一点点的忧郁，我的血液就凝结了。终会有一天，你会明白，为了她们的幸福而快活，比起你自己快活时会更加快活。我无法对你说明这一点，只能告诉你，有那么一股劲憋在心中，让你全身畅快不已。总而言之，我独自承受着三个人的生活。我再把一件稀奇古怪的事情告诉你，好么？我为人父后才明白了主。他处处存在，因为他是世界的创造者。先生，我对女儿的爱也是如此，处处存在。只是我对我女儿的爱超过了主对人类的爱。因为人没有主的美，而我的女儿要比我好看得多。我和她们始终心心相印，因此，我早就有一种预感，今天晚上，你会见到她们。老天！如果有个男人可以让我的小但斐纳快乐起来，给予她真正的爱情，那么我能为他擦鞋，跑路。她的女仆告诉我，特·玛赛那个家伙是条凶狠的狗，有时我好想把他的颈部折断。哼，他竟然不懂得爱恋一个无比珍贵的女人，夜莺一样的嗓音，长得如同仙女一般。只怪她有眼无珠，嫁给这个亚尔萨斯死胖子为妻。只有英俊温和的小伙子才能配得上姐妹俩。然而她们的男人是她们自己选择的。”

此时的高老头无比高大。他表现出了慈父的热忱，这是欧也纳从没见到的，感情能够感染别人，一个人不管多么俗气，只要体现出了一种真正的、浓浓的感情，那么他就有一种与众不同的味道。使得仪容发生巨变，一举一动散发着活力，嗓音有声有色。经常最笨的人在热情的怂恿之下，即便无法在说话上，但至少能在思维上达到一种滔滔不绝的地步，他似乎活动在光明的领域里，此时老人的嗓音，动作、感染力与名演员不差上下。总而言之，我们美丽的感情不正是思想的体现么？

“对你说，欧也纳说道，她也许要离开特·玛赛了，听了这个消息，你感到快乐么？那个花花大少抛弃了她，转而追求迦拉蒂沃纳公主，我呀，在今天晚上，我已经对但斐纳夫人产生了爱情。”

“哦！”高老头叫了一声。

“是的，她并不反感我，咱们花了一个小时谈情说爱，后天是周六，我将登门造访她。”

“哦，亲爱的，如果她爱你，我也会爱你的。你心地善良，不会折磨她。如果你骗她的话，我就把你的脑袋割下来。一个女人一辈子只有一次爱情，你明白吗？老天！我老说废话，欧也纳先生。在这儿，你感到很冷！哎呀，你和她交谈过了？她让你告诉我一些什么话呢？”

“无话。”欧也纳心想，然而他大声答道，“她对我说，她十分热情地和你拥抱。”

“再会了，邻居，希望你睡个好觉，做个好梦。根据你刚才所说的话，我就会做个好梦了。上帝保佑你一帆风顺！今天晚上，你几乎是我的好安琪儿，从你的身上，我嗅到了女儿的味道。

欧也纳上床睡觉时心想：可怜的老头子！即便是铁石心肠的人，也会被他感动的。然而他的女儿却不想念他，视他如外人。”

自从这次交谈之后，在高老头的眼中，他的邻居便成了一个朋友，一个出乎意料的知己。老人的父爱便是他们的关系的全部基础。如果缺少这一点的话，高老头不会接近任何人的。痴心的男人是从来不会算错的。由于但斐纳看重欧也纳，高老头便感到和这个女儿之间的距离缩短了一些，认为她真的待自己不错。而且他已让欧也纳知晓了这个女儿的痛苦。他天天都在祝福但斐纳从没获得过的幸福的爱情。根据他的话，在他所遇到的小伙子中，欧也纳是最令人喜爱的一个。他也仿佛有一种预感，觉得欧也纳会给但斐纳带来前所未有的幸福。因此老人对邻居的友情日益增加，否则我们就无法明白这个故事的结尾了。

第二天，吃饭时，高老头带着不太自在的神情注视着欧也纳的表情，同住的人们对他所说的话语，平常如同石膏像一般而此时此刻彻底发生了变化的面部表情奇怪不已。自从那次密谈之后，伏脱冷还是第一次与大学生相遇，他仿佛想猜透他的思想。第二天晚上上床睡觉前，欧也纳曾经估计了一下面临的宽广的天地。此时此刻，伏脱冷的计划浮现在他的脑海中，不由自主地想起了泰伊番小姐的陪嫁，自然而然地注视着维多莉，就像一个非常老实的小伙子注视着一个富有的少女。正好俩人的目光相遇。可怜的少女当然认为身着新装的欧也纳十分可爱。双方的眼神颇含深意，拉斯蒂涅很有把握的认为在她的心目中，他已经成了偶像。姑娘们不是都拥有一些不大清楚的想法，当她们遇到第一个英俊的男人就渴望得到满足吗？有个嗓音在欧也纳的耳边喊道："八十万！八十万！"然而昨天夜晚的事情又浮现在他的脑海中，觉得自己对纽沁根夫人居心叵测地热忱真的是一副解毒的药，能够抑制他那自然而然地涌上心头的歪念头。

他说道："昨天，意大利剧院里上演的是洛西尼的作品《赛维尔的理发师》，如此美妙的音乐可是我从没听过的。哦！在意大利剧院里拥有一个包厢，那该多么舒适呀！"

高老头一听此言，两只耳朵立即竖了起来，如同一条狗发现了主人的一举一动一般。

"你们太快活了！"伏盖太太说道，"你们男人可以随心所欲地玩耍。"

"你咋回家的？"伏脱冷问道。

"步行回家的。"

"哼，"伏脱冷说道，"要玩就必须玩得快快活活的。我要乘坐属于自己的车子，去属于自己的包厢，舒适地回到公寓，要么一整套，否则算了！这便是我的主张！"

"这才是正确的。"伏盖太太附和道。

"你想登门造访特·纽沁根夫人吧！"欧也纳压低嗓音向高里奥说道，"她见到你后，一定会很快乐的。会让你告诉他许多有关我的情况，我明白她一心一意地渴望我的表姐特·鲍赛昂子爵夫人接待她。你可以对她说，说我十分爱她，肯定会满足他的。"

拉斯蒂涅急忙回学校去，他感到在这所令人生畏的公寓里待的时间越短越好。他几乎在闲逛中度过了整整一天，脑袋里热血沸腾，如同怀着火热的希望的小伙子一般，在卢森堡公园里，他从伏脱冷的评论联想开来，想起了社会和生活，突然，他和朋友皮安训不期而遇。

“你为什么如此老实的阴沉着脸？”医学生问罢，然后一把抓住了他的手臂，走向卢森堡宫。

“脑袋里老是一些坏主意，极其苦闷。”

“啥坏主意？那可以治治吗？”

“如何治呢？”

“只要屈服，就没什么了。”

“你不明白发生了什么事情，只是在一边干笑，你是否读过卢梭的作品？”

“读过。”

“在他的作品里，有这么一段，说如果待在巴黎，只凭一个主意，在中国杀死一个上了年纪的大官，便可以发财了，读者准备咋办？你还没忘吧？”

“是的。”

“如此一来，你咋办？”

“哦，我已经杀掉了好几打清朝大官了。”

“说实在话，要是真有此事的话，你只需点点头就可以了，你干吗？”

“那清朝的大官是否有很大年纪了？哎，无论是年老还是年少，无论是有痨病在身还是身体健康，我呀！哼，我不干这事。”

“皮安训，你人不错。但是如果你喜欢上了一个女人，为了她，你可以让灵魂翻身，但是你必须富有，有大量的金钱，供她打扮，坐车，使她的所有胡思乱想的欲望都得到满足，那么你该如何是好？”

“哎，你除掉我的理性，却要求我凭借理性来思考问题。”

“皮安训，我发疯了，你治治我吧！我有两个妹妹，又漂亮又圣洁的安琪儿，我要给她们带来快乐。从今天开始，在五年的时间里，我从何处为她们挣来二十万法郎的陪嫁呢？你看，人生有几道关，必须大方地赌一次，可不能为了吃口苦饭而浪费了快乐。”

“人人迈进社会时，都会面临这种难题，而你意欲快刀斩乱麻，立刻获得成功。朋友，你要如此行事，就必须具有亚历山大那样的雄心壮志，否则你会身陷囹圄。我将来，我心甘情愿地在内地默默地生活着，正正经经地继承爸爸的位置，无论是在最小的圈子里，还是在最大的圈子里，都一样地满足感情，拿破仑无法吃下两顿晚餐，与加波桑医院的实习生相比，他的姘头也多不了几个。朋友，我们的快乐与我们的肉体息息相关，无论快乐的每年的代价是一百万，还是两千法郎，真正的感觉总是如此，因此，我不愿夺去那个中国人的生命。”

“非常感谢，皮安训，听罢你的话，我心里怪好受的，我们永生永世都是好朋友。”

“喂，”医学生说道，“刚才我在植物园里听完了居维哀[①]的课后，走出植物园时，看到米旭诺和波阿莱在一张凳子上坐着，与另一个男人交谈。去年国会那儿发生骚乱时，我看见过那人。他极像一个便衣，冒名顶替了依靠利息度日的布尔乔亚。你研究一下米旭诺和波阿来，以后我再把原因告诉你。再会，我必须上课去了，那是四点钟的。”

欧也纳返回家后，高老头正在等候他。

“你看，”老人说道，“她给你来了一封信，你瞧，她的字多么漂亮。”

欧也纳把信拆开了。

先生，听家父说，你爱好意大利音乐，要是你愿意赏

① 居维哀（1769—1832）：著名博物学者。从十八世纪末期起，巴黎的“植物园”亦称“博物馆”，设有生物、化学、植物学等的自然科学讲座及实验室。

脸，来到我的包厢里，我将十分高兴。周六我们可以欣赏福杜和班莱葛里尼[①]，我想你不会推辞的。我和特·纽沁根夫人请你光临寒舍用顿便餐。如果你答应的话，他会十分高兴的，因为他可以不必要履行丈夫的苦差事了，不用陪伴我前去听信，不必回信，但请你光临，并收下我的尊敬之情。

D. N.

欧也纳看完信后，老人说道："让我看看。"他闻了一番信纸，又说道："你肯定会去的，对吗？嗯，真香！她的手指曾经碰过它啊？"

欧也纳心中寻思："按理说，女人是不会如此攻击男人的。她也许想用我来夺回特·玛赛的心。心中满是怨恨，才会采取这种行动。"

"喂，你在寻思什么呀？"高老头问道。

欧也纳不明白有的女人疯了似的爱慕虚荣，为了能够迈进圣·日耳曼区的显贵人家的门槛，一个银行家的夫人是可以牺牲一切的。按这时候的社会风气，可以进出圣·日耳曼区上层社会的女人，在别人的眼中，是高人一等的。众人称那个阶层的人为小王宫的夫人们，特·鲍赛昂夫人，特·朗日公爵夫人，特·莫弗利原士公爵夫人便是他们的领导。唯独拉斯蒂涅不明白唐打区的女人们想挤进那个灿烂辉煌的上流社会的热情。但是他对但斐纳存有戒心，这一点对他很有益处。因为他镇定自若，可以向别人提出条件而不会接受别人的条件。

"噢，没错，我肯定去。"欧也纳答道。

于是，他怀着好奇心前去拜访纽沁根夫人，如果那个女人轻视他，他却带着强烈的冲动前去拜访他。尽管这样，他依然焦急万

① 福杜和班莱葛里尼：前者为女高音，后者为男低音，都是当时有名的歌唱家。

分。渴望明天动身的日子早点来临。小伙子第一次玩弄手腕可能和初恋同样地令人回味。胸有成竹使人万分欣喜，男人并不承认这种欣喜，然而它确实使有的女人富有吸引力。轻而易举的成功和难以获得成功一样地促使人们产生欲望。这两点都可以导致或者培育男人的疯狂。爱情世界一分为二为这两块阵地，大概是气质导致了这种分流，因为人与人之间的关系受到了气质的控制，闷闷不乐的人需要女人若即若离地卖弄风骚来帮他提起精神，而神经兮兮的人或者多血质的人长久地受到了女人的反抗，也许会扬长而去，也就是说，淋巴质表现为哀歌，就像胆汁质表现为颂歌一样①。

欧也纳一边打扮，一边领会着那些极小的趣味，小伙子们害怕受到别人的嘲笑，一般都没有勇气提起这种得意，然而他的虚荣心得到了极大的满足。当他梳理头发时，他联想到一个美丽的女人的视线会在他那乌黑亮丽的头发中转来转去。他摆出许多奇怪的姿势，极像一个换衣服前去参加舞会的小女孩。他把上衣解开了，洋洋自得地注视着自己的苗条的腰肢，心想："当然，还没有我的多呢！"公寓里所有的客人正坐在桌旁用餐，他走下楼来，一副春风得意的样子，众人纷纷叫好，看到别人穿戴得整整齐齐的，而惊讶不已，这也是包饭的公寓的一种习惯，有人穿上了新衣，每人都必须开口称赞。

"得，得，得，得。"皮安训的舌头顶着上颚，发出了这种声音，如同驱马疾驰一般。

"哇！好一副王孙贵族的气派！"

"先生是去和情人约会吧？"米旭诺小姐问道。

"怪模怪样的！"画家喊道。

"先生有夫人吗？"波阿莱问道。

"柜中夫人，喜欢走水路，而且不掉色，至少要二十五法郎，最多为四十法郎，新鲜的式样，可以冲洗，质地考究，一半丝线，

① 淋巴质指纤弱萎靡的气质，胆汁质指抑郁易怒的气质，这是西洋老派医学的一种学说。

一半棉料，一半羊毛，保证可以治疗牙痛，保证可以治好皇家学会钦定的一切疑难病症！对小孩子特别有用，可治头痛、充血、食道病、眼病、耳病，效果极其显著，”伏脱冷说着令人发笑的绕口令，又用走江湖卖艺的人的语气喊道，“这件美妙的东西要用多少钱才可瞧一瞧呀？要两个铜子吗？不是的，一分钱不要！这是为蒙古大皇帝制造的，欧洲所有的皇帝都要看一看的！大家过来！向前走，前面就是买票房，喂，奏乐！勃龙，啦，啦，脱冷！啦，啦，蓬！蓬！喂，吹笛子的，你吹走了音，等一会儿我要揍你！”

“老天！这个人真有意思！”伏盖太太对古的太太说道，“和他在一起，永远不会感到闲得发慌！”

正当众人开玩笑时，欧也纳发现泰伊番小姐悄悄地瞥了他一眼，附耳和古的太太嘀咕了些什么。

西尔维说道：“车子已到！”

皮安训问道：“他去什么地方用餐呀？”

“特·纽沁根男爵夫人府上。”

“即高里奥先生的女儿家中。”大学生补充道。

众人都向老面条商投去了视线，老面条商带着无比羡慕的神情注视着欧也纳。

拉斯蒂涅来到了圣·拉查街，那是一幢小巧玲珑的房子，地地道道的银行家的府第，苗条的柱子，朴朴素素的走廊，这就是巴黎的所谓的“好看”，不计成本的讲究，人造云石作装饰，楼梯台是用五颜六色的云石镶嵌而成的，意大利的油画挂满了小客厅的四壁，把它装饰得如同咖啡馆一般。男爵夫人满脸愁云，强作笑容，这不是假装出来的，欧也纳见了她这副样子，十分关切。他本以为他的光临就可以让一个女人快活起来，没想到她居然愁容满面，他十分失望，自尊心受到了刺激。他以她那忧心忡忡的样子开了一番玩笑，说道：

“夫人，我不配要求你的信任，如果我打扰了你，请你说实话！”

“哦，你不要走！如果你走了，我就是孤零零的一个人了。纽沁根在外面交际，我不肯独自待在家中，我闷得很，要去放松放松才行。”

“发生了什么事情？”

她说道：“丝毫不能让你知道。”

“我就想明白，就想与你分享秘密。”

“可能……”她顿时又改口说道，“哦，这是不可以的。夫妻间的争吵应该深埋心底。前天，我不是告诉你了吗？我毫不快乐，用黄金做成的枷锁是最沉重的。”

一个女人告诉一个男人，她烦闷，而要是这个小伙子聪明透顶，穿戴整齐，有一千五百法郎的闲钱装在口袋里，他就会像欧也纳一样思考问题，而且春风得意了。

欧也纳答道：“你年轻貌美，又富有，又拥有爱情，你还需要什么呢？”

“我的事情别提了。”她脸色阴沉，摇了摇头，片刻之后，我们共用晚餐，就我们俩人。吃完饭后，我们前去欣赏最美丽的音乐。她站了起来，把白开司棉的衣服抖了一下，上面绣有富丽堂皇的波斯图案，问道：“你认为我如何？”

“十分可爱，我要完完全全地拥有你呢。”

“如此一来，你便背时了！”她一脸苦笑，说道，“在这里，你发现不了丝毫的痛苦，虽然外表如此，我却万分苦闷，整晚失眠，我会变得很丑陋的。”

大学生说道：“哦，你不会的，然而我渴望明白，到底是什么样的痛苦，甚至无比忠诚的爱情都难以消除它？”

她说道：“对你说了以后，你会躲起来的。你爱我，只是男人对女人的外表的热情，如果你真的爱我，你会立刻痛苦极了！因此，我不该告诉你。我们聊别的什么吧！来，参观参观我的房子。”

“不，我还是待在这里吧！”欧也纳说罢，在壁炉前的一张双人椅上坐了下来，和特·纽沁根夫人紧紧地挨在一起，放心地抓住她的手。

她没有拒绝，还使劲地压他的手，这说明她心中骚动不已。

“我告诉你，”拉斯蒂涅说道，“如果你有什么悲伤的事情，你必须让我知道。我会向你证明我是因为爱而爱你，你必须告诉我你的痛苦，允许我为你效力，即使是杀几个人也行，否则，我会永远离开你的。”

突然，一个万般无奈地想法出现在她的脑海里，她把前额拍了拍，说：“哦，行，让我马上来考验你一下。”

她心想：“是的，除此之外，再也无法可想了。”她按铃呼唤仆人。

“你可套好了先生的车？”她向仆人问道。

“是的，夫人。”

“我要使用它，把我的车给他用吧！七点钟时再吃饭。”

“喂，过来吧！”她向欧也纳喊道。

欧也纳待在特·纽沁根先生的车里，陪伴这位夫人，恍如在梦中一般。

她对车夫吩咐道：“去王宫市场，法兰西剧院附近。”

去的途中，她心中极不平静，对欧也纳无休无止的发问毫不理睬，他搞不清楚那种一声不吭的、呆呆的、老是抵抗的态度意味着什么。

“一瞬间的工夫就无法抓住她了。”他心想。

车子停止了前行，大学生见男爵夫人瞪着自己，便闭上了嘴巴，不敢再胡说了，因为那时候他已无法支配自己。

“你是否深深地爱着我？”她问道。

“没错！”他勉强镇定自若地答道。

“不管我吩咐你干什么，你都不会瞧不起我吧？”

“不会的。”

“你乐意让我指挥你么？”

“我的眼睛都不会眨的。”

“你是否曾经去过赌场？”她的嗓音颤抖。

“从不涉足。”

她说道：“啊，如此一来，我也放心了。你一定会有好运的，我的口袋有一百法郎，一个如此快乐的女人，所有的财产就是这么一点点。你带着它，前去赌场，我也不清楚赌场在何处，总而言之在王宫市场附近，你用这一百法郎去押轮盘赌，或者输掉回来，或者为我挣六千法郎回来，当你回来后，我会把我的痛苦告诉你的。”

“我对此时我要去做的事情一窍不通，但是我一定依言而行。”他答道，口气中透着兴奋，他暗暗寻思：“让我干这件事后，她对我肯定是有求必应了。”

欧也纳拿着漂亮的钱包，向一个卖旧衣的小贩打听了一下离这儿最近的赌场的地址。当他找到了九号门牌后，径直走上楼去。服务生把他的帽子接了过来，他来到了房间里，问轮盘在何处。一些老赌棍惊讶万分地注视着服务生领着他来到了一张方桌前，又听见他落落大方地问道，把赌注放在何处。

一个打扮得很体面的白发老者对他说道：“有三十六门，随便你押什么，押中了，一个则赔三十六个。”

欧也纳想起了自己的年纪，于是便把一百法郎押在二十一上，没等他定下神来，耳边传来一声惊呼，他已经押中了。

那老者告诉他：“收好钱吧！这种东西是绝对不可能连续赢两次的。”

欧也纳把老者递给他的耙接了过来，将三千六百法郎拨到手边。他一直搞不清楚这种赌博的本质，又把本钱和利钱全部押在红上[①]。身边的人们见他没有收手，很嫉妒地注视着他。

轮盘转动了一下，他再次成为赢家，庄家又拱手送给他三千六百法郎。

---

① 轮盘赌的规则：押在一至三十六的数字上，押中是一赔三十六，押在红，黑，单，双上，押中是一赔一。

老头子附耳告诉他，“你已经有七千二百法郎了。如果你相信我，那么你赶忙离开此地。今天已经出了八次红了。如果你愿意对我的建议予以酬谢的话，请你发发善心，救济救济我，我是拿破仑的手下，曾经任过州长，如今已经穷困了。”

拉斯蒂涅昏头昏脑地递给白发老头二百法郎，自己则拿着七千法郎走下楼去。他对这种东西一点不懂，只是为自己如此走运而感到奇怪。

车门关上了，他捧着七千法郎给特·纽沁根夫人，说道：“哎！此时你想带我去哪儿呀？”

但斐纳疯狂地搂住他，和他拥抱，无比地高兴。但是这并没有表现出爱情。

“你救了我的命！”她说道，脸上满是高兴的泪水，“我告诉你一切吧！朋友，你会和我成为朋友，对么？你看我很富有，阔气，样样都有，至少表面上如此。哎！你又怎会明白纽沁根不让我支配一个子儿呢？他只负责家中的开支，我的马车以及包厢。然而他支付的衣装费是不够用的，他存心逼得我一贫如洗。我非常高傲，不肯向他央求。把他的钱收下了，就必须遵守他的规矩，如果遵守了他的规矩，那我几乎不能算是人了。我本人拥有财产七十万，又怎会被他剥削到这种地步呢？主要是因为高傲，因为生气。刚成亲的那阵子，我们是那么年轻，那么纯真！说出向丈夫要钱的话来如何要把嘴巴撕破一般，我一直没有勇气开口，只得用我攒下来的钱和可怜的爸爸送给我的钱，后来我只得向人借钱了。对我来说，结婚是最恐怖的骗局，我无法告诉你，只用对你说一句，如果不是因为我和纽沁根拥有各自的房子，我会跳楼自杀的。为了买首饰，为了使我的欲望得到满足，我欠下了债务，要把这一点告诉丈夫时，我真可谓在受折磨（可怜的爸爸一贯宠爱我们，总是有求必应），然而我最终鼓起了勇气，告诉了他这一切。我不是拥有一份属于自己的财产吗？可纽沁根却大发雷霆，说我会败光家产了，都是一些混账的话，我听了后，真想钻进土中。当然，我的陪嫁归他了，如今他只得为我偿还债务，然而从那以后他限制了我的零用钱，规定了一个数目，为了过太平日子，我同意了。从那时开始，我使那个男人的虚荣心得到了满足，你明白我指的是谁，即使我上当了，可我还必须说句公道话，他具有高尚的性格，但是他最终狠心地抛弃了我。男人曾经把许多钱给了一个受折磨的女人，永生永世都不该将她遗弃！应该永生永世地爱她。你才二十一岁，崇高、纯真，也许你会发问，一个女人怎么能收下一个男人的金钱呢？唉，老天！与一个给予了我们快乐的人共赴苦难，共享幸福，这不是十分自然的事情吗？已经把自己全部奉献给了他，还会考虑这整体中的一点点吗？只有没有感情时，金钱才成了问题。俩人不是立下了誓言，至死不变吗？自以为受到了别人的关心时，又有谁会想到一刀两断的那一天呢，既然你们立下了誓言，说你们永远相爱，那为什么把财产分得那么清楚呢？你不明白今天我是如何难过，纽沁根干脆利索地不同意给我六千法郎，然而他每月都会给他的姘头送去六千法郎，那是歌剧院中的一个歌女，我曾想自杀，也曾思索过最疯狂的主意，偶尔我竟然对一个女仆羡慕不已，对我的老女仆心生羡慕之情。去求助爸爸吗？简直是疯了！阿娜斯大齐和我已把父亲榨得一干二净了，可怜的爸爸，只要他可以卖六千法郎他都会卖掉自己的。如今，我只能让他干着急，没想到，你拯救了我，挽回了我的颜面，挽回了我的生命！那时候，我万分痛苦，头脑发昏！唉，先生，我只得向你做出如此的说明，我几乎发疯了，才会让你做那种事！刚才你离开了以后，我巴不得下车逃走……逃到何处呢？我没有主意。有一半的巴黎女人过着这种可怜兮兮的生活，表面上，她们挥金如土，实际上，心中万分不安。我知道一些比我更苦的可怜虫，有的人只得让铺子开花账，有的只得偷丈夫的钱，有的丈夫以为价值两千法郎的开司棉的价格为五百法郎，有的以为价值五百法郎的开司棉的价格为两千。还有一些令人同情的女人让儿女忍饥挨饿，把钱搜刮下来，以便做件衣服。这种下贱的骗局我可从未干过，这是我最后的折磨了。有的女人想支配丈夫，宁愿把自己出卖给丈夫，至少我拥有人身自由！我有能力让纽沁根把金子堆在我的身上，但是我甘愿趴在一个我尊敬的男人的怀抱中放声大哭，啊，今天晚上，特·玛赛再也无法将我视为他花钱养着的女人了。”

她用双手捂住面孔，不想让欧也纳发现她在流泪，他却把她的手拿开了，仔细地端详她，认为她非常庄严。

她说道：“把钱财和爱情混为一谈，不是太丑陋了么？你不会喜欢我的。”

让女人表现出多么高尚的善良，如今的社会迫使她们犯下的错误，二者交织在一起，欧也纳的心里乱糟糟的，他一边好言相慰，一边暗暗称赞这个迷人女子，她那痛苦不堪的哭叫竟然显得如此纯真如此冒昧。

她说道：“以后你不会以此为把柄，威胁我吧？你必须同意。”

“哎，夫人，我并非这种人。”

她带着感谢而又温柔的神情，拿起他的手，放置在胸前，“是你让我重新获得了自由，幸福，以前我总是遭到他的要挟，以后我会过着简朴的生活，不再胡乱用钱了，我这么做，你肯定会高兴的，对么？你留下这一部分。”她只拿走了六张钞票，“我向你欠下了三千法郎，因为我认为应该和你平分这笔钱。”

欧也纳如同一个小女孩一般，一而再再而三地拒绝了。男爵夫人说道：“如果你不愿意成为我的同伙，我就认为你是仇敌。”他只好接受了，说：“行，如此一来，我就留下吧，以备万一之需。”

“哦，这句话是我最怕听到的。”她苍白着脸说道，“如果你看得起我，切切不可再到赌场去。天哪！我教你不学好！那我会万分难过的！”

他们回到了家中，痛苦和奢侈形成的鲜明的反差，使大学生见了后昏头昏脑的，他的耳边又回响起伏脱冷的那些令人畏惧的话语。

男爵夫人来到了睡房里，手指壁炉边的一张长靠背椅，说道："你稍坐片刻，我要写一封用词讲究的书信，你为我想点办法吧！"

"索性别写，在信封中装上钞票，再把地址写好，让你的老女仆送去就可以了。"

"哦，你确实是个心肝！这便是有教养的表现！这也是纯粹的鲍赛昂的作风！"她面带笑容地说道。

"她太惹人怜爱了！"愈来愈迷恋她的欧也纳心想。他看了看卧室，那一派豪奢的样子极像一个富有的交际花的卧室。

"你喜爱这个房间吗？"她一面按铃，一面问道。

"丹兰士，把这封信送去，亲自交给特·玛赛先生。如果他外出了，请把它带回来。"

丹兰士离去之前，很调皮的瞥了一眼大学生，已经开晚饭了，特·纽沁根夫人挽着拉斯蒂涅来到了一间很讲究的饭厅里。欧也纳在表姐家见识了精细的饭菜，在这里他又开了眼界。

"每当意大利剧院上演歌剧时，你就来我家用餐，陪伴我前往剧院。"

"如果这种幸福的日子能够持久，真是美妙极了，可怜我是一个穷学生，还必须挣下家产。"

"你肯定会获得成功的。"她笑嘻嘻地答道，"你看，任何事情都有解决的方法，我从没想到自己会如此快乐。"

爱好用可能来证实不可能，用预感来代替现实，这便是女人的天性。当特·纽沁根夫人和拉斯蒂涅结伴来到意大利剧院的包厢里时，她非常满足，脸上散发着青春的活力，使人们见了，都会捏造出一些流言蜚语，不但女人无法抵抗，而且会使人们对那些无中生有的淫荡事情信以为真。直至你熟悉了巴黎以后，你才会明白众人所说的并不是真的，而众人又不说真实的事情。欧也纳把男爵夫人的手握在手中，谈话被俩人的手的松紧度取代了，互相交流他们欣赏了音乐后的体会。这是一个让俩人心旷神怡的夜晚。他们同时踏上归途，特·纽沁根夫人将欧也纳送至了新桥，一路上，她在车中不停地挣扎，不愿意再送给他一个像在王宫市场里的那么火热的亲吻。欧也纳责怪她前后不一致，她答道：

“刚才的亲吻是对那个出乎意料的恩惠表示感谢，此时却是许愿了。”

“但是你就不愿许下一个心愿，你这个忘恩负义的家伙。”

他生气了。于是她把手伸了出来，一副很厌烦的模样，却让情夫更加动情，而他把她的手捧着亲吻时的那种不情愿的样子，她见了却万分得意。她说道：

“周一舞会上，咱们再见！”

欧也纳披着月色返回公寓，正正经经地思考问题。他的心中喜怒交加，他高兴的是这个奇遇也许会让他把一个巴黎最美丽最风骚的女人勾引到手，而此人正是他心中的所想之人。他生气的是，他的致富计划被彻底地推翻了。前天他昏头昏脑地得出念头，此时他才感到自己确实有这个想法。

一个人在遭到了失败后，才会发现他的欲望的狂热。欧也纳越是过上了巴黎生活，越是不愿安于贫贱。他不停地捻着口袋里的一千法郎的票子，想寻找许多欺骗自己的借口占有她。终于，他回到了圣·日内维街，上了楼后，发现还亮着灯，高老头没有关严房门，燃着蜡烛，使大学生不至把和他谈谈女儿一事抛至脑后。欧也纳一五一十地告诉了他。

高老头的心中充满了妒忌，他说：“哎，她们当我完蛋了，可我还有利息一千三百法郎呢，可怜的孩子，为什么不来找我？我可以把存款卖掉，拿出一笔本钱，把剩下的改为终身年金。为什么你不把她犯难的事情告诉我呢？我的邻居？你怎么存有那种心肠，把她的区区一百法郎拿到赌台上冒险呢？这几乎把我的心撕破了。唉，女婿就是这种玩意！嘿，如果我逮住了他，我要勒死他！老天，她竟然流泪了？”

“她就趴在我的背心上，泪流满面。”欧也纳答道。

“噢，把背心送给我，为什么！因为我的女儿，我心爱的但斐纳的泪水滴在你的背心上，孩提时，她从不流泪。哦，我买件新的给你吧！你不要穿这件了，送给我吧！婚约上有规定，她的财产归她自由支配，我一定去找一下诉讼代理人但尔维，我明天就去找他，我一定要划分出她的财产，放在一边。我懂法，我还可以像虎一般凶相毕露。”

“喂，老人家，这一千法郎是她分给我的，你把它放在背心的口袋里，为她收好吧！”

高里奥注视着欧也纳，把手伸了出来，一滴泪水掉在欧也纳的手上。

“以后你肯定会获得成功的，”老人说道，“你明白，上帝赏罚分明，我知道何谓老实无欺，我有胆量说你这种人少得可怜。如此说来，你也肯成为我亲爱的孩子啰？好了，上床睡觉去吧！你还未为人父，不会失眠，唉，她哭泣，而我这个为了不让她们流一滴泪水的人，甚至都可以出卖圣父、圣子、圣灵的人，当她难过时，我却平平静静地待在此处用餐，如同笨蛋一般。”

欧也纳一面爬上床，准备睡觉，一边心想：“我想我一辈子都是一个正派人。依靠良知做事，确实是一件幸福的事情。”

大概只有信奉主的人才私人做善事，而欧也纳信奉主。

鬼上当

第二天，舞会开始的时间到了，拉斯蒂涅来到了特·鲍赛昂夫人家里，让她带自己前去，再向特·加里里阿诺夫人介绍自己。元帅夫人十分热情地接待了他，他又看见了特·纽沁根夫人。她有心打扮了一番，意欲讨大家的欢心。以便让欧也纳更加喜欢她。如果你能猜中一个女人的心思，那时便是你最高兴的时候。别人等待着你提出看法，你却默默无语，你明明心中快乐，却镇定自若，别人为你担惊受怕，这不正表明了她对你产生了爱情么？眼见她忐忑不安，然后你微微笑一下，出言相慰，这不是最高兴的事情吗？——谁不爱玩一下这种花招呢？在此次盛会中，大学生突然看清了自己的位置，知道凭借特·鲍赛昂夫人公开承认的表弟的资格，他已在高等社会中得到了身份。众人以为他已把特·纽沁根夫人追到手了，便改变了对他的看法，一切小伙子都带着无比羡慕的神情注视着他。看到这种眼神，他首次领会到了志得意满的快乐。从一间客厅来到另一间客厅里，穿过人群时，他发现大家都称赞他艳福不浅。夫人们也预言他前途不可限量，然而但斐纳担心别人抢走了他，同意片刻之后将前天不愿给予他的亲吻送给他。在舞会上，有好几户人家争相邀请拉斯蒂涅，表姐让他认识的几位夫人都是一些自命风流的女人。她们的家也是十分有意思的交际的地方。他见自己在巴黎上流社会中崭露头角，他到老都不会忘记这个刚刚上台就收获颇丰的晚会，就像女孩子无法忘记她最走红的一个舞会一样。

第二天，吃早饭时，他当着众人的面，向高老头讲述他的得意之事，而伏脱冷闻言却面目狰狞地一笑。

“你以为，”那个无情的逻辑学家说道，“一个公子可以在圣·日尔维新街，在伏盖公寓居住么？不用说，从每个方面看，这个地方算得上是一个高级公寓，然而绝对不是追赶潮流的地方。我们住的这个公寓充足，富裕，兴旺发展，十分荣幸地成为拉斯蒂涅的暂时的公馆。然而它毕竟是圣·日内维新街，带着十足的居家气息，不明白何谓奢侈。我的小朋友，”伏脱冷再度带着那种倚老卖老的讥讽的表情说道，“如果你想在巴黎摆排场，必须拥有三匹马儿，白天乘坐篷车，晚上乘坐轿车，置办费用总计为九千法郎。如果你仅仅在服装店里花去三千法郎，在脂粉店里花去六百法郎，在鞋匠那儿花去三百法郎，在帽子匠那儿花去三百法郎，你还差得远呢！你要明白必须花一千法郎洗衣服，赶潮流的年轻人的内衣绝不可随随便便的，那不正是人们最注意的地方吗？爱情与教堂相差无几，祭坛上必须铺有纯白色的桌布，如此一来，我们的支出已是一万四千法郎了。这里面还不包括打牌、赌庄、送礼的费用，没有两千法郎的零花钱是不行的。这种日子，我已经历过，至于需要多少花销，我清楚得很。把这些必要的花销除去之后，还要六千法郎的饭费，房租为一千法郎。哦，孩子，如此一来，年支出必须为两万五千法郎，否则就会成为别人的笑柄，我们的未来，我们的锋芒，我们的姘头，全部化为乌有了。我还把听差和随从忘了呢！难道你可以克利斯朵夫充当情书的邮递员吗？你的信便写在此时的这种信纸上吗？那几乎是自寻短见，你相信一个历尽沧桑的老头子的话吧！”他的嗓音变得更加低沉，“或者躺在你那不沾俗气的阁楼，努力读书，或者另寻出路。”

说罢这番话，伏脱冷斜着眼睛，注视着泰伊番小姐，眨了眨双眼，这种目光算得上是再度提及了过去他勾引大学生的那套思想，并作了个总结。

连续的那段日子里，拉斯蒂涅过着灯红酒绿的日子，几乎天天与特·纽沁根夫人泡在一起，同桌吃饭，陪她外出结交朋友。他凌晨三四点钟才回来，中午起床，梳洗打扮一番，在天气晴朗的日子里，他陪同但斐纳前往树林中闲逛。他挥霍时间，竭力地仿效、学习，挥金如土，其热情如同雌枣树上的花萼竭力把生殖力强盛的花粉吸收进来。他输赢的数目很大，形成了巴黎小伙子浪费的习性。他从首次赢来的钞票中拿了一千五百法郎，偿还给了妈妈和妹妹们，还有几件十分漂亮的礼物。尽管他已说过将搬离伏盖公寓，然而一直到正月末，他依然待在此地，不知道如何搬走。年轻人做事的规则，开始看几乎无法理解，实际上，正由于青春年少，正由于疯狂地追求享受。这原则便是：不管贫穷还是富有，必要的生活费用总是没有着落。对所有能够赊欠的东西，出手则极其大方。对所有支付现金的东西则无比地小气。并且由于心中所想的玩意，手边却没有，好像有意挥霍掉手边的一切东西来消气。我们还能说得更加清楚些，一个大学生对帽子的珍视程度远远超过了对衣服的程度。裁缝的利息重，愿意赊欠，帽子匠的利息轻，因此大学生只得打发最难缠的人。在剧院的花楼上坐着的年轻人，尽管在美丽的女人的眼镜中显出了光辉灿烂的背心，然而穿在脚上的袜子是否完整却是个大问题。袜子商又成了他口袋中的一条虫儿。那时的拉斯蒂涅便面临这种情况。他对伏盖太太总是双手空空，然而对虚荣的花销总是钱源充足。他的财路的兴衰却与最自然的花销显得十分地不协调。为了心中的理想，这脏兮兮的公寓经常让他感到满腹苦楚。不是必须付给房东一个月的房租想搬走，然后购买一套家具来美化他那花花大少的住宅吗？这笔钱始终不知道来自何处。拉斯蒂涅用赢到手的钞票购买了一些金表金链，准备在紧急的时候送到当铺里去，送给小伙子的那个默默无闻的、最知好歹的友人，这是他筹集本钱的方法，然而一到支付房租，买一些好看的日常必需的工具时，他就束手无策了，也没有了胆量。生活的需要、为了穿衣、吃饭、住房、行路所欠下的债务，都无法使他灵机一动，同大部分做一天和尚撞一天钟的人一样，他总是等至最后的关头，才会把布尔乔亚心中的神圣的账务偿清。如同米拉菩[①]，必须等到面包的欠账演变成了令人生畏的借条，否则，绝不偿还。那时候，拉斯蒂涅输光了钱，欠人家的钱。大学生这才明白，如果缺少稳定可靠的钱财的来源，这种日子是没法过的。但是虽然经济压力使他无法喘气，但是他依然难以割舍这种欢乐无限的日子，不管为之付出什么代价，他都想依旧维持它。他以前虚构的致富良机演变成了南柯一梦，现实的阻挡越来越强大，当他发现纽沁根夫妇的生活的真实情况之后，他感到如果把爱情当作致富的途径，就必须忍气吞声，把所有崇高的思想都抛开，然而小伙子的过错全靠这些崇高的思想予以抵消的，表面上光辉四射的日子，良知受到了谴责，瞬间的快乐都必须用长期的痛苦来作为补偿的日子，他已经深深地迷恋上了，陷在里面，他如同拉·勃吕依埃的糊涂虫一样，在泥泞里铺好属于自己的床位，然而也如糊涂虫一般，那时只是把衣服弄脏了。[②]

“我们的满大人[③]已被砍头了吧？”有一天，皮安训起身离开饭桌时向他问道。

“还没呢！然而痰已经堵在喉咙里。”

医学生以为这是一句玩笑话，实际上并非如此。欧也纳已有好长时间没在公寓里用晚餐了，这天，他一面用餐，一面呆呆出神，当点心上过之后，他依然坐在桌边，凑在泰伊番小姐的身边，还时而带着深意瞥一眼泰伊番小姐，有几个房客依然坐在桌边吃胡桃，有的来回不停地走动，依旧交谈。众人离去的时间从来并不是固定的，这依据每个人的心情，对话题是否感兴趣，是否吃得太饱了而定。在冬天，在八点钟之前，客人们很少走光了，等众人离去之

① 米拉菩（1749—1791）：法国大革命时政治家，演说家，早年以生活放浪出名。

② 拉勃依埃著作中的糊涂虫，名叫曼那葛，曾有种种笑柄。但上述一事并不在内，恐系作者误记。

③ 十八、十九世纪的法国人通常把中国的大官称为“满大人”，因为那时是满清皇朝。

后，四位夫人还在这里稍待片刻，刚才因桌上坐着男人，她们只好少说话，而此时有意要补上。伏脱冷刚开始时想赶快离去，然后他发现了欧也纳那忧心忡忡的样子，便一直待在饭厅里欧也纳的视线无法顾及的地方，欧也纳以为他早已走了。最后他也没有随着最后的一批房客离去，而是很狡黠地藏在客厅中，他看穿了大学生的心思，感到他已到了紧急的时候。

确实如此，那时候，拉斯蒂涅正如许多小伙子一般，退也不是，进也不是，特·纽沁根夫人不知是真心爱他还是尤其爱好打情骂俏，她使出了巴黎女人的交际手段，让拉斯蒂涅饱尝了真爱所带来的痛苦。冒着天大的错误，在大庭广众之下抓住了特·鲍赛昂夫人的表弟以后，她却犹豫起来了，不敢真真实实地给予他，他好像已经拥有的权利。在这个月以来的日子里，她多次挑起了欧也纳的欲火，甚至伤害了他的心。刚开始交友的那阵子，大学生当自己掌握了主动权，后来特·纽沁根夫人占据了优势，有意装出一副姿态，引起了欧也纳的全部好好坏坏的心事，它代表了一个巴黎小伙子的多重人格。她是否是有意设下了这一套的呢？并非如此，即便是在最虚伪时，女人也是实实在在的，因为本能控制着她。但斐纳被这个小伙子抓在手中，本来也过于迅速了一些，她表现出来的情感也过火了，可能事后她感到丧失了颜面，意欲把她的情感收回来，或者临时停顿。再说，一个巴黎女郎被爱情冲得晕头转向，即将下水以前，暂时迟疑，试一试那个她准备以终身相托的人的心，这也是情理之中的事情。既然特·纽沁根夫人已被人骗过一次，一个一心想着自己的小伙子让她的一片忠心付之东流，此时她对别人存有戒心更加合乎情理。可能欧也纳由于迅速地得手了而表现出了一副大大咧咧的样子，让她察觉到了一点点不屑的意味，这是他们那极其微妙的关系造成的。她也许想在如此一个青春年少的男人面前表现出了些微的尊严，一点大人的派头，她昔日在那个抛弃了她的男人面前做了太长时间的矮子。正由于欧也纳明白她过去上了特·玛赛的当，她更不愿意在她的眼中成为一个轻而易举就可以征服了的女人。而且在那个人妖，那个登徒子面前曾经品尝了那种使她深感屈辱的趣味之后，她感到在爱情的伊甸同中四处乱逛，却另有一种难以用语言表达的幸福：看一看全部风景，倾听那哆嗦的声音，听凭那凉爽的微风抚摸片刻，在她的眼中，这都是一些令人着迷地享受。纯粹的爱情必须为杂乱的爱情做出补偿，这种不公平的情形一直都不会减少，要是众人不明白第一次的上当受骗是多么残酷地摧毁了一个少妇的那颗像花儿一样的心，无论但斐纳到底是何居心，总而言之，拉斯蒂涅成了她的玩物。而且她把这事当戌了自己的快乐。因为她明白他爱她，明白只需她快乐，时时刻刻都可以把她情夫的悲伤化掉。欧也纳为了颜面，不甘头次上场就失败了，便紧追不舍，如同猎人首次度过圣·于倍节[①]一般，必须捕获一只火鸡。他的忧心忡忡，受了伤害的自尊心，真假混淆的失望，使他愈来愈难以舍弃那个女人。在所有的巴黎人的眼中，特·纽沁根夫人是属于他的了。实际上，与初次见面相比，他和她并不更加亲近。他还不明白，一个女人卖弄风骚带给人的益处，有时甚至超过了她的爱情带给人的愉悦，因此，他满腹无名火。尽管在女人对爱情欲擒故纵之时，拉斯蒂涅可以吃到首批果子，然而，这是一些青果子，带着酸味，咀嚼时，尤其有味道，因此付出的代价也特别大。有时候，眼看自己一贫如洗，没有前程，也就无暇顾及良心上的呼唤而想起了伏脱冷的计策，想和泰伊番小姐结为夫妇，得到她的财产。那天夜晚，他又是因为穷而愁眉不展，简直忍不住要按那个令人心畏的斯芬克斯的计划行事了。他总是感到那家伙的眼神里有一种勾引魂魄的魔力。

波阿莱和米旭诺小姐走上楼去时，拉斯蒂涅以为只有伏盖太太和在壁炉边睡意蒙眬地织毛线套袖的古的太太在客厅里，除此之外，再无别人。于是他用深情的目光注视着泰伊番小姐，她十分害臊地垂下了头。

① 圣·于倍节：猎人节，十一月三日。

“难道你也有悲伤的事情吗，欧也纳先生？”维多莉沉默了片刻说道。

“哪个男人会没有伤心的事情！”拉斯蒂涅答道，“我们这些随时准备为别人奉献的小伙子，如果能够获得爱情，获得真诚的爱，以为回报，大概我们就不会悲哀了。”

泰伊番小姐没有答话，只是用敏锐的目光瞥了他一眼。

“小姐，今天你当你的心真的是这样的，然而你敢保证始终如此吗？”

可怜的女孩子满面笑容，如同一缕光线涌出了灵魂似的，把她的脸庞照耀得无比美艳。欧也纳没料到会使她产生如此浓烈的情感，不禁惊讶不已。

“哎，如果有一天你变得富有了，拥有了幸福，一笔庞大的家产从天而降，降临到你的头上，你依然会爱那个你倒霉时爱的穷青年吗？”

她摆出了一个十分优美的姿势，点点头。

“依然会爱一个极其可怜的小伙子吗？”

回答他的依旧是点头。

“喂，你们胡说八道些什么呀？”伏盖太太喊了起来。

“不要打扰我们，”欧也纳答道，“我们正谈得十分投缘呢！”

“我想是欧也纳·特·拉斯蒂涅骑士和维多莉·泰伊番小姐私订婚约了吧？”饭厅门口忽然传来了伏脱冷那低沉的嗓音。

古的太太和伏盖太太异口同声地说道：“哇！你吓死我们了！”

“我选择的不差吧？”欧也纳满面笑容地答道。伏脱冷的嗓音使他心中难过极了，如此令人生畏的感觉，他可从没有过。

“哎，你们俩不要没良心了！”古的太太说道，“孩子，我们该到楼上去了。”

伏盖太太随着两位房客向楼上走去，去她们卧室中打发掉傍晚，省省烛火柴禾。只有欧也纳和伏脱冷俩人待在饭厅里，俩人你看我，我看你。

“我早就料到你会走这一步的。”那家伙不露声色地说道，“然而你听我说，我对别人是体贴入微的。你的心情有点糟糕，用不着立即做出决定，你负债了，我不愿你由于冲动或者大失所望而来找我，我要求你用理智做出决定。可能你要用几千法郎，嗯，你需要钱吗？”

那个魔鬼把皮夹子掏了出来，拿了三张，向大学生挥了挥。欧也纳难堪极了，他欠特·阿瞿达侯爵和特·脱拉伊伯爵的赌债，合计两千法郎。由于手头拮据，尽管众人在特·雷斯朵夫人的家中等待着他的到来，他却没有胆量前往。这个集会是无拘无束的，品尝一些小点心，喝喝茶水，然而六千法郎的赌资可以在韦斯脱牌桌上输得一干二净。

“先生，”欧也纳竭力压抑住肉体上的抽动，说道，“自从你告诉了我那些话后，你应该知道我不能再接受你的恩惠。”

“行呀，说得不错！让人听了，心中十分好受。”那个满脑子想引诱他的人答道，“你是个英俊青年，想得很仔细，如同狮子一般傲慢，如同少女一般柔和。像你这样的猎物才有资格填魔鬼的胃口呢！这种脾气的小伙子就讨我喜欢。还有几分政治家的谋略，你便可以把社会的庐山真面目看得一清二楚了。只需要上几套高傲的小花招，一个不凡的人可以使他的全部欲望得到满足。让台下的笨蛋不停地叫好。过不了几日，你便属于我的了。哦，如果你愿意成为我的徒弟，我保证你事事顺心，随心所欲，而且马到成功，无论是名利还是美女。你都可以把所有现代文明的精华拿来享受一番，我们会疼爱你，宠你，把你当成心肝宝贝，竭尽全力地来让你享乐。如有什么障碍，我们负责为你铲除。如果你还担心的话，那么在你眼里，我便是坏家伙了。哼，你当自己清清白白，一个和你同样清清白白的人，即特·丢兰纳先生，他和土匪们做交易，并不认为这有损颜面。你不愿接受我的恩惠吗？嗯，那不难，你先收下这几张破旧的钞票！”伏脱冷微微笑了一下，把一张已贴好印花税的白纸掏了出来，“你写上，现借到三千五百法郎，一年内偿还。再把日期写上！利息很重，免得你胡思乱想。你可以称呼我为犹太人，不必再领情了。今天，如果你看不起我，这也随便你，以后你肯定会对我有好感的，在我的身上，你可以发现那些深不见底的洞，无边无际的情感，笨蛋们称之为罪恶，然而你一辈也不会感到我没骨气，或者残酷无情。总而言之，我既不是小兵，也不是又呆又笨的大象，而是冲锋陷阵的车辆，我对你说！”

“你到底是何人？几乎是天生找我麻烦的。”欧也纳喊了起来。

“此言差矣！我是一位善良的人，不担心自己把手弄脏了，免得你终生待在泥洞里。你问我干吗如此助人为乐？哎，有一天，我会附耳对你说的，我为你把社会上的花招和窍门拆开了，你就心惊胆战，然而你可以放下心来，这是你怯场，与新兵首次上场一样，不久便会好的，你会逐渐把众人视为自愿为自称为王的人充当炮灰的士兵。但是如今世道已经发生变化，过去你曾经对一位英雄说过，付给你三百法郎，你为我去把某人杀掉，就凭这一句话，就有一个人被他送回了老家，然后他镇定自若地回家用餐，现在我同意为你挣来一笔庞大的家产，你只要点个头就行了，又不会拖累你什么，可你却是心猿意马的，犹豫不决。这年头真差劲。”

欧也纳写好了借条，把钞票拿了过来。

伏脱冷又说道：“哎，过来，过来，我们总该讲个道理。几个月后，我便要启程去美洲了，去种植我自己的烟草了。我会为你捎来雪茄烟的，我富了以后，我会助你一臂之力的。如果没有小孩（有很大的可能性，我不愿在这个世界上留下后代），我会让你继承遗产，我够意思吧？我真的喜欢你。我！我有那种痴心，要把自己奉献给一个人。我已经如此干过一次。你看懂了吗，孩子？我的生活圈子比别人高一个等级。我觉得行动只是一种方法，我看见的只是目的，一个人是啥玩意儿？——行了——”他用大拇指的指甲弹了一下牙齿，“一个人若不是凌驾于一切之上，便是毫无价值。当他叫波阿莱时，他甚至还不够资格说毫无价值，你可以掐死他，如同掐死一个臭虫一般。他干巴巴的，散发着臭气，像你这种人却是一个上帝，那并非是一架包着皮的机器，而是一个舞台，最美的感情在上面活动。我是依靠情感生存的。在你的思想中，一种情感不正是整整一个世界吗？你看高老头，他的整个世界便是两个女儿，也是他生存下去的路标。我呀，在把人生挖掘了一番之后，感到只有男人之间的友情才是世界上最真实的感情。我对比哀和耶非哀着迷。我可以一字不差地背出《威尼斯转危为安》[①]，一个人对你说道：'过来，帮我把这个尸首给埋了。'你拔腿就随他而去，都不哼一声，也不啰啰唆唆地对他说啥仁义道德，你看见过几个如此富有血性的人？我就做过这种事情。我并非是见人就这么说。你为人高明，对你说无妨，你都会懂的，你不会总是待在这个布满了癞蛤蟆的水塘里。行了吧，就这么办吧！你肯定会成亲的，我们每人握着枪杆冲上前去吧！嘿，我真的并非是银一般的蜡制枪头，你放心好了。"

伏脱冷毫不愿意听到欧也纳说"不"字，自顾自地离去了，以便让他平静一下心态。他好像知道这种装腔作势的心态；人总爱来个微小的抵抗，以便在良心上说得过去，为日后的坏行为寻求一个辩解的借口。

"随你怎么办，反正我绝不会娶泰伊番小姐为妻。"欧也纳自言自语。

一想到说不定会和这个他一直讨厌的人结为战友，他的心中发烧，很不好受。然而伏脱冷的那些不恭敬的想法，将社会踩在脚下的勇气，使他愈来愈觉得这个小子很伟大。他穿戴整齐，叫了一辆车，奔特·雷斯多夫人家而去。这几日里，这位夫人对待他十分客气，因为他每每迈动一步，就距上流社会的中心近了一步，再说在将来的某一天，他好像会造大声势。他把特·脱拉伊和特·阿瞿达俩人的账都还清了，玩了一个晚上的牌，赢回了被他输掉的钱。一

① 《威尼斯转危为安》：英国十七世纪奥特韦写的悲剧，比哀与耶非哀是其中主角，以友谊深挚著称。

般追求前途的人都对命运深信不疑，欧也纳也是如此。在他的眼里，这般好运是上苍赐给他的永远走正道的回报。第二天早晨，他连忙问伏脱冷是否把借条带在身上。一听到他说“是的”，他立即喜出望外地还清了三千法郎的债务。

“我对你说，事情一帆风顺呢！”伏脱冷向他说道。

“我并非你的同伙。”

“我明白，我明白，”伏脱冷截住了他的话头，“你依然在耍小孩子脾气，看戏时仅仅看场外的丑角。”

两天过去了，第三天，在植物园中的一条偏僻的小径上的被阳光照耀着的一张椅子上，波阿莱和米旭诺小姐并肩坐着，与医学生颇有理由，心有疑虑的一位先生在交谈。

“小姐，”龚杜罗先生说道，“我不明白你为什么有这些忧虑。警察部长大人阁下……”

“噢，警察部长大人阁下……”波阿莱附和道。

当这个自称是住在蒲风街上的财主道出“警察”的字眼，庐山真面目从老实本分的外表下露出来时，已经退职的低级公务员波阿莱，尽管蠢笨无比，到底是胆小怕事的人，还会继续倾听，难道不是让人感到难以置信吗？实际上，这是很自然的事情。如果你想从笨蛋那儿得到有关波阿莱那个与众不同的种族的有关情况，你只需听取观察家的一些看法，只是一直到现在，这些看法尚未公布于众。世上有一种民族，以吃公事饭为生，在政府的预算表上被排在第一或者第三中间；第一级的享有一千二百法郎的年薪，打个比方吧，在政府里，它就像是冰雪之中的格林兰；第三级的享有三千至六千法郎的年薪，气候温暖，尽管很难种植，但是也有津贴等等。这种依赖于人的身上当然有许多胆小卑贱的缺点，最显而易见的便是对本部门的那些大头目有一种难以抑制的、死板的、本能的恐惧。对大头目来说，小公务员平时只知道一个十分潦草的签名。在那些服服帖帖的人的眼中，部长大人阁下这几个字眼是一种至圣的、无法申诉的权力的代表。在小公务员的眼中，部长如同基督徒眼中的教皇，永远不会犯错误。部长的举止、话语，所用以他的名义说出来的话，都带着部长的一缕光芒，那个绣花般的签名掩盖了一切，使他吩咐别人干的事情合理化了。大人这个称谓说明他心地公正，思想神圣。所有荒诞的念头，一旦出自大人之口，便无拘无束了。那些可怜虫出于自己的利益而不愿干的事情，当听到大人这个字眼时，他们连忙执行命令。部门如同军队一般，众人只明白盲目服从命令。这种规则不允许你有良心，把你的人性消灭殆尽，久而久之，使一个人演变成了政府机关中的一颗螺丝。精通世故的龚杜罗一到原形毕露之时，立刻说出了大人的字眼，如同念咒语一般，以吓唬一下波阿莱，因为他早就发现他是个曾经干过公事的废物，而且他认为波阿莱是个生为男儿身的米旭诺，就像米旭诺是生为女儿身的波阿莱。

“既然部长先生，部长大人……那么事情就截然不同了。”波阿莱说道。

那个假财主转过头来，对米旭诺说道：“你听明白了先生的这句话吗？你不是对他的话深信不疑吗？部长大人已经百分之百地肯定了，在伏盖公寓租住的伏脱冷便是从多隆苦役监中逃走的犯人，外号为‘鬼上当’。”

“哎呀，鬼上当！”波阿莱说道，“他之所以拥有这个外号，那么他肯定十分幸运了。”

“正是如此，”便衣警察说道，“由于他犯下了几桩天大的案子，每次都逃脱了，因此他便得了这个外号。你看，他不是一个很危险的人物么？他拥有一些优点，因此成为一个伟大的人物，进了苦役监后，在帮口里他更了不起了。”

“这么说来，他这人很有面子喽？”波阿莱说道。

“嘿，他挣来了面子是另有功劳的。一个小白脸很讨他的欢心，那是一个意大利人，喜欢赌博，伪造文书，犯下了罪行。结果他顶替了此人。那个年轻人便参军了，很守本分。”

米旭诺小姐说道：“既然部长大人已经认定伏脱冷与鬼上当实

为同一人，那么我们还能干吗呢？”

“不错，不错，”波阿莱义说道，“如果部长正如你所言，对此事知道得一清二楚……”

“谈不上一清二楚，只是猜疑而已。听我慢慢地说吧！鬼上当的真实姓名是约各·高冷，乃是三处苦役监犯人的知己，经理，银行家。在这些生意上，他获利颇丰，做那种事情当然需要仪表堂堂了。”

波阿莱说道：“哎呀，小姐，此乃双关语，你明白吗？先生说他仪表堂堂，是因为他已经黥印，留下了标志。”

便衣警察继续说道：“假的伏脱冷把苦役犯的钱收下了，替他们保存，准备他们逃出牢房之后的花销之用，或者让他们的家属收下，如果他们在遗书上写得清清楚楚的话，或者给他们的姘头，以后委托他取钱。”

波阿莱说道：“什么！他们的姘头？你是指他们的妻子吧？”

“不是的，先生，苦役监中的囚犯一般只有非法的伴侣，我们称之为姘头。”

“如此说来，他们是同居了？”

“这还有必要说吗？”

波阿莱说道：“哎，部长大人为什么不禁止这种荒诞的事情呢？既然你有幸见到部长大人，又对大家的福利十分关心，我认为你应该告诉他这些犯人的不文明的行为，那种生活确实为社会树立了一个极差的榜样。”

“但是先生，政府把他们送进苦役监，并非把他们视为文明的榜样呀！”

“没错，但是先生，请同意我……”

“哎，好宝贝，你让这位先生把话说完吧？”米旭诺小姐说道。“小姐，你明白，如果把一个违反禁令的钱库搜出来了的话——据说数目庞大——政府可以获利甚丰。鬼上当负责数目庞大的财产，那些赃款不仅仅是他的同伙的，有的还是万字帮的呢！”

“你说什么？那些贼人居然成千上万呀？”波阿莱惊讶万分地叫道。

“不是的，万字帮是一个高级小偷们聚集而成的组织，他们专犯大案，少于一万法郎的生意他们是从来不干的。帮中的党员都是刑事犯中举足轻重的分子。他们对《法典》很熟，从不会在被捕时被判为死刑。高冷是他们的知己，是他们的顾问。他本领高强，拥有属于自己的警卫队，以及不计其数的爪牙。富有神秘色彩，我们的许多便衣警察花了一年的时间监视他，还没能搞清他的老底。凭借他的手段和富有，他常常胡作非为，筹集供犯罪用的钱财，使一批坏党不停地攻击社会。如果把鬼上当逮住了，把他的基金没收，就无异于铲除了恶势力。所以这件侦探工作演变成了一件国家的事情。所有帮过忙的人都会有荣誉。就拿你先生来说吧，如果他立下了功劳，也可以再到政府部门谋事，或者担任警察局的书记，依然可以领养老金。”

“然而干吗鬼上当不把他看管的钱财席卷一空，然后逃走呢？”

便衣警察说道：“哦！不管他去哪儿，总有人监视着他。如果他偷走了苦役犯们的钱财，就会送命的。再说，把一笔基金席卷一空并不比拐骗一个良家妇女那么轻而易举。另外，高冷是个硬汉，这种事情他是决计不会干的。在他眼里，那是最不光彩的事情。”

“你说得很对。先生，如果他那么做的话，肯定会落下臭名的。”

波阿莱补充道。

米旭诺小姐说：“听你这么说，我依然不明白你们为什么不索性上门来逮捕他。”

“行了，小姐，我给你一个答复吧……然而，”他附耳说道，“不要让你的先生截住我的话头，否则我们永远说不完的。竟然有人肯遵守他的旨意，也许他很富有吧！——鬼上当前来此时，冒充老实本分的民众，佯装为巴黎的小财主，在一所十分不起眼的公寓里居住。他极其狡诈，时时刻刻都在提防别人，所以，伏脱冷先生是个很有身份的人，经营着庞大的生意。”

“当然是这样的了。”波阿莱暗暗心想。

“部长不愿闹出误会，把一个真正的伏脱冷逮捕归案了，却把巴黎的商界和媒体给得罪了。你要明白警察总监的位置并非稳如磐石，他也有自己的对手，稍有差错，对他的位置垂涎已久的人就会煽动积极党派分子吵闹不休，把他赶下台去。因此对付此事要像对付高阿涅案中的假圣·埃兰伯爵一样[①]，如果确实存在一个圣·埃兰伯爵的话，那我们不是倒霉了吗？所以我们必须验明正身。”

“不错，然而你需要一个美丽的女子呀！”米旭诺小姐争着说道。

便衣警察说道：“鬼上当从不接近一个女子，我对你说，他并不爱女人。”

“如此说来，我还能帮什么忙呢？值得你付给我两千法郎让我为你验明正身吗？”

陌生人答道：“事情十分简单，你把这个小瓶拿去，里面是精心调好的酒精，可以让人昏过去，如同中风一般，然而它并不危及生命。可以把它混合在酒中或者咖啡中。当他昏迷后，你马上把他搬到床上去，把他的衣服解开，佯装察看他是否死去。当旁边别无他人时，你拍打一下他的肩膀，那儿立刻会显出印的字母。”

“那可是轻而易举的事情。”波阿莱说道。

“哎，如此一来你是否愿意干呢？”龚杜罗向老处女问道。

“然而，亲爱的先生，如果没有现出字母，那么我还可以获得两千法郎吗？”

“不行。”

“那你如何给我补偿呢？”

“五百法郎。”

① 高阿涅冒充圣·埃兰伯爵招摇撞骗。一八〇二以窃罪被捕，判苦役十四年。一八〇五，越狱，以假身份证投军，参与作战，数次受伤，升擢至团长，王政时代充任塞纳州宪兵队中校，受勋累累，同时仍暗中为贼党领袖。某次在蒂勒黎花园检阅时，被人识破，判处终身苦役。此案当时曾轰动一时。

“为了如此可怜的一点点钱而做这种事情，我的良心上总是疙疙瘩瘩的，而我是想得到良心上的平静的，先生。”

波阿莱说道：“我敢保证，小姐除了长得十分惹人喜爱，十分机灵之外，还很讲良心。”

米旭诺小姐说道：“就这样吧！如果他真是鬼上当，你付给我三千法郎，如果不是的话，我分文不取。”

“可以，”龚杜罗答道，“但是我有个要求，此事必须明天动手。”

“不可如此着急，先生，我还要向我的忏悔师咨询一下呢！”

“你太调皮了，嗯！”便衣警察站了起来，说道，“那么我们明天再见！如果你们有急事找我的话，就到圣·安纳小街去，圣·夏班院子里的洞下有一道门，你们可以去那儿打听一下龚杜罗先生就可以了。”

皮安训上罢居维哀的课，回到了公寓里，他无意之中听见了“鬼上当”这个稀奇古怪的名字，那个出名的便衣警察所说的“可以”也传人了他的耳中。

“为什么不立刻应承下来呢？三千法郎的终身年金，年利息不是三百法郎吗？”波阿莱向米旭诺问道。

“为什么？我应该思索一下呀！如果伏脱冷真的是鬼上当，和他打交道说不定会得到更多的好处呢！只要找他要钱无异于告诉了他，他会逃走的，如此一来，我便两边都落空了，太糟糕了！”

“你不可能告诉他，”波阿莱接过了话头，“那位先生不是说有人跟踪他吗？而你却丢了一切。”

米旭诺小姐心中暗想：“再说我对这个家伙也没有什么好感，他总是很不客气地和我说话。”

波阿莱又说道：“你还是那么做吧！在我的眼中，那位先生挺不错的，穿戴得整整齐齐的。他说得没错，为社会除去一个罪犯，无论他如何重义气，我们总该遵守法律。江山是很容易改变的，但人的本性是难以消灭的。谁能保证他不会心血来潮，杀死我们呢？那才叫见鬼呢！他杀人，我们必须承担责任，且不说他会先要我们的命呢！”

米旭诺小姐心事重重，无暇倾听波阿莱的那些时续时断的话语，如同没有关死的水龙头在不停地滴水。这个老家伙一旦开了口，如果米旭诺小姐不制止他的话，就会像上了发条的机器一般，总是咕咕哝哝的，无休无止。他提出一个话题后，又扯与之截然相反的话题，永远都没有结论。走到伏盖公寓的门口，他一会扯到这儿，一会扯到那儿，不停地举例，正在讲述着他在拉哥罗先生和莫冷夫人的案子中怎样为被告做证人的事迹。走进门后，米旭诺小姐看见欧也纳和泰伊番小姐正在十分亲密、十分高兴地聊着什么，甚至当他们经过饭厅时，这俩人都没有察觉。

“事情肯定会发展到这一步的，”米旭诺向波阿莱说道，“这八天以来，他们俩总是暗送秋波，巴望扯下灵魂。”

“是呀！”他答道，“因此她被判刑了。”

“你说谁呀？”

“莫冷夫人呀！”

“我在说维多莉小姐，你的答复却是莫冷夫人，她是谁呀？”米旭诺边走边说，不知不觉之中，她已来到了波阿莱的房间里。

波阿莱问道：“维多莉小姐犯了啥罪呀？”

“为什么没罪呢？她不该对欧也纳先生产生爱情，不知后果如何，盲目地乱撞，这个可怜的傻丫头。”

白天，欧也纳受着特·纽沁根夫人的折磨，已经绝望了。在内心里，他已经彻底地向伏脱冷认输了。他既不想揣摩这个古怪的人对他的友情到底是咋回事，也不愿思考这种友情的后果。在这一个小时里，他和泰伊番小姐海誓山盟，无比亲密，他已把一只脚迈进了泥坑里，只有奇迹才能让他解脱。维多莉听他说话时当听到了天使的嗓音，天国的门已经打开了，神奇的色彩笼罩着伏盖公寓，如同舞台上的布景。她爱他，他也如此，至少她以为如此。当屋中无人偷看之时，注视着拉斯蒂涅这样的小伙子，倾听他的话语，又有谁不会如她这般深信不疑呢？至于欧也纳，他在和良知抗争．明明清楚自己在干一件坏事，而且是有意如此，他心中寻思，只要以后能给维多莉带来幸福，他就可以补偿这一点点的过错。在绝望之中，一种悲壮的美出现在他的身上，他放射出了心中一切地狱的光辉，也该他走运，奇迹发生了，伏脱冷兴高采烈地走进门来，对他们的心事一清二楚。本来就是他那魔鬼的天才使这对年轻走到了一起，然而，此时此刻，他那粗声粗气的、略含讥讽的歌声破坏了他们的幸福。

我的芳希德多么惹人怜爱，
你看，她是多么简朴……[1]

维多莉飞也似的溜走了。此时此刻，她一生的痛苦都可以被她心中的喜悦抵消。可怜的女孩子！握一下手，欧也纳的头发抚摸着她的脸庞，他附耳（她甚至可以感觉到大学生的嘴中的热气）说的一句话，挽着她的腰肢的一条哆嗦的胳膊，在她的颈部的亲吻……在她的眼里，这都表明了他们心心相印，还有邻屋的西尔维时时刻刻都有可能来到这间沐浴着春光的饭厅里，因此，这些亲热的举止与著名的爱情小说中的誓言相比，显得更加热烈，更加强烈，更加令人动情。对一个每半个月就要做一次忏悔的少女来说，这些很不起眼的小事便已是极大的过错了。即便以后她变得富有了，拥有了幸福，以身相托之时，表现出来的真情实感也无法与此时相提并论。

“事情也进行得差不多了。”伏脱冷对欧也纳说道，“两位已经打起来了，一切都很体面。是因为政见各异。我们的鸽子使我的老鹰受到了侮辱，明天，他们将在葛里娘谷堡垒决斗。八点半，当泰伊番小姐正在此地用咖啡泡面包时，就可以成为她爸爸的慈爱和家产的继承人，你想一想，难道这不奇怪吗？泰伊番那个家伙会一套高明的剑法，他凶狠地对待天和地，如同把大牌抓在手中似的，

① 维阿的喜歌剧《两个忌妒人》（一八一三）中的唱词。

但是他别梦想从我的撒手锏下逃生。你明白，我会一套招数，可以把剑挑起来，刺向脑门，以后我把它教给你，会很有用呢！”

拉斯蒂涅一听这番话，呆了，说不出话来。正在这时候，高老头，皮安训，还有其他的几个包饭的客人走了进来。

“你如此才让我满意呢!”伏脱冷对他说道，“你对你的所作所为心中有数，好了，我的小鹰！以后你肯定可以控制人，你如此强大，又利索，又有胆量，我钦佩你。”

伏脱冷意欲和他握手，拉斯蒂涅赶紧把手缩了回去，他脸色苍白，躺在椅子里，仿佛看到了眼前血迹斑斑。

“啊，我们的良知依然在那里抗议呢！”伏脱冷压低嗓音说道，“老头子拥有三百万的家产，我清楚他的财产。如此一笔陪嫁足够把你洗得干干净净的，如同新娘的礼服一样，洁白洁白的，到那时候，你自己也会感到心中坦然呢！”

拉斯蒂涅没再犹豫，打定了主意，准备连夜去告诉泰伊番父子。伏脱冷离去了，高老头凑近他的耳朵，说道：

“孩子，你看上去很不愉快。我来让你高兴高兴吧！你来！”说罢，老人凑近灯火，点燃了火把，欧也纳十分好奇地跟着他走上楼去。

高老头从西尔维那儿要来了大学生的钥匙，说：“去你屋。今天早晨，你以为她对你没有爱，嗯，她逼着你离开了，你生她的气，感到大失所望。笨蛋！她正在等我去呢！懂了吗？我们已经商量好了，把一所很小巧的屋子收拾出来，让你在三日之内搬到那儿去。你可不能出卖我呀！她想先不告诉你，到时候给你一个惊喜，可我却忍不住要告诉你，你的住宅位于阿多阿街，距离圣·拉查街仅有两步。在那儿，我保证你可以像王爷一样，过得很舒适。我们为你置办的家具如同是新娘用的，在这一个月的时间里，我们背着你做了不少的事情。我的诉讼代理人正在和他们打交道，以后我女儿的年收入为三万六千法郎，那是她的陪嫁的利钱，我要求女婿在房地产上投资八十万法郎。”

欧也纳默默无语，环抱两臂，在他那凌乱不堪的房间里不停地走动。高老头借大学生转过身去的那一会儿的工夫，拿出一个红皮匣子，放在壁炉架上，特·拉斯蒂涅家的烫金纹章印在匣子上。

“亲爱的孩子！”可怜的老头子说道，“我一心一意地处理这些事情。但是，你明白，我也十分自私，你的搬走也会给我带来益处。嗯，如果我提一个小小的要求，你不会反对吧？”

“何事？”

“你那房子的六楼有间睡房，那也属于你，我想在那儿居住，可以吗？我已经老了，距离女儿太远了，我不会干扰你，只是在那里居住而已。你每天夜晚与我说说她的事情，你说，你不会反感吧？你回到家中时，我躺在床上，你的声音传人了我的耳中，心想——他刚刚和我的小但斐纳见过面，带她跳舞，为她带去快乐。——如果我病倒了，听见你回到家中，走来走去，外出．这无异于在我的心上抹上了止痛膏药，你的身上带着我女儿的味道。我只需步行几步，便可到达旷野大路，她每天都要经过那儿，我便能够日日见到她，不会再像过去那样姗姗来迟了。说不定她还会来这儿找你。我能听到她的声音，看到她身穿梳妆衣，迈着碎步，如小猫一般惹人怜爱，来回不停地走动。从一个月前到如今，她又变成了过去那个小女孩，快乐，美丽，她的心情变好了，你为她带来了幸福。哦，有啥难事，我为你干。刚才，在回家的途中，她说：‘爸爸，我太高兴了！’听到她们老老实实地称我为父亲，我的心便凉了。一听见她们喊我爸爸，我又看见她们儿时的模样，回忆起了往事。我感到自己依然是一个地地道道的爸爸，别人尚未抢走她们。”

老头子擦了擦泪水。

“我已有好长时间没听到她们喊我‘爸爸’了，已有好长时间没有扶过她们的手臂了。唉，是的，我已有十个年头没和女儿并肩行走了。与她的裙子挨得很近，赶上她的步伐，得到她的热气，多么畅快呀！今天早晨，我竟然领着但斐纳四处奔跑，和她同去铺子购物，又把她送回家。噢，你一定要留下我！当你需要帮助时，我在那里，便可以为你服务了。如果那个亚尔萨斯臭胖子死去了，如果他的痛风症传染给了他的胃，我的女儿不知该会多么快乐呀！那时候，你便可以成为我的女婿，大大方方地成为她的丈夫了。唉！她是如此可怜，没有品尝到丝毫的人生趣味，因此我原谅她的一切。好心的老天爷总该庇护一下仁慈的爸爸吧！”他停顿了片刻，歪歪头，又接着说道：“她很爱你，上街时，她对我聊起了你，‘是吗？爸爸，他为人很好！他真的很讲良心，是否说起过我呢？’——呃，从阿多阿街走到巴诺拉玛巷，不知扯了多少次。总而言之，她的心和我的心吻合了。整整一个上午，我十分高兴，没察觉到自己年岁已高，我的身体还不足一两重。我对她说，你让我收好一千法郎，哦，一听此言，我的小宝贝泪流满面。”

拉斯蒂涅依旧站在那儿，纹丝不动，高老头又禁不住了，对他说道：

“哎，什么东西放在你的壁炉架上呀？”

欧也纳呆呆地注视着他的邻居，伏脱冷对他说，决斗在明天开始，高老头对他说，盼望已久的梦即将变为现实。俩人如此相差悬殊的消息，使他恍如从噩梦中醒来。他转过身去，看了看壁炉架，发现了那个小小的方匣子，立即把它打开了，看见一只勃勒甘牌的表放在一张纸条下。纸上写着这样的字眼：

我要求你每时每刻都在想我，因为……但斐纳。

最后的一句也许在暗示他们俩的一次争吵，欧也纳见此被深深地感动了。匣子里还有拉斯蒂涅的纹章，是用釉彩堆积而成。这样渴望多时的装饰物，链子、钥匙、样子、花纹，无一不中他的意。身边的高老头兴高采烈，他肯定同意了把欧也纳惊喜交加的神态讲述给女儿听。老人的一份快乐也夹杂在这些年轻人的兴奋之中，他和他们同样地高兴。拉斯蒂涅已经深得他的欢心了，他既是为了女儿，也是为了拉斯蒂涅。

“今天晚上，你必须去看望她，她正在等待着你的到来呢！亚尔萨斯臭胖子和他的舞女共进晚餐，哦，哦，当我的代理人向他说明事实时，他呆了，他不是说他五体投地地爱着我的女儿吗？哼，如果他碰了一下她，我就要杀死他。（他发出了一声叹息）我几乎气愤得想犯罪，呸，如果把他杀了，则不能算把人杀了，他只是一个长着牛头马面的动物而已。你会让我同住的，对吗？”

“不错，老人家，你明白我喜欢你……”

“我早已发现了这一点，你并没觉得我有损你的脸面，来，让我拥抱一下，”他拥抱了大学生，“告诉我，你必须让她高兴！今天晚上，你肯定赴约了？”

“噢，没错，我先上街，我有件重要的事情，不能耽搁。”

“我可以帮你吗？”

“哦，对了，我前往纽沁根夫人家，你去和泰伊番老头见面，要求他和他定个时间，就在今天晚上，我要告诉他一件重要的事情。”

高老头脸色骤变，说：“楼下的那些家伙说你追他的女儿，这是真的吗？年轻人！见鬼！你不明白何谓高里奥的老拳吧！如果你骗了我们，我就会让你尝尝它的味道。哦！那是没有可能性的事情。”

大学生说道：“我可以发誓，在这个世界上，只有一个女人是我的所爱，甚至我自己也是刚刚明白这一点。”

高老头说道：“啊，那才叫好呢！”

“但是，”大学生继续说道，“泰伊番的儿子明天要和别人决斗，听说他会死的。”

高老头说道：“那又和你有什么关系呢？”

欧也纳答道：“噢，我必须对他说，不要允许他的儿子去……”

房门口传来了伏脱冷的歌声，使欧也纳无法继续说下去：

“哦，理查，哦，我的皇上，

世界抛弃了你……”①

勃龙！勃龙！勃龙！勃龙！勃龙！

我早已走遍了整个世界，
人们处处看到了我呀……

脱啦，啦，啦！啦……

“各位先生，”克利斯朵夫喊了起来，“汤都凉了，饭厅里的人都来了。”

“喂，”伏脱冷喊道，“来拿一瓶我的波尔多②。”

“你认为那只表漂亮吗？”高老头问道，“她选择得不错，是吗？”

伏脱冷，高老头，拉斯蒂涅三人一起向楼下走去，由于姗姗来迟，因此在饭桌上，三人又坐在一起。用餐时，欧也纳对伏脱冷的态度十分冷漠，然而伏盖太太却认为那人惹人喜爱的家伙未表现出前所未有的风头。他不停地说笑话，弄得众人喜笑颜开，这种平静，这种安详，让欧也纳感到恐惧。

“你今天走了什么好运呀，高兴得如同一只云雀？”伏盖太太问道。

“我做了好生意，总是很高兴。”

“生意？”欧也纳问道。

“对呀！我先把一小部货给交了，以后可以得到一笔佣金。”他看到老处女正在端详他，于是，他问道：

“米旭诺小姐，你如此目不转睛地注视着我，是不是我脸上有什么让你反感的地方？说实话吧！为了得到你的欢心，我可以改变一下。”

---

① 格雷德里的喜歌剧《狮心王理查》中的唱词。

② 波尔多：法国西部港口，产红葡萄酒有名，通常即以此地名称呼红酒。

他又注视着老公务员，说道：

“波阿莱，我们不会因为此事而闹别扭的，对么？”

“真是的！你真的可以为雕刻家做模特，以便让他塑出一个大家可笑的像呀！”青年画家向伏脱冷说道。

“可以，只需米旭诺小姐愿意被人雕成拉希公墓[①]中的爱神。”伏脱冷答道。

“如此一来，波阿莱又怎么办呢？”皮安训问道。

“哦，波阿莱就扮演他本人。他是果园中的神道人，是梨变成的。”伏脱冷答道。

“如此说来，你是在梨和酪饼之间坐着了。”皮安训说道。

“都是胡说八道，”伏盖太太插话了，“还是奉献出你的那瓶波尔多吧！它既开胃又可以助兴。那个瓶子已经在那里东张西望了。”

“各位，”伏脱冷说道，“主席吩咐我们服从纪律，对于你们的胡言乱语，尽管古的太太和维多莉小姐不会有意见，然而我们不可冒犯了毫无过错的高老头。我请你们喝瓶波尔多，由于拉斐德[②]先生的大名，它才享有盛誉。我的这些话不带丝毫的政治意味，过来，你这个笨蛋！他注视着无动于衷的克利斯朵夫喊道，过来，克利斯朵夫，怎么搞的，你没听见在叫你呀？笨蛋，上酒！”

“来了，先生。”克利斯朵夫把捧在手中的酒瓶递给了他。

伏脱冷为欧也纳和高老头每人倒了一杯，也为自己倒了一些。已有两个邻居在喝酒了，伏脱冷把杯子端了起来，闻了闻，突然做了个鬼脸。

“该死！该死！这酒带着塞子的味道，克利斯朵夫，这瓶酒送给你了，你再去拿一瓶，你明白吗？在右边，我共有十六瓶，拿八

① 拉希公墓：巴黎最大的公共坟场。

② 夏多一拉斐德：波尔多有名的酿酒区，有一种出名的红酒就用这个名称，大概伏脱冷请大家喝的就是一种。当时又有法兰西银行总裁名叫拉斐德，故以谐音作戏谑语。

瓶到楼下来。”

“既然你破费了，”画家说道，“我也购买一百个栗子。”

“哦，哦！”

“啵，啵！”

“哎，哎！”

众人都在佯装吃惊地叫喊，如同从花筒里迸出来的火箭一般。

“喂，伏盖夫人，把两瓶香槟拿来。”伏脱冷喊道。

“只有你才有这样的主意，为什么不吃尽这整栋房子呢？两瓶香槟！价值十二个法郎，我去何处挣来十二法郎呀！不行，不行，如果欧也纳愿意支付香槟钱，我请你们喝果子酒。”

“哇，他的果子酒如同陈皮汁一般，散发着怪味。”医学生用低低的嗓音说道。

拉斯蒂涅说道：“不要说了，皮安训，我一听见陈皮汁这个字眼，就要呕吐……好，去把香槟拿来，我可以付账。”

“西尔维，”伏盖太太喊道，“去把饼干和小点心拿来！”

伏脱冷说道：“你的小点心过大，并且长了毛，你还是把饼干拿来吧！”

一瞬间的工夫，大家都斟好了波尔多，饭桌上，众人精神抖擞，愈来愈高兴。野蛮狂野的笑声和各种各样的野兽的嚎叫声混合在一起。博物馆的职员像巴黎街头的小贩一样叫着，如同叫春的猫儿。顿时响起了八个叫喊声。

“磨刀！磨刀啦！”

“鸟栗子啦！”

“卷饼呀，夫人们，卷饼呀！”

“修锅，修锅！”

“船上运来的新鲜鱼哇，鲜鱼！”

“是揍老婆吗，要拍衣服吗？”

“卖旧衣，旧金钱，旧帽子呀！”

“甜甜的樱桃，甜樱桃呀！”

最有趣的算皮安训的“修阳伞哇！”他是用鼻音哼出来的。

几分钟的工夫，哗哗啦啦的，吵吵闹闹的，都吵破了大家的脑袋，你一言，我一语，都是在胡言乱语，如同一出大杂技。伏脱冷一面充当指挥者，一边冷冷地窥视着高老头和欧也纳，俩人似乎已经喝醉了，倚在椅子上，老老实实地注视着这片前所未有的混乱，他们很少喝酒，心中都在想着晚上要干的事情，然而觉得抬不起身子。伏脱冷用眼角的余光注意着他们的神情，当他们双眼朦胧，即将闭上之时，他凑到拉斯蒂涅的耳边，说道：

“喂，小子，你还不是伏脱冷老头的对手呢！他很喜欢你，不能让你胡作非为。一旦我打定主意想干什么事情，唯有主才可以阻挡我，嘿，你想把消息透露给泰伊番老头，如同小学生一般，稀里糊涂的！炉子已经热了，而且捏好了面粉，已经铲面包了，明天我们就可以吃了，扔面包馅玩。你居然想找麻烦？不行，不行，必须把生米做成熟饭。如果你心中有点不痛快的话，那么等你消化了吃进肚中的东西，也就不会不痛快了，你在梦乡之中时，上校弗朗却西尼伯爵一挥剑头，便会给你准备好了米希尔·泰伊番的遗产。维多莉成为她的哥哥的继承人，拥有一万五千法郎的小小的年收入。我已经探听明白了，光她的母亲就有超过三十万的遗产……”

倾听着这番话，欧也纳无法做出回答，他只感到舌尖与上颚连在一起，身体很沉重，很想睡觉，他只能透过一层光辉四射的雾，看见了桌子以及同桌人的脸庞。片刻之后，声音消失了，人们慢慢地离去了，只有伏盖太太，古的太太，维多莉，伏脱冷以及高老头待在饭厅里。拉斯蒂涅恍如在睡梦之中，看见伏盖太太忙着把瓶中剩下的酒倒出来，以装满别的瓶子。

寡妇说道：“哎，他们疯疯癫癫，真是年轻啊！”

这是传人欧也纳的耳中的最后的一句话。

西尔维说道：“唯独伏脱冷先生可以让人们如此快乐！呀！克利斯朵夫像陀螺一样地发出鼾声。”

“再见，伏盖太太，我要上街欣赏玛蒂的《荒山》，这部戏是根据《孤独者》改编的。如果你愿意的话，我请你们这些夫人同去看戏。”

古的太太答道：“我们不去了，十分感谢你！”

伏盖太太说道：“为什么，我的邻居？难道你不想欣赏根据《孤独者》改编而成的戏吗？这是一部小说，作者是阿太拉·特·夏多勃里昂[①]。我们怀着浓厚的兴趣欣赏它，去年的夏季，我在菩提树下，哭得如同玛特兰纳一般，再说这是一部与道德有关的作品，恰好可以教育一下你的小姐呢！”

维多莉答道：“教会有规定，不准我们看喜剧。”

“哦，这俩人都烂醉如泥了。”伏脱冷十分可笑地摇晃了一下高老头和欧也纳的脑袋。

他让大学生把头倚在椅背上，以便使他睡得更舒适些。并且十分亲热地亲吻他的前额，口中唱道：

睡吧！我的小宝贝！
我始终守护着你。[②]

维多莉说道：“我担心他会生病呢！”

伏脱冷说道：“那么你就留在这里照料他吧，”他又附耳说道，“这是你做贤妻的应该做的。他十分爱你啊，这个年轻人。以我之见，以后你肯定会成为他的妻子。”接着他又高声说道，“最后，在地方上，人人尊敬他们，他们永世相伴，儿孙众多。这就是一切爱情故事的结局，哎，夫人，”他转过身去，拥抱着伏盖太太，“去把帽子戴上，把美丽的小花绸袍子穿上，把当年伯爵夫人的披肩披上，我去为你叫辆车！”说罢，他一路高歌地出门去了：

太阳，太阳，神奇的太阳，

① 伏盖太太毫无知识，把作者的姓名弄得七颠八倒，和作品混而为一。

② 阿梅台·特·菩柏朗的有名的情歌中的词句，一八一九年被采用于一出歌舞剧。

是你把南瓜瓤晒熟了……[1]

伏盖太太说道："老天！你看，古的太太，有了这样的男人，我才会生活得舒舒服服的。"她又转过身来，面对着面条商，说道："哎，高老头走了。这个小气鬼从没想过带我去什么地方。老天爷，他即将倒地了！年纪大了的人如果再失去了理智，太不成体统了。大概你们会说，无理智的人完全无法失去什么。西尔维，把他扶到楼上去吧！"

西尔维把老人的手臂一把抓住了，扶着他向楼上走去，把他当作面条似的，横放在床上。

"可怜的年轻人，"古的太太一边说着，一边撩起了欧也纳那遮住了双眼的额发，"极像个姑娘，还不明白是怎么喝醉的。"

伏盖太太说道："啊！我已经做了三十一年的公寓老板娘，正如俗话所说，有不少的小伙子从手头经过，然而我可从没见过像欧也纳先生如此惹人喜爱，如此出类拔萃的人物。你看，他睡得多香呀！让他的脑袋靠着你的肩膀吧！古的太太。呃，他倚在维多莉小姐的肩膀上了。有神道保佑孩子，再过来一点，他就要碰着椅子背上的葫芦了，看起来，他们俩倒是天造的一对。"

古的太太说道："好夫人，不要乱说，你的话语……"

伏盖太太答道："哦，他听不到的，过来，西尔维，帮我把衣服穿好，我想把我的大胸褡戴上。"

西尔维说道："哎呀，夫人，已经吃得饱饱的，还要把大胸褡戴上！不，你去找别人帮忙吧！我无法对你下此毒手。你如此不注意，会危及生命的。"

"管他呢？我总要为伏脱冷先生争个脸面吧！"

"如此说来，你对承继人真好。"

寡妇边走边喊道："哦，西尔维，不要和我吵嘴了！"

---

① 当时工场里流行的小调。

厨娘指着女主人，对维多莉说道：“在她那种年龄！”

只有古的太太和维多莉待在饭厅里，欧也纳倚着维多莉的肩膀，睡得正香。屋里静悄悄，克利斯朵夫的打鼾声清楚可闻。相比之下，欧也纳则睡得更加恬静，如同小孩一般，惹人怜爱。一种母性的神情浮现在维多莉的脸上，她似乎春风满面，因为她可以照料欧也纳了，以此把一个女人的情感发泄出来。与此同时，她又听到在自己的身边，一颗男人的心在跳动，却毫无罪恶感。她的心中思绪万千，接触了一股春春圣洁的热流之后，她心中激动不已，无法表达她是多么的高兴。

古的太太把她的手握得紧紧的，说道：“可怜的好姑娘！”

她那带着稚气和忧愁的脸被幸福的光芒笼罩着，老太太见此，心中暗暗赞叹不已。维多莉与中世纪的那种古朴的画像很相像，没有零零碎碎的细枝末节，深沉刚劲的笔触只着眼于脸上，皮肤黄黄的，如同反射着来自天国的金光。

维多莉抚摸着欧也纳的头发，说道：“他只喝了两杯酒呀，夫人。”

“孩子，如果他老是胡闹，就会有与别人一样的酒量，他喝醉了，这说明他安守本分。”

一辆车子的声音从街上传了过来。

年轻的女孩说道：“夫人，伏脱冷先生到了，你过来扶一下欧也纳先生，我不想让那个人看见这一幕，他说话时，使人感到精神被玷污了。注视着别人时，真让人难以忍受。如同要把别人的衣服剥下来似的。”

古的太太说道：“不，你误会了。他为人不错，与已故的古的先生有点相似，尽管很粗野，但是本质不错，他是个好人，坏性格。”

沐浴着柔和的灯光，两个孩子恰好构成了一幅画，伏脱冷悄无声息地来到了屋里，双臂环抱，注视着他们，说道：

“哎呀！多有趣呀！哇，如果《保尔和维奚尼》的作者，即裴那登·特·圣·比哀亲眼看见了这一幕，他肯定会笔下生花的。年轻真美，对吗，古的太太？”他又打量了片刻欧也纳，说道：“乖孩子，睡觉时，有时候，当你睡觉时，福气已来到了你的身边。”他又转过头来，向寡妇说道：“夫人，我喜欢这个孩子，不仅仅是由于他长得好看，而且由于他善良。你看，他不是希吕彭么，正倚靠安琪儿的肩膀上？太惹人喜爱了！如果我是女儿身，我心甘情愿地为他奉献自己的生命。（哦，不，不要如此笨）我愿意为了他而活下去。这样看着他俩时，夫人，”他凑近古的太太的耳朵，低低地说道，“不由自主地想到他们是天造地设的一对。”接着，他又高声说道：“上帝为我们设计的道路充满了神秘色彩，他洞察人心，对人的肺腑进行试验！孩子们，看到你俩同样单纯，同样重情重义，我想，一旦你们成了夫妻，你们永生永世都会在一起。上帝为人公平。”他又向维多莉小姐说道：“我认为你有一副福相，让我看看你的手，小姐，我识手相，我经常说中了别人的好运。哎呀！你的手怎么回事？确实，你会马上变得富有了，爱你者也要托你的福了，你爸爸会让你回去，以后，你要嫁给一个小伙子为妻，他长得既英俊又有头衔，而且很爱你。”

花枝招展的伏盖寡妇走下楼去，伏脱冷的预言被她重重的脚步声打断了。

“你看，伏盖太太漂亮得如同一颗明……明星，裹得如同一根红萝卜，不是有点喘不过气来么？”他用手按住她的胸脯，说道，“啊，夫人，你把胸脯捆得太紧了。不哭还行，如果哭的话，它肯定会爆炸的，然而你放心，我会如同古董商一般，十分细心地把你捡起来。”

寡妇贴近古的太太的耳朵，说道：“他可真会说法国式的好听话。这个小子！”

“再见了，孩子们！”伏脱冷转过身来，和欧也纳与维多莉打招呼，用手抚摸着他们的脑袋，“我为你们祝福！相信我，小姐，一个老实本分的人的祝福自有道理。我保证你走好运，上帝听从他的旨意的。”

“再见，好朋友，”伏盖太太对她的女房客打招呼，又悄悄地补充道，“你认为伏脱冷先生是不是对我有意？”

“呕，呕！”

他们离去之后，维多莉注视着自己的手，叹息说：“唉，亲爱的太太，如果伏脱冷先生的话被应验了呢？”

老太太答道：“那也很容易，只需要你那魔鬼哥哥栽下马来就可以了。”

“噢，夫人。”

寡妇说道：“我的老天爷，诅咒对手可能是一种罪过，行了，那么我来赎罪吧！说实在的，我心甘情愿地为他上坟送花，他那个坏心肠的，没有胆量站在你妈妈一边。只知道把她的遗产拿走，把你的家产夺走。当年你妈妈有很多的陪嫁，该你背时，婚约上对此只字未提。”

维多莉说道：“如果我的幸福的代价是牺牲别人的生命，我的良心永远不会安宁的。如果我要获得幸福，就必须除去我的哥哥，那么我宁愿长期在此居住。”

“伏脱冷先生说得不错，又有谁能明白万能的上帝愿意让我们选择哪条道呢？——你看，他信奉宗教，不像别人那样，说起上帝时，态度还要比说起魔鬼时恶劣。”

由于西尔维的帮忙，她们抬着欧也纳，来到了卧房里，把他放在床上。厨娘替他把衣服脱了下来，让他睡个好觉。准备离去时，维多莉趁老太太转过身去的那会儿，亲吻了一下欧也纳的额头。她感到这种并不光明正大的罪过带着难以用语言表达的幸福，她看了看他的睡房，似乎是归纳起这一天的所有的幸福，在头脑中形成一个画面，让自己看了好长时间，呆呆地出神。在她进入了梦乡后，她成了最幸福的巴黎女郎。

伏脱冷把麻醉药掺在酒中，趁款待大家之机，把欧也纳和高老头灌醉了。可是这一下却把他自己给断送了。处于半醉状态的皮安训忘记向米旭诺打听鬼上当的事情。如果他问了，那么伏脱冷，或称约各·高冷——在这里我们可以说出苦役监中的大人物的真实姓名——肯定会提高警惕的。后来，米旭诺小姐觉得高冷为人豪放，正是寻思着向他透露消息，以便让他在深夜逃离此地，这会不会更好一些的时候，当拉希公墓的爱神的外号传入她耳中时，她便改变了想法。用过餐后，波阿莱陪伴她外出，到圣·安纳街，找那个赫赫有名的特务头目。在她的心里，她还当他只是一个名叫龚杜罗的高等工作人员。特务头目十分客气地接待了她。说好所有的细节之后，米旭诺小姐要那个可以用来检验黥印的药品。当她看到圣·安纳街的大人物在书桌的抽屉中翻找药品时的那种得意扬扬的样子，米旭诺才明白此事的重要性并不只是把一个一般的逃犯逮捕归案。她细细一寻思，认为警察当局还抱着依靠苦役监内线的报告，来得及把那笔巨额基金没收的希望。她向老狐狸提及了这点疑虑，他却笑了一下，有意要把老处女的疑心消除殆尽。

“你误会了，”他说道，“在贼党之中，高冷算得上是一个前所未有的极具危险性的博士，我们之所以要逮捕他，也正是由于这一点。那些坏家伙也都心中有数，他们的旗子，幕后老板，他们的拿破仑都是高冷。他们十分尊敬他。这个小子自始至终都不会在葛兰佛广场[①]上扔下他的老头。”

米旭诺小姐闻听此言，百思不得其解。龚杜罗向她说明了这一点，他所说的两句黑话在贼堂里是最有分量的。他们早已明白一个人的头脑可以有两个字眼，博士指的是活人的头颅，为他提供参考意见，也是他的想法。老根则颇含蔑视之意，表示脑袋掉了以后没有丝毫的用处。

他继续说道：“高冷把我们当作玩物，我们也有一个办法，用来对那些像英国钢条般的人物。在抓住他们的时候，只要他们稍有反抗，我们就马上要他的命。我们盼望明天高冷会动手，如此一

① 葛兰佛广场：巴黎执行死刑的地方，也是公共庆祝的集会场所。

来，我们就可以把他击毙。于是便可以省去诉讼费、看守费、狱中的伙食费。与此同时，又为社会除去了坏人，起诉的手续费、传唤证人、旅费津贴、执行判决，所有应付这些流氓的合法的步骤所要花费的钱，远远超过了你得到的三千法郎。再说，还可以省时，一刀刺进鬼上当的小腹，就可以消除几百件的案子，让许多罪犯没有胆量跨越蔑视法庭的范畴，这便是办好警政。根据真正的慈善家的说法，这便是预防犯罪的手段。”

“这是为国效力呀！”波阿莱说道。

“是的，今天晚上，你才说了很有道理的话语，没错，我们确实是为国效劳呀！外面的人很不公平地对待我们，实际上，我们暗暗地给予了社会多大的帮助呀！并且当一偏见无法束缚一个人时，他才算得上高明。违背了成见，干出的好事当然会带有一些不利的地方。能够默默忍受这种不利的人才算得上是基督徒。你看，巴黎到底是巴黎，这也表明了我们所过的日子。小姐，再会了！明天我带一些人等候在植物园中，你派克利斯朵夫前往蒲风街上次我的住处叫龚杜罗先生就可以了。先生，以后如果你丢失了东西，就去找我，我一定会让它完璧归赵的。我时时刻刻都可以为你提供帮助！”

“喂！”波阿莱出来后，向米旭诺小姐说道，“世上居然有这样的笨蛋，一听见‘警察’的字眼，就吓得惊恐不已。然而这位先生的态度是多么温和，他派给你的事情是那么的简单，如同与人打招呼一般。”

在伏盖公寓的历史，第二天是一个有重大意义的日子。一直到现在，平平静静的伏盖公寓生活最有名的事情便是那个冒充的伯爵夫人如同彗星一般的现身。然而与这一天惊天动地的事情相比，一切都失去了光彩。首先是高里奥和欧也纳一直睡到十一点才醒。直到半夜，伏盖太太才从快乐戏院中回到家中，已是早上十点半了，她依然在睡觉。把伏脱冷送的剩余的酒喝掉之后，克利斯朵夫一直在酣睡，都没有做屋里的杂活。波阿莱和米旭诺小姐并没有埋怨早饭太迟了。维多莉和古的太太也起晚了，还没到八点钟，伏脱冷就外出了，直到吃饭时，他才回到家中。十一点十五分，西尔维和克利斯朵夫挨个敲大家的门，让他们下楼用餐。竟然大家都毫无怨言。两个仆人离去之后，米旭诺小姐第一个来到楼下，在伏脱冷的自备的银杯里，倒进了药水。银杯里装满了牛奶，是他准备用来冲咖啡的。和别人的一同放在锅上炖的。老处女算计好了，用公寓中的这个老规矩下手。过了好长时间，七个房客都来到了饭厅里。欧也纳一边伸懒腰，最后一个走下楼来。正在这时，特·纽沁根夫人派信差前来送信。信的内容如下：

朋友，我并不生你的气，也不认为有损我的颜面，我一直等到深夜两点，等待着一个我心爱的人的到来。遭遇过这种折磨的人绝对不会再让别人尝到这种折磨。我知道你是初恋，你发生了什么事情？我万分焦急。如果不是担心让别人知晓了心中的秘密，我就亲自到公寓去了。看你到底是遭到了祸还是福。但是在那时外出，不管是走路还是坐车，难道不是把自己给断送了吗？我直到这时才明白了做女人的痛苦，我无法宽心，请你对我说，为什么爸爸告诉了你那番话后，你居然没有赴约。我要对你生气，然而我会谅解你的。你生病了吗？干吗住在那么远的地方？请你说话吧！我盼望你速来此处，如果有事要办的话，只用告诉我一个字，或是马上来，或是生病了。但是如果你身体欠佳的话，父亲会来对我说的。如此说来，到底是怎么搞的呢？……

“对呀，到底是怎么搞的？”欧也纳叫道，他把还没看完的信揉了揉，迅速地来到了饭厅里，问道：“现在是几时了？”

“十一点半了。”伏脱冷边说边在咖啡中放进了糖。

这个逃犯用平静而又漂亮的双眼注视着欧也纳，所有生来就能勾引魂魄的人都有这种眼神，听说它可以把疯人院中的武痴镇住。欧也纳不自主地全身颤抖。这时，一辆马车的声音从大街上传了过来，泰伊番先生家的一个仆人身穿号衣，慌慌张张地闯了进来，古的太太立刻认出了来人。

“小姐，”他喊道，“老爷让你回家。家中发生了大事。弗莱特烈先生和别人决斗，被人一剑刺中了脑门，医生说已经无望了。也许你没法和他相见了，他已经昏过去了。”

伏脱冷悯然道：“可怜的年轻人，拥有年收入三万法郎，为什么还要与人打斗呢？小伙子真不明事理。”

“哇，朋友！”欧也纳冲他高声喊道。

“咋啦？你这个大娃娃？在巴黎，何时无人打斗呢？”伏脱冷一边答话，一边镇定自若地把咖啡喝完了。米旭诺小姐全神贯注地注视着他的举止，当那件使众人震惊的消息传入她耳中时，她也没感到惊讶。

古的太太说道：“我和你同去，维多莉。”

俩人都没顾得上戴帽子，披披肩，就跑出去了。维多莉离去之前，热泪盈眶地注视了一眼欧也纳，似乎在说，“我们的快乐会让我哭泣，这真出乎我的意料。”

伏盖太太说道：“哇，你居然可以预知一切，伏脱冷先生？”

约各·高冷答道：“我是先知，我是一切。”

针对此事，伏盖太太又胡扯了一通。“难道不奇怪吗？死神找我们，都不和我们打个招呼。年轻人经常比老人先死。我们女人算得上比较走运，不必与人决斗，然而男人没有的痛苦却出现在我们身上。我们要养育小孩，而做母亲的拥有长期的痛苦，维多莉真幸运，这时他爸爸无计可施了吧！只能让女儿充当继承人了。”

“是呀！”伏脱冷注视着欧也纳，说道，“昨天她一贫如洗，今天她就拥有了几百万的家产。”

伏盖太太高声说道：“喂，欧也纳先生，你这一次可是中了头奖了！”

一听此言，高老头看了看欧也纳，看见他拿着一封皱巴巴的信件。

“你尚未读完信呢！……你这是……难道你和别人相同吗？”他向欧也纳问道。

“夫人，我一辈子都不会娶维多莉小姐为妻。”欧也纳向伏盖太太答道，语气中带有无比厌恶的意味，在场的人都感到十分奇怪。

高老头握着大学生的手，巴望亲吻它一下。

伏脱冷说道：“哦，哦，意大利人有句老话，听候时间的安排。”

“我正在等答复呢！”纽沁根夫人派来的信使向拉斯蒂涅催促道。

“你对夫人说，我会赴约的。”

信使转身离去了。欧也纳烦躁不堪，极其紧张，再也无法顾及小心或不小心了，他大着嗓门喃喃自语：“我该如何是好，手头毫无证据。”

伏脱冷的脸上带着微笑，他已经喝下去的药水正在发生作用。只是逃犯长得身强力壮，还可以站起身来，注视着拉斯蒂涅，用低沉的嗓音说道：“孩子，睡觉时运气就来到了你的身边。”

说罢，他直挺挺地倒下去了。

欧也纳说道：“真可谓神灵不应。”

“哎呀，他咋啦？这个可怜的亲爱的伏脱冷先生？”

米旭诺小姐叫了起来：“他中风了呀？”

“喂，西尔维，去把医生找来，”寡妇命令道，“拉斯蒂涅先生，你赶快去把皮安训先生找来。也许西尔维没有找到我们的葛兰泼莱医生。”

拉斯蒂涅十分庆幸，可以趁机从这个恐怖的魔窟中溜走，于是，他一路奔跑，离开了此地。

“克利斯朵夫，你到药铺去一趟，找些可以治疗中风的药物来。”

克利斯朵夫转身领命而去。

“哎，喂，高老头，帮帮忙，把他抬到楼上去，抬到他自己的房里去。”

众人拽着伏脱冷，手忙脚乱地把他抬上了楼，并将其放在床上。

高里奥说道：“我干不了什么，我要出去看望女儿了。”

“这个一心为己的老头子！”伏盖太太高声说道，“你走吧！希望你不会好好地死去，孤苦伶仃的，如同野狗一般。”

“找一下你的屋子里是否有依太。”米旭诺小姐一边吩咐伏盖太太，一边和波阿莱一起，把伏脱冷的衣服解开了。

伏盖太太走下楼去，来到了她自己的房间里，于是，米旭诺小姐可以随心所欲了。

她对波阿莱说道：“你快一点，把他的上衣脱掉，把他翻个身。你至少也该发挥点作用，总不能让我目睹他那赤裸裸的躯体吧！你为什么老愣在那儿？”

伏脱冷被翻了过来，米旭诺对准他的肩头，拍了一掌，顿时两个见鬼的字母显现在那红红的皮肤上。

“哇，一瞬间的工夫，你就有三千法郎的赏金进账，”波阿莱说罢，把伏脱冷扶住了，让米旭诺为他把上衣穿上——他又在床上放倒了伏脱冷，又说道：“哇，他不轻呀！”

“不要乱说，你察看一下是否有银箱？”老处女慌慌张张地说道，双眼竭力端详着屋里的摆设，巴望穿透墙壁。

她又说道：“不妨找个借口，把这个书柜打开。”

波阿莱答道：“可能这不太好吧？”

“有啥不好的？贼赃是公共财产，无法说它属于谁了。遗憾的是没时间了，伏盖的声音清楚可闻。”

伏盖太太说道：“我把依太拿来了。哎，今天可真是怪事多多，我的老天爷！这个人不可能生病，他白得如同仔鸡一般。”

“如同仔鸡一般？”波阿莱说道。

寡妇把手放在伏脱冷的前胸上，说道："他的心脏正常。"

"正常？"波阿莱感到惊讶万分。

"是的，他的心在很好地跳动！"

"果真如此？"波阿莱问道。

"妈呀，他如同熟睡了一般。西尔维已经找医生去了。喂，米旭诺小姐，他吸入了依太，也许他抽筋了。他的脉搏不错，身体如土耳其一般结实。小姐，你看，他的前胸长有如此浓的毛，可以活一百岁呢！这小子！也没脱发。呀！这头发胶在头上，原来他戴了假发，以前是土红色的头发，据说长着红发的要么极好、要么极坏。也许他是极好了，他？"

"好，好得可以吊起来。"波阿莱说道。

"你的意思是他喜欢在美丽的女人的颈上吊着，对吗？"米旭诺小姐抢先说道，"先生，你走吧，你们生病人，需要人服侍，那便是我们女人做的事情了。你还是出门逛逛吧！有我和伏盖太太照料他就行了。"

波阿莱默默无语，悄无声息地出去了，如同一只被主人踹了一脚的狗。

拉斯蒂涅本希望到外面散散步，透透气。他心慌意乱。这件准时出现的大案，昨天晚上他分明意欲制止的，然而后来又是怎么回事呢？他该如何是好？他担心自己在此案中是个同谋。一回想起伏脱冷那种没事人的样子，他依然有点害怕。他暗暗心想："如果伏脱冷无声无息地死去了呢？"

他从卢森堡公园的小路上经过，如同身后有群猎犬在紧追不舍似的，甚至它们的吼叫声都传入了他的耳中。

"喂，老兄，"皮安训在向他打招呼，"你是否读过《舵工报》？"

这是一份激进派的报纸，主办者为天梭先生。当晨报出版几个小时之后，内地版也随之出版了，当天的新闻都在上面。在外省，它的消息比别的报纸要早二十四小时。

高乡医院的实习生继续说道："报上载有一条重大消息，泰伊番的儿子与前帝国护卫军的弗朗却西尼伯爵进行决斗，被对手一剑刺中前额，伤口有两寸深。如此一来，在巴黎，维多莉小姐变成了陪嫁最丰的姑娘了，哼，早知如此，一个人死了，却如同中了头奖似的，据说维多莉待你很好，这是真的吗？"

"不要胡言乱语，皮安训，她永远不会成为我的妻子，我爱的是一个美人儿，她也爱我，我……"

"照你这么说，似乎在竭力控制自己，生怕不忠于你的美人儿。难道你真有那种女人，值得你不屑于泰伊番老头的家产吗？我倒想看看。"

拉斯蒂涅叫道："难道一切妖魔鬼怪都盯着我不放吗？"

皮安训说道："而你又盯着谁不放呢？你发疯了？把手伸出来，我为你号脉，哇，你发烧呢！"

"你赶紧前往伏盖太太家吧！"欧也纳说道，"不久前，伏脱冷那个坏家伙人事不省呢！"

"啊，我早就有点怀疑，你使它得到了证实。"皮安训说罢，没有理会拉斯蒂涅，径自跑走了。

拉斯蒂涅逛了好长时间，表情十分严肃。他仿佛翻来覆去地察看了一番良心。虽然他犹犹豫豫地、仔仔细细地思量，终究是真金不怕火炼，他的清白终于通过了严厉的检查。他回想起昨晚高老头对他说的那些体己话，回想起在阿多阿街，但斐纳为他置下的住宅。他把信拿了出来，再看了一次，亲吻了一下，心想：

"这样的爱情恰好充当了我的救星，可怜的老头子拥有多少令他悲哀的事情，他只字不提，然而任何人都明白。行，我把他当作爸爸一般地服侍，让他享受享受。如果她爱我，白天，她会经常光顾我家，以陪伴老头子。那个个儿高挑的雷斯多夫人真是见鬼，居然视老头子为看门的，亲爱的但斐纳，她更加尊敬老人，我应该爱她。啊，今天晚上，我可以得到幸福了！"

他把表掏了出来，把玩了一番。

“一切都获得了成功。当俩人真心相爱而且永生永世相爱之时，彼此可以支援，我可以接受这个礼物。而且，以后我肯定能够青云直上，不管啥玩意儿，我都可以一百倍地回报她。这样的结合是无罪的，也不存在让最严厉的道学之士紧皱双眉的地方。多少正派的人都存在这种男女关系。我们又不欺骗任何人，欺骗别人才有损我们的尊严。撒谎不就等于屈服吗？她和丈夫早已分居了，我可以告诉那尔亚尔萨斯，既然他不能为妻子带来幸福，就该拱手相让。”

拉斯蒂涅心中忐忑不安，经过了好长时间的心理斗争。尽管小伙子的好心最终占了上风，他依然在大约四点半时，夜幕即将降临的时候，怀着难以抑制的好奇心，回到他信誓旦旦地要搬离的伏盖公寓。他想看看伏脱冷到底死了没有。

皮安训把呕吐剂灌进了伏脱冷的肚中，并吩咐别人把他的吐出物送到医院里去进行化验。米旭诺竭尽全力地建议把它倒掉，更加让皮安训满腹疑虑。而且伏脱冷很快就恢复了正常，皮安训更加怀疑有人暗算这个嬉皮笑脸的家伙。当拉斯蒂涅回到公寓后，伏脱冷已经在饭厅里的火炉边站着。包饭的客人比平常来得早一些，因为他们听说了泰伊番的儿子的事情，意欲探听一下详细经过以及它给维多莉带来的动静。除高老头外，所有的人都在那儿对这件新闻议论纷纷。欧也纳走进门来，正好与若无其事的伏脱冷面面相对。伏脱冷目不转睛地注视着他，一直看到了他的心灵深处。把他的一些坏主意挑了起来，让他惊恐不已，打了个冷战，那个逃犯向他说道：

“喂，亲爱的，死神还有好长时间都得向我认输呢！那些夫人们说刚才我得的脑充血，甚至牛也难以抵抗，可是我平安无事了。”

伏盖太太叫了起来：“不要说牛，甚至公牛也难以抵抗呢[①]！”

“你见我依旧活着，心中很不痛快，是吗？”伏脱冷当自己把

① 伏脱冷所说的牛是去势的牛，伏盖太太说的公牛，是斗牛用的牛。

拉斯蒂涅的心思看得一清二楚，便附耳说道："如此一来，你倒是员福将了。"

"哎，对了，"皮安训说道，"前天，米旭诺小姐说有个人的外号叫鬼上当，这个名字倒非常适合你。"

对伏脱冷来说，此话犹如晴天响起了惊雷。那双勾人魂魄的眼睛目不转睛地注视着米旭诺的脸庞，如同一道阳光，她被这种精神威力吓得双腿发软，歪着身子倒在椅子上。逃犯把平时的那张温和的脸孔撕破了，凶相毕露。波阿莱感到米旭诺面临着危险。连忙走上前，挡在伏脱冷和她之间。众人还不明白发生了什么事情，犹如丈二和尚摸不着头脑一般，呆了。这时候，几个人的脚步声从门外传了进来，还夹杂着枪柄与石板面相碰撞时所发出的声音。正在高冷情不自禁地注视着墙壁和窗户，思索着脱身之计时，四个人出现在客厅的门口。带头的正是那个特务长，另外还有三个警察。

"现以法律和国王陛下的名义……"一个警察念道，众人的惊讶声淹没了以下的话语。

片刻之后，饭厅里静悄悄的，房客们闪在一边，三个人来到了屋里。他们都把手插在口袋里，把子弹已经上膛的手枪抓在手中。身后的两个宪兵守住了客厅的门，另外俩人出现在与楼梯口相通的门边。前面的石板路上又传来许多士兵的脚步声和枪柄声。鬼上当已经失去了脱身的希望。大家都情不自禁地注视着他，特务长径直走近他，使劲地拍打了一下他的头，假头套掉在地上。高冷那丑陋的外表立即呈现出来了。土红色的短发说明他狡诈、霸道，再加上与上半身一气呵成地连接在一起的头和面孔，含意一清二楚，如同沐浴着地狱中的火光一般。完整的伏脱冷，他的以前，如今，以后，固执的思想和享乐的人生观，还有那些不恭敬的念头、举止，以及所有能够承担的躯体给予他的气势，众人都心中清楚了。他浑身的血液都冲上了脸庞，双眼如同野猫一样，闪闪发亮。他使出蛮力，抖动了一下，发出一声咆哮，大家都被吓得惊叫不已。一见这个像狮子似的举止，便衣们借助于大家惊叫的势头，都把手枪掏了出来。高冷一见手枪上那闪闪发光的射孔，明白自己的处境不妙，又忽然发生了变化，把人类的最高的精神的威力表现出来了。这种局势真是既丑陋不堪又很严肃。可以用一个唯一的比方来形容他的面部表情，恍如一口炉中装满了可以使江河发生巨变的水汽，一瞬间的工夫，一滴冷水把它化得杳无踪迹。而使他那满腔怒气消失得无影无踪的冷水滴，只是一个迅速如同闪电似的主意。他微微笑了一下，注视着自己的假发，向特务长说道："哼，今天，你的态度很不友好呀！"

他冲那些宪兵点了点头，伸出双手。

"过来，宪兵，把手铐拿来吧！请在场的人们充当证人，我没有反抗。"

这件事的原委，如同突然窜出了火山溶液和火舌似的，又在一瞬间消失了。大家见此情景，不禁咕咕哝哝的，以示惊叹。

逃犯注视着那赫赫有名的特务长，说道："这可使你的诡计没有得逞，你这个大惊小怪的东西！"

"别废话，剥下衣服。"那个来自圣·安纳待的人物带着不屑一顾的神情，大声叫道。

高冷说道： "为什么？还有夫人在这里，我又不耍赖，我屈服了。"

他停顿了片刻，注视着众人，如同一个演讲家准备表表惊天动地的言论似的。

"拉夏班老夫，你记录吧！"他对一个满头白发的身材矮小的老头子说道。

老人把逮捕笔录从公文包中拿了出来，坐在桌边。"我承认自己名叫约各·高冷，外号鬼上当。被判服苦役二十年。不久前，我证明并没浪得虚名，有愧于我的外号。"他又向房客们说道："我只要举起手，这三个间谍就会当时身上挂彩，把伏盖夫人的房间弄脏了，这些坏家伙就喜欢放冷箭。"

一听此话，伏盖太太的心中很不好受，她向西尔维说道："我的老天爷，真能把人吓病！昨天我还和他同去喜剧院呢！”

“夫人，请明白一点事理，”高冷答道，“难道昨天你因坐了我的包厢就背时了吗？难道你好过我们吗？我们肩上的恶名还不及你们心中的坏念头呢！你们这些破破烂烂的社会中的蛆！你们中最出色的人也难以抵抗我！”

他的目光停留在拉斯蒂涅的身上，十分温和地笑了一下，那笑容与他那野蛮的神情形成了古怪的对比。

“你明白，我的心肝，如果你同意的话，我们的生意不变！”说罢，他引吭高歌：

我的芳希德多么招人惹爱，
你看，她是多么简朴。

“你不用担心，我自有收账的办法。别人对我心存畏惧，绝对不敢占我的便宜。”

他的整个人，这些言论，突然之间表现出了苦役监中的习性、亲密、恶心、令人心惊胆战的气势，以及时而引人发笑时而令人恐惧的交谈。此时此刻，他不再只是一个人，而是一个榜样，是整个堕落的民族，粗野却又合理，暴躁而又灵活的民族的代表，在一瞬间的工夫里，高冷演变成了一首魔鬼般的诗篇，把人类的一切情感表达得淋漓尽致，只有忏悔例外。他的眼神就像是魔鬼的眼神，他如同魔鬼一般，始终要拼命。拉斯蒂涅垂下了头，默认了他与这个罪过之间的关联，以弥补他以前的坏主意。

“谁是叛徒？”高冷用令人生畏的目光扫向众人，最后落在了米旭诺小姐的身上，说：“哼，你是叛徒！你这个假惺惺的老妖怪，你暗暗地算计我，让我中风，你这个特务！我只需说一句话，保证在几天之内，你的头就没了。然而我饶恕你，因为我是基督徒，再说，并非你是叛徒。如此说来，那谁是叛徒呢？”

警察在楼上翻箱倒柜，顺手牵羊的声音传入了他的耳中，于是，他说道："嘿，嘿，你们在楼上查找，昨天，鸟儿就飞了，也搬空了老窝，你们没法找到的。这里有账簿，"他在脑门上拍了拍，"哼，我明白谁是叛徒。肯定是丝线那个小子。是吗？警察先生，"他向特务长问道，"回忆起我们在此藏钱的日子，肯定是他，哼，一无所有，我对你们这些小特务说：在半个月之内，丝线就会没命的，即使你们把所有的宪兵派去保护他，也毫无用处——你们付给米旭诺多少钱？只有两三千法郎吧！我超过了这个价，我对你说，母夜叉，丑八怪！公墓上的爱神，如果你告诉了我，我会付给你六千法郎，嗯，出于你的意料吧？这个卖淫的老东西！我很愿意那样，花费六千法郎，不去旅行，那样既麻烦，又破费！"他边说边让别人把手铐给他戴上，"这些小子要找我的乐子，努力耽误时间，折腾我。如果你立即把我送到苦役监去，不久之后，我又可以再度工作了，我才不会对这些笨蛋的警察老爷心存畏惧呢！在监狱里，只要他们的大哥能挣脱，兄弟们都愿翻过灵魂，让仁慈的鬼上当离开那儿。在你们中间，又有谁能像我一样，有一万多兄弟心甘情愿地为你牺牲的？"他用洋溢着自豪的口吻问道，又在心口上拍了拍，"这中间真的有些好玩意儿，我从不充当叛徒。喂，假惺惺的老妖怪"，他对老处女说道，"你看，他们都对我心存畏惧，然而你呀，只能令人作呕！行了，去领赏吧！"

他停顿了片刻，端详着那些房客，说道："你们笨不笨！你们！难道你们从来没有看见过苦役犯，一个像我高冷这样的苦役犯，可不会像人家那样昧着良心做事！我是卢梭的学生！对于社会契约[①]的弥天大谎，我与此抗争。我独自与政府做斗争，与所有的法院，宪兵，预算为敌，使他们晕头转向的。"

"见鬼！"画家说道："给他画个画像，倒是很好看的呢！"

"对我说吧，你这个刽子手大人的随从，你这个寡妇总管，"（寡妇这个令人恐惧却又带着浪漫色彩的名字是苦役犯们对断头台的称谓。）他转过身去，对特务长说道，"大家彼此友好！对

① 社会契约：卢梭著的《民约论》。

我说，丝线是否是叛徒？我不想使他蒙冤，让他成为别人的替死鬼。”

这时候，在楼上，警察们已把他的卧室翻了个遍。所有的东西都登记在案，他们走了进来，压低嗓音和他们的主任交谈。老头也已写好了逮捕的笔录。

“各位，”高冷与同住的人打招呼，“他们即将带走我了，我住在这里时，你们都待我不错，我会永远铭刻在心。此时此刻，我向你们告别了，以后，我会给你们邮来一些产自普罗旺斯[①]的无花果。”

他向前走了几步，又回过头来，看了看拉斯蒂涅。

“再见了，欧也纳，”他的语气又柔和又充满了凄凉之感，完全不同于他侃侃而谈时的野蛮的语气，“如果遇到了什么难事，我会给你介绍一个知心朋友。”

尽管他双手被铐，但是他依然能够摆出剑术老师的样子，嘴里叫着“一，二！”[②]然后向前走了一步，接着说道：

“如果遇到了什么难处，你就找他好了。他很容易地支配钱和人手。”

这个古怪的人的最后的话语显得十分可笑，唯独他和拉斯蒂涅心中明白，除此之外，无人知晓。警察，宪兵，便衣都走出了屋子，西尔维一边在女主人的太阳穴上涂上酸醋，一边注视着那些万分诧异的房客们。

“无论如何，他终究是好人。”

这一幕引起众人的许多十分复杂的心绪，大家昏头昏脑地待在那里，当西尔维的话语传入了耳中之后，他们才如梦方醒，面面相对，接着都不约而同地注视着米旭诺小姐。她如同一具木乃伊，干巴巴的，瘦骨嶙峋的，冷若冰霜。缩着身子待在火炉边，低垂着双眼，只怨恨眼罩投下的阴影无法遮住他的眼神。众人早已对这张脸

① 普罗旺斯：法国南部各州的总名，多隆监狱即在此地区内。

② “一，二！”为剑术教师教人开步时的口令。

产生了厌恶之情，这时，他们猛地知道厌恶的根源。屋里隐隐约约地响起了咕咕哝哝的声音，语气是一样的，这说明大家都同样地反感她。声音传入了米旭诺的耳中，她依然待在那儿。

皮安训最先探身用轻轻的语调对身边的人说道："如果这个娘们与我们同桌用餐，我就要离开这儿了。"

一瞬间的工夫里，大家都对医学生的提议表示赞成，唯独波阿莱例外。医学生见大家都赞成，便走近波阿莱，说道："你和米旭诺小姐关系特殊，你过去对她说，让她立即离开此地。"

"立刻？"波阿莱惊讶万分地重复道。

然后，他走近老处女，附耳说了些什么。

"我付清了房租饭钱，我住在这里是付了钱的，和你们相同。"说罢，她用毒蛇似的目光瞥了一眼房客们。

拉斯蒂涅说道："这是轻而易举的事情，我们分摊这笔钱，凑齐还给你。"

她说道："哼，我清楚你干吗，帮高冷说话。"她用十分歹毒却又带着质询的意味的目光注视着大学生。

欧也纳一跃而起，似乎想扑上去掐死她。他彻底地领会到了米旭诺目光中的阴险的意味，而米旭诺的目光照亮了她心底的那些秘密的坏主意。

房客们叫道："不要理睬她！"

拉斯蒂涅双臂环抱，默默无语。

"喂，了结一下犹大小姐的事儿吧！"画家向伏盖太太说道："夫人，如果你不让米旭诺离开这儿，我们便离开这里，而且，我们还要到处说，说只有苦役犯和特务住在这儿。否则，我们可以为你隐瞒，说实在的，即使是在上流社会里，这也是难以避免的，只有在苦役犯的额头上刺字，使他们无法假冒巴黎的布尔乔亚，四处骗人。"

一听到这些话，伏盖太太如同吞了仙丹一般，顿时振作起来了。站了起来，双臂环抱，睁大亮晶晶的双眼，丝毫没有留下流泪的迹象。

“哎，亲爱的先生，你想让我的公寓关闭？你看伏脱冷先生……哎呀！我的老天爷，”她把话头截住了，喊道：“我一说话，便把他的那个假冒老实本分的人的名字叫出来了。……已经空了一间屋子，你们还想让我把两间空出来，这时，你们都住下了，又要我赶人，不是瞎忙吗？”

皮安训喊道：“各位，把帽子戴上，离开这儿吧，我们去索篷广场上的弗利谷多饭店。”

伏盖太太一转眼珠，立刻盘算好了，一骨碌地滚近了米旭诺。

“喂，我的好小姐，好姑娘，你不是要让我关门歇业吧！嗯？你看，我被这些先生逼到如此地步，今天晚上，你暂时到楼上去……”

“不可以，不可以。”房客们异口同声地嚷了起来，“我们要求她立刻搬走！”

“她还没有吃饭呢！可怜的小姐！”波阿莱的语气中带着哀求的意味。

“随便她去哪儿吃。”有好几个声音答道。

“滚，特务！”

“特务们滚开！”

突然，爱情使波阿莱这个废物勇气陡增，说道：“各位，应该友好地对待女性。”

画家说道：“特务还分性别！”

“好一个女性喇嘛！”

“滚开，喇嘛！”

“各位，这不成体统，叫人走也应成体统。我们早已把房租，饭钱付清了，我们不离开这儿！”说罢，波阿莱把便帽戴好，走近米旭诺，在她身边的一张椅子上坐了下来，伏盖太太正在进行说教似的劝说她。

画家装出一副令人发笑的样子，对波阿莱说道：“你要赖，坏小子，滚吧！”

皮安训说道：“喂，如果你们不离开这儿，我们就走了。”

房客们蜂拥向客厅。

伏盖太太叫道：“小姐，你怎么办呀？我完蛋了。你不可再犹豫了，他们会动手呢！”

米旭诺站了起来。

——“她离开！”——“她不离开！”——“她离开！”——“她不离开！”

此起彼伏的吵闹声，越来越敌视米旭诺的话语，于是使得米旭诺与伏盖太太交涉了一番后，只得离去了。

她带着威胁的表情，说道：“我将去皮诺夫人家。”

“小姐，随你的便！”伏盖太太答道。在她的眼中，这个房客选择的住所便是恶毒地侮辱了她。因为皮诺夫人是她的竞争对手，因此，她最厌恶她的公寓。“去皮诺家吧！去品尝一下她的酸酒和在饭摊上购买的那些菜吧！”

所有的房客分成了两行，站在那儿，默默无语。波阿莱带着十分温柔的表情注视着米旭诺小姐，那种犹犹豫豫的样子显得十分纯真。说明他不知如何是好。不知该离去还是待在此地。见米旭诺要离开了，房客们十分兴奋，又见波阿莱如此模样，便你看我，我看你，大笑不已。

画家喊道：“唧，唧，唧，波阿莱，喂，哟，啦，哦唷！”

博物院的职员十分可笑地唱起了一支流行歌曲的开头的几句。

“启程去叙利亚，那年轻美丽的杜奴阿……”

皮安训说道：“去吧！你心里充满了渴望，真可谓：爱好之所在，坚持不懈。”

助教说道：“如果把维琪尔的这句名言翻译成白话文，那就是每个人跟随着自己的情人。”

米旭诺注视着波阿莱，摆出了一个要挽着他的手的动作，波阿莱情不自禁地走向她，扶着老处女，大家见此情景，大笑不已。

“不错呀，波阿莱！”

“这个善良的波阿莱呀！”

“阿波罗—波阿莱！”

“战争之神波阿莱！”

“勇敢的波阿莱！”

正在这时候，一个仆人走进门来，他把一封信交给了伏盖太太，伏盖太太看完信时，顿时无力地倒在椅子上。

“雷劈了我的公寓，把它烧毁得了。三点时，泰伊番的儿子死了，我总是希望两个夫人过得好，诅咒那个可怜的年轻人。如今我已经被报应了。古的太太和维多莉让人来把行李取走，要和他爸爸同住。泰伊番先生同意了女儿的意见，让古的太太留下来做伴。哎，有四间房子空着了！一下子少个五个房客！”她坐了下来，准备号啕大哭了。嘴里喊道：“晦气星来到我家了。”

突然，又有车子的声音从大街传了过来。

“又要发生什么背时的事情了。”西尔维说道。

高里奥猛然出现在门口，容光焕发，几乎是返老还童了。

“高里奥乘坐马车。”房客们异口同声地说道，“真是世界末日来临了。”

欧也纳正坐在一个角落里，呆呆地想着什么。高老头跑向他，一把把他的手臂抓在手中，兴高采烈地说道：“过来吧！”

“你不明白发生了什么事情吗？”欧也纳答道，“伏脱冷是个逃犯，刚刚被抓走，泰伊番的儿子断气了。”

“哎，那和我们有什么关系呀？我将和女儿在你的家里同桌用餐，听见了吗？她正在等候着你的光临呢！走吧！”

他使劲地拽着拉斯蒂涅的胳膊，拼命地拉，似乎将拉斯蒂涅视为姘头似的拉走了。

“我们用餐吧！”画家招呼道。

大家把椅子拉开，坐在桌边。

胖厨娘西尔维说道："真是的，今天倒霉的事儿接二连三地发生。我也烧煳了黄豆煮羊肉，得了，请你们吃焦的吧！"

伏盖太太见以前总是坐着十八个人的桌上只剩下了十个人，失去了说话的勇气。大家都千方百计地劝慰她，惹她高兴。首先是包饭的客人依旧在谈论关于伏脱冷以及那天发生的事情。接着，随着话题的变化不定，他们又聊起了决斗，苦役监，司法，监狱，亟待修改的法律等等。然后，又说起了什么高冷、维多莉、泰伊番，早已离题了，他们十个人的声音有二十个人的声音那么响亮，仿佛人数比以前还多。今天的晚餐和昨天的晚餐就有这么一点细微的差别。这些自私自利的人早已恢复了漠不关心的态度，等明天，在巴黎的生活中，再找一个背时鬼充当他们的替身。即使是伏盖太太，也对胖子西尔维的话语表示同意，渴望自己平静下来。

这天，从早晨到夜晚，欧也纳经历了连续的各种各样的困境。尽管他拥有坚强的个性，清晰的思维，也不明白如何梳理他的思想。他产生了许多焦急的心绪，坐上马车，挨着高老头，他听到老人的一些极其兴奋的话语，恍如在梦中一般。

"今天早上，一切都已准备妥当了。我们三人就要共进晚餐了。共进晚餐，明白吗？四个年头过去了，我从没和我的但斐纳，我的小但斐纳一起吃饭了。这一次，她可以用整整一个晚上的时间来陪伴我。从早晨开始，我们就待在你的屋子里，我把衣服脱掉了，像小工一样地干了起来，帮他们搬动家具。啊，你不明白她吃饭时的态度才叫热情呢！她曾经对我说：'哎，爸爸，尝一尝这个吧！十分好吃！'然而我无法吃下去。噢，已经有那么长时间了，我从来没像今天晚上这样，可以快快乐乐地和她待在一块儿了。"

欧也纳说道："这是怎么回事，难道真的是世界已经天翻地覆了吗？"

高里奥说道："什么天翻地覆，世界前所未有变得美妙了。在街上，映人我的眼帘的只有幸福的脸庞，人们在握手，拥抱，众人都快乐极了，似乎都要去女儿家用餐，吃一顿好饭。你明白，当我还在场时，她向英国咖啡馆的总管要了菜。哎，和她在一起，黄连也会摇身一变，成为甘草呢！”

“直到如今，我才认为自己复活了。”欧也纳说道。

“喂，快点，跑快点呀！”高老头把面前的玻璃推翻了，大声吩咐道，“跑快点，在十分钟内抵达终点，我赏给你五法郎的酒钱。”

马夫一听此言，快马加鞭，在巴黎街上，他的马儿如闪电似的一路飞奔。

高老头说道：“他几乎不中用了，这个马夫！”

拉斯蒂涅向他发问：“你想把我带往何处呀？”

高老头答道：“你家呗！”

马车停在阿多阿街。老人先跳下马车，给马夫扔下了十个法郎，那种慷慨把一个单身汉的得意忘形满不在乎地表现得活灵活现。

“来，我们上楼吧！”他领着拉斯蒂涅从院中走过，来到三楼的一个公寓，这是一栋外表很好看的新楼的后半边。高老头没必要按铃。特·纽沁根夫人的女仆丹兰士已经来到了门边。映入欧也纳的眼帘的是一所单身男人居住的雅致的房间，有走廊，小客厅，卧房，以及一间正对着花园的书房。客厅里的摆设和装修都显得极其精致。在烛光的照耀下，欧也纳发现坐在壁炉边的一张椅子上的但斐纳站起身来了。在壁炉架上放下了遮火的团扇①，用极其柔和的嗓音和他打招呼：

“一定要去请你，你才会赴约吗？你这个让人摸不着头脑的先生！”

丹兰士走出门去了。大学生紧紧地搂抱着但斐纳，流出了幸福的泪水。这一天，许多刺激使得他的心和脑都十分疲惫，再说眼前

① 团扇：当时妇女握在手中用以遮蔽火炉热气的团扇。

的一切和公寓里的事情一对比，拉斯蒂涅更易兴奋不已。

“我明白他爱你。”高老头压低嗓音告诉女儿。欧也纳无力地瘫在沙发上，都说不出话来，也弄不明白这最终的一个困境是如何形成的。

“你过来看看，”特·纽沁根夫人把他的手一把抓住，领着他来到了一间房子里，地毯，摆设所有的一切都让欧也纳回想起了但斐纳家中的睡房，只是小一些而已。

“还缺一张床。”拉斯蒂涅说道。

“没错，先生。”她满脸绯红，用力地捏了捏他的手。

欧也纳注视着但斐纳，由于他青春年少，因此他明白女人有了爱情之后，就会表现出一种真正的羞耻感。他凑近她的耳朵，说道：

“我有理由永生永世地爱着你这个美人儿，我有胆量这么说，因为我们已经交心了。越是热烈、真诚的爱情，就应该更加含蓄，不露出一点点的迹象。我们千万不能把秘密告诉别人。”

“哎，我可不是别人呀，我！”高老头嘀嘀咕咕地。

“你明白你就是我们……”

“是的，我希望如此。你们不会防我的，对吗？我来回走动，如同一个处处存在的好天使！你们仅仅明白他的存在，然而你们从未亲眼看见他。哦，但斐纳，尼纳德，但愿！我曾经对你说过，在阿多阿街，有一栋美丽的房子，为他布置一下吧！——不是说得一点没错么？你却不大情愿。啊，我给予了你生命，我还给予了你幸福。当爸爸的要快乐，你就得永远给予女儿快乐，永远地给予，如此一来，父亲才像父亲。”

“为什么呢？”欧也纳问道。

“对呀，刚开始时，她不太情愿，担心别人飞短流长，似乎‘别人’可以比得上自己的快乐。一切女人都渴望以但斐纳为榜样……”

高老人独自不停地说着，特·纽沁根夫人则领着拉斯蒂涅来到了书房里，一个亲吻的声音传了出来，尽管是那么轻轻的一个吻。书房与别的房间一样，显得十分雅致，每个房间的器具都已置办齐全了。

“你告诉我，我们是否把你的心思猜中了？”当但斐纳来到客厅里用晚餐时，问道。

“当然，我完全可以体会到这种一种应有尽有的奢华，这些梦想成真、青春年少的生活的浪漫，不至于不配享受它。然而我不能接受你，我依然缺少金钱，无法……”

“嗯，你已在和我抗争了。”她装出半是认真半是开玩笑的样子说道，故意翘着嘴巴。每当男人心有顾虑时，女人就使出了这个手段。

这一天，欧也纳也极其严肃地反省了自己，伏脱冷再次入狱又让他感到几乎失足了。于是，他增强了崇高的心胸和骨气，不肯随便接别人的东西。虽然但斐纳撒娇，试图说明他，他也不愿妥协，他只是感到一阵悲哀。

“你咋啦？”特·纽沁根夫人说道，“你不愿接受，那你有何用意？你明白吗？那说明你对我们的未来心存疑虑，没有勇气娶我，你担心在将来的某一天，你会骗我，如果你爱我，如果我……爱你，为什么你都没有勇气收下这点薄礼呢？如果你明白我如何兴高采烈地为你布置这个单身汉的房子，你就不会一而再，再而三地推辞，立即会请求我的原谅。在我这里，你存了钱，我很恰当地花费了这笔钱，这不就行了吗？你以为自己拥有宽广的胸襟，实际上并非如此。你想得到的远远地超过了这一切（她看见一道热烈的目光出现在欧也纳的双眼中）……为了这点琐碎小事就闹别扭，如果你不爱我，那么，可以，你就拒绝好了。你的一句话就可以决定我的命运。你开口呀！”她停顿了片刻，转过身来，向她爸爸说道：“喂，父亲，你开导他一下，难道在他的眼里，我就不像他那样顾虑名声吗？”

高老头看着，倾听着这场怪有趣的争吵，脸上带着傻乎乎的笑容。

但斐纳一把抓住欧也纳的手臂，说道："孩子，你正面对着人生的大门，遇到了许多男人无法通过的关口，如今，一个女人为你把门打开了，你却后退了。你明白，你肯定会获得成功的，你会挣来一笔庞大的家产，看你那漂亮的前额，分明是青云直上的外貌。今天你欠我的，到那时候，你不就能够偿还给我？古时候，宫廷中的漂亮的女人不是向骑士送盔甲、刀剑、良马吗，让他们以她的名义四处征战吗？哎，欧也纳，此时此刻，我只是把现代武器送给了你，把怀有凌云壮志的人的必要的工具送给了你，哼，如果你的阁楼和爸爸的房间一样的话，那也比较体面了。哎，哎，我们不吃了吗？你想让我感到难过，对吗？你给我一个回答呀！"他摇晃着他的手，"老天爷，爸爸，你来让他做出决定吧，否则，我将离开这儿，终生不再和他相见了。"

高老头从糊涂中清醒了，说："行，我来让你拿定主意．亲爱的欧也纳先生，你不是会借犹太人的钱吗？"

"那是被迫的。"

"行，我等的就是你的这句话。"老人说罢，把一只破破烂烂的皮夹子掏了出来，"那么我来充当犹太人。我付清了这些账单，你看看，屋中的一切用具的账都付清了。数目并不大，最多也只有五千法郎，算是我把钱借给了你。我并非女人，你总不会也推辞吧！可以随便写个字，算是借据，以后你把钱还给我就可以了。"

欧也纳和但斐纳的眼中同时涌出了几滴泪水，俩人你看我，我看你，呆了。拉斯蒂涅把老人的手握住了。

高里奥说道："哎呀，干吗呀，你们都是我的孩子呀！"

特·纽沁根夫人说道："可怜的父亲，你的钱从何而来呀？"

"哎，这便是问题的所在，你同意了我的建议，决定留住他。你像置办嫁妆似的，到处买东西，我心想：她无法办成的，代理人告诉我，要到六个月以后，那场要求你丈夫归还财产的官司才会得到审理。行，我把终身年金[1]的本金一千三百法郎卖给了别人，把一万五千法郎拿出来，存了终身年金一千二百法郎，担保可靠，我便把你们欠下的账用剩余的本金付清了，我呀，在这里，楼上有间房子，每年一百五十法郎，日花费为两法郎，我便过上如王爷般的日子。钱还有剩余。我不用买什么东西，也不必做衣服。在这半个月里，我总是暗笑，心想：他们会多么幸福呀，嗯，难道你们不快乐吗？”

“哦，爸爸，爸爸。”特·纽沁根夫人扑了过去，伏在爸爸的膝头上，让父亲搂着自己。

她不停地亲吻老人，满头金发抚摸着他的腮帮，使得那张兴高采烈、容光焕发的脸上老泪纵横。

她说道：“亲爱的父亲，只有你才像父亲。你这样的爸爸，世上哪会有第二个。欧也纳深深地爱着你，此时更会如此了。”

十个年头过去了，高老头从来没感到女儿的心紧贴着他的心跳动。他说道：“哦，孩子们，哦，小但斐纳，你让我太高兴了，我的心就要爆炸了，喂，欧也纳先生，我们谁也不欠谁的了。”

老人拥抱着女儿，疯狂的力量使得女儿大喊道：

“哎，你掐痛我了。”

“掐痛你了？”高老头说罢，脸色苍白，注视着她，一副痛苦不堪的样子。只有大画家的笔下的耶稣受难像才能和这个父性基督外表相比。高老头动作很轻地吻着女儿的脸，吻着不久被他掐痛了的腰肢。他又是满面笑容的，用询问的语气问道：

“不，不，我并没把你掐痛了，反而你的叫喊声让我不好受。”他一边小心谨慎地亲吻着女儿，一边凑近她的耳朵，说道，“花了比这还多的钱呢，我们不要告诉他，否则他会发脾气的。”

老人真可谓富有无限的奉献精神。欧也纳见此情景，呆了，只是带着佩服不已的表情注视着他，在小伙子的心中，这种天真的钦

① 终身年金：特种长期存款，按年支息，待存款人故世后本金即没收，故利率较高。

佩表现了信仰。

他喊道："我绝不会对不起你们。"

"噢，欧也纳，你说得不错。"特・纽沁根夫人在他的前额上亲了几下。

高老头说道："为了你，他把泰伊番小姐以及她的百万家产拒绝了。不错，那个女孩子对你产生了爱情，如今，她的哥哥死了，她就富有得如同克莱宙斯[①]一般。"

拉斯蒂涅说道："哎，干吗说这个呢？"

"欧也纳，"但斐纳咬咬他的耳朵，"今天晚上，认为还不太完美。然而我十分爱你，永生永世地爱你。"

高老头叫了起来："自从你们嫁为人妇，一直到现在，今天，我最高兴。老天爷可以让我吃尽苦头，只要不是你们为我带来的痛苦就可以了。以后我会寻思：今年的二月份，我拥有了一次别人永远不可能拥有的快乐。你看看我，但斐纳，"他又向欧也纳说道，"你看，她长得多么漂亮！像她这样拥有美丽的皮肤和小酒窝的女人，你遇到过吗？从来没有，对吗？哎，我生出了这个美人儿呀！从此，你为她带来了欢乐，她还会变得更加美丽呢！欧也纳，要是你想得到属于我的那份天堂，你可以拿去，我可以到地狱里去。吃吧！吃吧！"他叫喊着，不明白自己在说啥，"啊，我们拥有了一切！"

"可怜的爸爸！"

"我的女儿，"他站了起来，走向但斐纳，搂着她的脑袋，亲吻她的头发，"你不明白要让我高兴起来是多么轻而易举的事情。只要你经常来看望我，我总是在楼上，你只需走一步就行了。你必须同意！"

"好的，亲爱的爸爸。"

"重复一下。"

---

① 克莱宙斯：公元前六世纪时小亚细亚利提阿最后一个国王，以富有著称。

“好的，好爸爸。”

“好了好了，根据我的脾气，我会让你说一百次，我们吃饭吧！”

整整一个傍晚，众人都如孩童一般地玩耍，高老头和她俩一样十分疯狂。他在女儿的脚下躺着，亲吻她的脚，长时间地注视着她的双眼，让她的衣服抚摸着自己的头，总而言之，他就像一个十分年轻柔情似水的情人一样地疯狂。

“你看，”但斐纳向欧也纳说道，“我们和爸爸待在一块儿，就必须完整地属于他，有时候这真的很烦人。”

所有忘恩负义的源泉便是这一句话。然而，欧也纳已经多次对老人产生了嫉妒之心。因此，他也不能呵斥她。他望了望四周，问道：

“何时才能收拾好屋子呢？今天晚上，我们还必须分开吗？”

“没错。明天，你来陪我吃饭。”她冲欧也纳使了个眼色，“明天，意大利剧院要开演。”

高老头说道：“那我前去购买底层的位子。”

此时已是半夜了。特·纽沁根夫人的马车已经等在那里。高老头和大学生返回伏盖公寓，一路上，但斐纳都是他们谈论的焦点，他俩越聊越来劲儿，两种浓烈的热情在竞争。欧也纳心中一清二楚，父爱绝不能被个人的利益所玷污，父亲的执着已无限远远超过了情人的爱，在爸爸的眼中，偶像始终是圣洁的，动人的，昔日的一切，未来的全部，都可以使他的崇拜之情变得更加热烈。回到家后，他们看见伏盖太太在壁炉边坐着，她的两旁是西尔维和克利斯朵夫。她一边向西尔维倒苦水，一边等待着仅有的两个房客的归来。尽管拜伦用美丽的笔触描述了泰斯①的哀怨，但若论深刻和真实，它与伏盖太太的哀怨还差得远呢！

“明天早上，你们只用准备三杯咖啡了！西尔雅，房里十分冷

① 泰斯：十六世纪意大利诗人，在十九世纪浪漫派心目中代表被害的天才。

清，我怎会不难过呢？失去了房客，这还像什么日子，公寓里的人跑得一个不剩，我就是靠那些衣食饭碗度日呀！我是违背了哪条天规呀，这样的灾难会降临到我的头上。我们准备了二十个人吃的豆子和西红柿。没想到还会惹来警察，我们只好以西红柿度日了。只好辞掉克利斯朵夫了。

克利斯朵夫被她从梦乡中惊醒，问道："夫人？"

"可怜的人，如同看家狗一般！"西尔雅说道。

"遇到这个淡季，大家都已安顿妥帖了，怎么会招到房客呢？"我急得要发疯了。米旭诺那个老妖怪拐跑了波阿莱，她是如何待他的，居然让他言听计从的，如小狗般地随着她离去了？"

"哦，"西尔维歪了歪头，"那些老处女有自己的一套手段。"

"他们说那个可怜的伏脱冷先生是苦役犯，哦，西尔维，真让我难以置信呢！像他那种无忧无虑的人，一个月能把十五法郎的葛洛莉亚喝光，又从来不见账。"

克利斯朵夫说道："他出手又那么大方！"

西尔维说道："也许搞错了吗？"

"不，他承认了，"伏盖太太答道，"真出乎意料，我的家里会发生这种事情，在这种看不见猫儿的地区里！真是的，我又是梦想。我们眼睁睁地看着路易十六遭难了，眼睁睁地看着皇帝[1]垮台了，眼睁睁地看着他回来，却又死了，这种事儿并不少见，然而让包饭公寓倒霉的理由何在呢？咱们可以不需要皇上，却必须吃饭，龚弗冷家的好心的姑太太拿出好茶好饭，盛待来客……若不是世界末日来临了……唉，是的，确实是世界末日来临了！"

西尔维叫了起来："还有那个米旭诺小姐为你闯了大祸，而有三千法郎的年金到手。"

伏盖太太说道："不要提她了，她几乎是女流氓！而且还要点火助兴，到皮诺家去住！哼，她做得出任何事情，肯定做过混账的

① 皇帝：十九世纪的法国人对拿破仑通常均简称为皇帝，即使在下野以后仍然保持此习惯。

事情，要过人家的命，盗窃，她倒应该被抓进苦役监。取代那个可怜的善良的人……”

正说到这儿，欧也纳和高老头按响了门铃。

“哇！两个有情有义的房客回家了。”说罢，伏盖太太发出一声叹息。

公寓里发生的乱子已经在两位有情有义的房客的脑海中变得模糊了，他们干干脆脆地告诉房东，他们将搬往唐打区。

“唉，西尔雅，”寡妇说道，“我又失去最后的王牌！你俩真是要我的命！几乎是当面一棒。我这儿如同压着铁棒似的，不说假话，我要疯了。怎么处理那些豆子呢？啊，行，如果只有我一个人在这里，那么明天你也该离开这儿了，克利斯朵夫！再见，先生们，再见！”

“怎么回事？”欧也纳向西尔维问道。

“哦，公寓里发生了一些事情，所有的人都走了，她着急得要命！哎，你听，她在哭呢！哭一下对她有好处！我照料她，一直到如今，还是头次见她哭呢！”

第二天，正如她自己所言，伏盖太太想清楚了。尽管所有的房客都走了，生活乱七八糟的，伤心万分，然而她神志清醒，表明真的痛苦，深深的痛苦，利益受损，习惯受到毁灭的痛苦是怎样的，当一个情人离开情妇曾经居住过的地方时，临走时的那种留恋的眼神也不一定会比伏盖太太注视着空空如也的饭桌的目光更加凄凉。欧也纳对她好言相慰，说几天之后，皮安训的住院实习期就要结束了，一定会补上他的空缺。另外，博物馆的职员对古的太太的房间常常露出羡慕之意，总之，一句话，不用多长时间，她的人马就会到齐的。

“但愿上帝会接受你的旨意，亲爱的先生，只是我的屋子沾上了晦气，十天之内，肯定会有人死亡，你等着看吧。”她用阴森森的目光扫视了一下饭厅，“不知会是谁！”

“我们最好还是搬家吧！”欧也纳轻轻地告诉高老头。

“夫人，”西尔维十分惊慌地跑进饭厅，“已经有几天没见咪斯蒂格了。”

“啊，好呀，如果我的猫儿没命了，如果它离我们而去，我……”

可怜兮兮的寡妇没有再说下去，两手合在一起，倚在椅背上，这个恐怖的兆头已经把她吓得魂不附体了。

两个女儿

中午时分，当邮差来到先贤祠附近时，欧也纳收到了一封信，信封十分美丽。鲍赛昂家的纹章印在火漆上。信封中有一张请帖，收帖人是纽沁根夫妇。早在一个月以前就预告了的规模宏大的舞会即将举行了。而且还有一张写给欧也纳的纸条。

> 先生，我相信你能十分愉快地替我问候特·纽沁根夫人。我特意把你所要的请帖寄给你，我十分愿意与特·雷斯多夫人的妹妹相识。替我陪同这个美人前来赴约吧！希望你不要对她倾注了所有的感情。你该给我的回报真的不少呢！
>
> 特·鲍赛昂子爵夫人

欧也纳读了两遍这封短信，心想：“特·鲍赛昂夫人清清楚楚地表示不欢迎特·纽沁根男爵前去她家作客。”

他连忙前往但斐纳家，为能给她带来这种幸福而无比的高兴。也许她还会酬谢他呢！特·沁根夫人正在沐浴。拉斯蒂涅等候在内客厅里，一个思念情人两个年头的急性子，在那儿等着，已经产生了厌烦情绪。小伙子不会两次遭到这种情绪。男人们对他心爱的第一个地地道道的女人，即与巴黎社会的标准相符合的，光芒四射的女人，始终都认为她是最出色的，巴黎的爱情与别的爱情截然不同。对于人人为了体面，标榜一些所谓不存在丝毫利害的感情的冠冕堂皇的言论，无人对此深信不疑。在这里，女人不仅应使男人的精神和肉体得到满足，并且还承担着更大的责任，要使人生不计其数的虚荣得到满足。奉承、无耻、挥霍、浪费、欺骗、讲排场是巴黎的爱情必不可少的，在路易十四的王宫中，一切女人对拉·华犁哀小姐羡慕不已，由于她的热情如火，这位有名的君王忘记了他的一对袖饰价值六千法郎，不惜撕破，以引起特·凡尔蒙陶阿公爵的注意。就拿这个例子来说吧，对别人，我们还能说什么呢？你必须年少，富有，有身份，如果可能的话，你具有越显赫的财富和名望，那就越好。你供给偶像的越多，如果你拥有一个偶像的话，她对你就越发宠爱。爱情也是一种宗教，为了信仰它，与信仰别的宗教相比，你必须付出更大的代价。而且它很快就会烟消云散。信仰消失后，你就如同一个淘气的小家伙，还必须惹下一些祸端。唯独住在阁楼上的穷光蛋才会拥有感情这种奢侈品。除此之外，真正的爱还留下些什么呢？如果巴黎社会的那些严厉的法规不是这样的话，只有在孤零零的生活中，在人情世故无法控制的心灵中发现它。这些心灵似乎是近乎清澈，一转眼的工夫，就消失了的却像不枯竭的泉水细流一般滋润着它们。他们守住阴凉，甘愿倾听来自于另一个世界的话语，他们认为，无论是在身内还是身外，都能听到它。他们一面埋怨乱世的桎梏，一边耐着性子等待自己升华。拉斯蒂涅却如大部分小伙子一样，预先领会到权势的味道，准备等拥有了整套装备后，再冲向生活的沙场，社会的疯狂已经感染了他，说不定他认为他有力量控制社会。但是他对这种野心的目标一无所知，又不明白该如何实现野心。如果一个人的生命缺少纯真和圣洁的爱情的充实的话，如此一来，对权力的期盼也可以让美好的事业获得成功——只要把所有个人的利益置之度外，把国家的荣誉当作目标。然而大学生尚未抵达远望人生而予以批判的地步。在内地长大成人的小孩经常会产生一些新鲜的念头，如同绿荫一般，保护着他们的年华。直到此时，拉斯蒂涅还对那些想法恋恋不舍。他总是犹犹豫豫的，没有勇气在巴黎冲浪。虽然他怀有很强的好奇心，然而一个真正的乡绅在古老的城堡中的快乐的生活总是铭刻在他的骨子里。尽管是这样，昨天晚上，他在新住宅里逗留时，剩下的一些担心都已烟消云散。前段时间里，他凭着出身四处风光，此时，他又具备一个有富足的物质生活这一条件，使得他完全除去了内地人的外表。悄无声息地获得了一个地位，发现一个美好的未来。于是，这间有一半属于他的会客室百无聊赖地等待着但斐纳的出现，欧也纳认为自己与过去刚到巴黎时相比，发生了巨变，回首往事，他问自己这个人是否就是原来的他。

“夫人待在睡房里。”丹兰士走了进来，对他说道，他被吓了一跳。

壁炉边摆放着一张双人沙发，但斐纳横躺在上面，容光焕发，精神抖擞，看到她浑身披着罗绮的样子，人们就会回想起生长在印度的那些漂亮的植物，鲜花尚未凋谢，却已结果了。

“哎，你看，我们又相见了。”她带着感激的神情说道。

“你猜猜我带来了什么？”欧也纳说罢，在她的身边坐了下来，抓住她的手，亲吻着。

特·纽沁根夫人正在阅读请帖，还做了一个高兴的动作。她的虚荣心得到了满足。她用水灵灵的双眼注视着欧也纳，用手臂挽住他的脖子，发了疯似地拉向自己。

“却是你（好心肝，她咬咬耳朵，叫道，丹兰士待在更衣室，我们必须注意点！）把这个幸福给予了我。对，我称之为幸福，是你给予我的，当然不只是自尊心得到了满足。无人愿意把我介绍到这个社会里，大概你认为我微不足道，爱慕虚荣，肤浅，如同一个巴黎女郎，然而你明白，朋友，为了你，我打算奉献我的所有，因此，我分外想走进圣·日耳曼区，原因还是你在那里面。”

“难道你不认为特·鲍赛昂夫人暗示她不想在舞会上与特·纽沁根男爵相见吗？”欧也纳问道。

“对，”男爵夫人让欧也纳拿着信，“那些夫人们有一种天才，可以如此肆无忌惮。然而管他呢，我将去赴约。我姐姐也将前去，她正在准备一套迷人的衣服。”她又压低嗓音，说道：“对你说吧！欧也纳，由于外面有风言风语，她有意想露面。有关她的风言风语，你不明白吗？今天早晨，纽沁根对我说，昨天，俱乐部里对她的事情议论纷纷，老天！女人的名声，家庭的名声，真是弱不禁风的了。他们侮辱了姐姐，我也失了面子。据说在外头，特·脱拉伊先签有十万法郎的借据，期限已到，别人要控告他了。姐姐无可奈何地向一个人出卖了她的钻石，你肯定见过她佩戴的那些漂亮钻石，那还是她婆婆传给她的呢！总之，两天以来，人人都在议论此事。怪不得阿娜斯大齐想定做一件衣衫，布料为金银线织锦缎做的，前往鲍府出风头，佩戴着钻石，让别人看。我不想不及她。她总想战胜我，从未好好地对待过我，我给了她许多帮助，她缺钱花时，我总是支援她。行了，不要闲操心了，今天，我要畅快地高兴一下。”

已是深夜一点了，拉斯蒂涅还没有离开特·纽沁根夫人家。她十分留恋地和他道别，暗示以后的幸福的道别。她带着伤感的神情，说道：“我恐惧极了，很迷信，不怕你嘲笑，我只感到心惊肉跳，担心这个福气我无法享受，会遭到天降横祸。”

欧也纳说道：“孩子！”

她面带笑容地说道：“是啊，今天晚上我变成了小孩了。”

欧也纳返回了伏盖公寓，一想到第二天就可以搬离此处，又体味着刚才的快乐，他便如许多小伙子一般，一路上美梦不断。

当拉斯蒂涅从门口经过时，高老头问道：“喂，一切如何？”

“明天我再告诉你。”

“你必须从头说起呀！行了，睡觉去吧！明天，我们便可以过上幸福的日子了。”

第二天，高里奥和拉斯蒂涅等待着运输行的人的到来，以便离开此地，没想到中午的时候，突然，一辆马车驶在圣·日内维新街上，在伏盖公寓门口停下来了。特·纽沁根夫人下了马车，向人打听父亲是否依然待在公寓里。西尔维说是的，她便匆匆忙忙地走上楼来。此时欧也纳正待在自己房中，他的邻居却对此一无所知。用午餐时，他请高老头为他搬一下行李，并约好四点时相会于阿多阿街。老人出门去了，寻找搬运工，欧也纳则赶忙去了一趟学校，应了声到，又回来了，和伏盖太太把账结一下。他不愿意托高老头代办此事，担心他倔强，会要把欧也纳的账代付了。房东太太外出了，欧也纳来到楼上，看看是否遗忘了什么，他认为这个主意不错，因为他在抽屉里找到了一张借据，那是写给伏脱冷的，上面没见抬头人。那天偿清了之后，他随手把它扔在抽屉里。由于没有火苗，他正想撕碎它，突然，但斐纳的嗓音传人了他的耳中。他便不想发出任何声音，立即停止了动作，倾听她说话。他以为但斐纳不会有什么事情瞒着他了。没听多久，他便感到父女俩的交涉很有出人，只得细心继续偷听。

“啊，爸爸，”她说道，“为什么老天没让你早点想到为我把家产夺回来呢？搞得如今我要破产，我能说话吗？”

“可以，屋中无人。”高老头用奇怪的腔调答道。

“你咋啦，爸爸？”

老人说道：“你给了我迎头一棒，孩子，上帝宽恕你！你不明白我是多么爱你，如果你明白，就不会立刻说出来，说出这样的话语！而且，事情还不至于毫无希望，有啥了不起的事情，让你在此时此刻来到此地？我们不是约好片刻之后在阿多阿街见面吗？”

“哎呀！爸爸，天降横祸，片刻之间还能拿出什么主意！我急得要命？你的代理人提前发现迟早都会发现的背时的事情。你做生意的老经验可以立刻派上用场，我跑来求助于你，如同一个人被水淹没了，即使是一根枝条也会牢牢地抓住的。但尔维先生见纽沁根百般找碴子，便威胁他说，法院马上同意划分家产的要求。今天早晨，纽沁根来到了我的房中，问我是否意欲同他同时破产。我答道我对这些事情一窍不通。我只明白我拥有一份家产，我有权管理它。所有的交涉都应向我的诉讼代理人咨询，我一无所知，无法说什么，你不是让我如此回答他吗？”

高老头答道："没错。"

"唉，然而他把生意上的情况对我说了。所说他向一个新成立的企业投入了我们俩人的资本。为了它，我们必须放出大笔的款项。如果我逼迫他把陪嫁还给我，他将宣布破产。如果我愿意等待一年，他以名声作保，把双倍或三倍的财产还给我。因为他用我的钱投资地产，当那笔生意完成了以后，我就拥有对我的全部财产的支配权。亲爱的爸爸，他说这话时，态度十分真诚，我听他这么说，心中很恐惧。他请求我原谅他以前的所作所为，愿意给予我自由，同意我随心所欲地做事。只要我把我的名义给予他，他全权处理这些事情。为了表明他是诚心诚意的，他说，我可以随时委托但尔维先生察看那些认定是我的产权的文件。总而言之，他捆住了自己的手脚，让我处理。他提出当两年当家人的要求，请求我按他规定的标准花销，不另外花钱。他证明给我看，说他的能力之所及只是顾全脸面，他已让舞女离开了他，只得暗暗节约，才能支撑到投机事业完成的时候，而不会使信用发生动摇。我和他吵，假装对此毫不相信，步步紧逼，以便多知晓一些细节。他把账本给我看，最后他流泪了。我从未见过一个男人落到如此地步，他急得要命，说想自尽，疯了似的，我见此情景，很可怜他。"

"你对他的胡言乱语信以为真吗？"高老头喊了起来，"他在演戏！我和德国人做过生意，每个人都老老实实的，十分单纯，然而一旦他假装老实，玩弄手腕、耍赖时，他们比别人更加厉害。你丈夫在骗你，他感到被你逼得没了退路，便假装自杀，想凭借你的名义，因为这样比他自己亲自出面更加自由。他意欲以此来避免生意上的变化。他很坏，而且狡猾，真不是个东西！不可以！不可以！见你不名一文，我是不想死的，我还明白一些生意经。他说在某些企业上投入了资金，那好，如果那样的话，他肯定有证券、借据、合同等证明。叫他拿来和你算一下。我们会选择做最佳的投机事业，如要冒风险，我们也要自己来冒风险，我们把追认文件拿到手，清楚但斐纳·高里奥，特·纽沁根男爵之妻，自主支配产业。

他以为我们是笨蛋吗？这个小子！他当我知晓你失去了财产，没饭吃，可以忍受两天么？哎，哪怕一天，一夜，甚至两个小时我都难以忍受。如果你真的走到了那种地步，我还能活着吗？哎，咋啦？我忙碌了四十个年头，肩背面粉袋，风里来，雨里去，不舍得吃、穿，一切为了你们，为了我的两个安琪儿——我只需看到你们，一切劳累，一切重负都变轻松了，然而今天，我的家产，我的终生所有都变成了烟！是要把我活活气死，以世间一切神灵的名义发誓，我必须搞清楚这些事情，必须清查账目、银箱、企业。如果，不是有证据，知道你的财产完好无损，我还能人梦吗？还能躺在床上吗？还能吃？感谢上帝，幸好婚书上清清楚楚地写着，你的财产独立。幸好你的代理人是但尔维先生，他安守本分。请上帝为你作证！一直到死，你都必须拥有一百万的家产。必须拥有五万法郎的年收入。否则，我会闹遍整个巴黎。嘿，嘿，如果法院不公平地判决，我将向国会请愿。当明白在钱财方面你没有损失时，我的一切痛苦才会减轻，我的悲哀才能排除。金钱便是生命，拥有了金钱，一切都有了。他胡说些什么，这个亚尔萨斯死胖子？但斐纳，对于这只肥猪，你不能让出一个子儿，过去，他用锁链把你捆住了，把你折磨得如此痛苦。如今，他却需要你的援助，行！我们揍他，让他守规矩些。老天，我怒火中烧，头脑里有些东西在燃烧！咋了？我的但斐纳在草垫上躺着。噢，我的但斐纳！——见鬼！我的手套在哪儿？哎，走，我要去搞清楚账本、营业、银箱、信件，并且是当场、马上！直到我明白你的财产安然无恙，我亲眼看见了这一幕，我才能放下心来。”

“亲爱的爸爸，你必须留心哪？如果你想利用此事来发泄怒火，表现出和他过不去的样子，我就彻底地完了！他了解你，觉得我惦记着财产，完全是你教的，我敢打赌，他不但此时把我的财产抓在手中，而且以后也是如此。这个无赖会把一切资金席卷一空，扔下我们，然后溜了。他也明白我不愿因要追查他而跌了自己的面子。他既凶狠，又没有骨气。我思考清楚了一切。如果把他逼得太狠了，我会破产的。”

“他是个诈骗犯吗？”

“唉，没错，爸爸，”她歪在椅子上，泪如雨下，“我素来不想告诉你，免得你为了让我做了这种人的妻子而万分悲伤！他的良知，他的私生活，他的灵魂，他的躯体，都已配好了。几乎令人生畏，我仇视他，又轻视他。你想想，无耻的纽沁根告诉了我那些话，我还会尊敬他吗？在生意上能够做出那种事情的人是肆无忌惮的。因为我已把他的心思看穿了，因此我才感到恐惧。他清清楚楚地同意了，他，我的丈夫，同意给予我自由，你明白这指的是什么吗？即在他不走运的时候，我愿意被他利用，愿意出面，他就能给予我自由。”

高老头喊道：“然而法律还存在呢！还为这种女婿准备了葛兰佛广场呢！如果没有执刑者，那我来干，把他的头割下来。”

“不，爸爸，不存在处理这个人的法律。抛却他的甜言蜜语，倾听他骨子里的话语吧！或者就平安无事，不名一文，因为我不能把你抛下而去找别的同伙，或者我坚持干，办好事情——这还不懂吗？他还离不开我呢！他可以对我的为人放心，明白我不会占有他的家产，只想把属于我的那一部分保住！为了不破产，我只得和他做成这种肮脏的、偷东西式的交易。他把我的良心收买了，条件便是让我和欧也纳继续来往——我同意你胡作非为，你必须允许我犯罪，让那些可怜虫耗尽家产！——这话还说得不清楚吗？你明白他所说的企业是什么吗？他买了空地，让那些木偶式的人修建房屋。他们一面与许多营造厂订下了合同，款项分期支付，一方面向我丈夫低价出卖房屋。接着他们对营造厂宣布破产了，把尚未支付的款子给赖掉。纽沁根银行的这块招牌欺骗了可怜兮兮的营造商人。我明白这一点。我还明白，为了提防在将来的某一天，要证实他早已支付了数目庞大的款项，纽沁根向阿姆斯特丹、拿波里、维也纳送去了数目庞大的证券。我们又如何能抢回证券呢？”

高老头那重重的膝盖着地的声音传人欧也纳的耳中，也许他跪倒在地了。

老头子喊道："我的主！我有什么对不起你的地方吗？女儿才被这个浑蛋控制着，任凭他的支配，孩子，对不起！"

但斐纳说道："没错，我跌进了泥坑，说不定这是你的过错。我们嫁为人妇时毫无头脑！社会、生意，男人、品行，我们又明白哪一点呢？做爸爸的该为我们思考这一切。亲爱的爸爸，我对你毫无怨言，请原谅我如此说话！都是我错了，好了，爸爸，不要流泪了。"她在老人的前额上亲吻着。

"我的小但斐纳，你也不要流泪！给我你的双眼，我亲吻一下它，把你的泪水擦干，行了，我前去找那个大头鬼，整理一下他那乱糟糟的事情。"

"不，还是我去吧！我会应付他的，他对我还有爱呢！唉！行了，我将发挥这一点影响，让他立刻在不动产上投入一部分的资金。也许我可以让他以纽沁根夫人的名义，在亚尔萨斯，置办一些田地，他很重视老家，只是明天你必须把他的账目和业务清查一下，但尔维先生对生意一窍不通。哦，不能在明天动手，我不想发火。特·鲍赛昂夫人将在后天举办舞会，我一定要养得精神抖擞，分外漂亮，为亲爱的欧也纳争光。过来，我们到他屋里去看看。"

一辆车子停在圣·日尔维新街，特·雷斯多夫人的嗓音在楼梯上响起来了，"我爸爸没出去吧？"她向西尔维问道。

她为欧也纳解围了，他原想在床上假寐。

但斐纳分辨出那是姐姐的嗓音，说道："啊，爸爸，无人与你提及阿娜斯大齐吗？好像她府上发生了事情。"

"你说什么？"高老头说道，"我的末日来临了！真可谓大水单淹独木桥，可怜我如何受得住呢！"

"爸爸，你好！"伯爵夫人走进门来，和爸爸打招呼，"呀，但斐纳，你也在此。"

特·雷斯多夫人一见到妹妹，十分拘束。

"娜齐，你好，我在这儿，你感到纳闷吗？我天天见到爸爸。"

“从何时开始的？”

“如果你到这里来的话，你就会明白了。”

“但斐纳，不要讥讽我了。”伯爵夫人几乎带着哭腔说道，“我太苦了，一切都完了，可怜的爸爸，这回我可真完蛋了。”

“怎么回事，娜齐？”高老头大声问道：“说来听听吧，孩子。哎，她的神情不正常，但斐纳，快，快去扶着她，小宝贝，你待她好些，我就更加疼你。”

“可怜的娜齐，”但斐纳搀扶着姐姐，坐了下来，说道，“你说吧！你看，在这个世界上永远爱着你的只有我们俩。原谅了你的一切！看见了吗？最可靠的感情是骨肉亲情。”她把嗅盐给伯爵夫人闻了闻，后者活过来了。

“我要没命了！”高老头说道，“过来，你们俩都来。我感到寒冷，”他翻动着炭火，“发生了什么事情，娜齐？快说来听听，你想我死呀……”

“唉，我丈夫知晓了一切。爸爸，上一次，玛克辛的那张借据你没忘记吧？那并非他的首笔债务。我早已为他偿还了不少的债务。正月上旬，我见他满面愁容，对我一声不吭，然而情人的心思是最容易猜中的，一点琐事就已足够了，况且还有预感呢！那时候，他更加多情，更加柔情似水，我老是一次比一次高兴。可怜兮兮的玛克辛！后来他对我说，原来他想和我永别，意欲自尽。我竭尽全力地逼迫他，苦苦地哀求他，面对着他，跪倒在地，长达两个小时，他这才告诉我他负债十万法郎！哦，父亲，十万法郎！我都发疯了。你无法拿出这笔钱，我已花光了一切……”

“没错，”高老头说道，“我无计可施，只有去盗窃。然而我会去盗窃的呀，娜齐，我会的。”

姐妹俩一听此言，默默无语。这句悲惨的话语说明爸爸已经爱莫能助，陷入了痛苦和绝望。如同一个人垂死时被痰堵住导致的昏厥，也如一同石子掉进了深渊，说明了它的深度。世上还有什么一心为己的人，闻听此言后，依然毫不动心呢！

“所以，爸爸，我把别人的东西给挪用了，筹集到了钱。”伯爵夫人带着哭腔说道。

但斐纳动情了，把脑袋倚着姐姐的脖子，她也泪流满面了。

“这么说，外面的谣言是事实了？”但斐纳问道。

娜齐垂下了头，但斐纳搂着姐姐，温和地亲吻她，将她抱在怀中，说道：

“我对你只存在爱，没有丝毫的责备之意。”

高老头吃力地说道，“为什么当灾难降临时，你们两个小天使才愿和和睦睦的呢！”

由于得到了热烈的鼓励，伯爵夫人接着说道，“为了拯救玛克辛，为了挽救我的欢乐，我去找了那个与你们相识的人。同魔鬼一般残酷的高勃萨克，带去了雷斯多眼中最伟大的、家传钻石，全部卖掉了他的，我的，都卖了！明白吗？玛克辛平安无事，我彻底地完蛋了，雷斯多知晓了一切！”

高老头问道：“他是如何知晓的？谁对他说的？我要杀了他！”

“昨天，他让我去他房中——他对我说，阿娜斯大齐……（一听他的语气，我便明白了）你的钻石放在何处？——放在我的房间里，——不，他注视着我，说道，在这里，就放在我的柜子上。——他让我看那盖着手帕的匣子，说，你明白它来自何处吗？——我跪倒在地……泪流满面地问他将如何处死我。”

“哎，你竟出此言，”高老头叫道，“老天在上，哼，只要我有一口气，我就要用小火慢慢地烤那个害了你们的人，将他割成一片，一片的，如同……”

高老头突然闭嘴了，话儿哽在喉咙里，娜齐又说道：“结果他要求我干的事情还不如死。老天，希望女人们永生永世也不会听到这种话语。”

“我将要他的命，”高老头冷若冰霜地说道，“可恨的是，他对我欠下了两条生命，可他只有一条生命，然后他又说了些什么？”高老头注视着阿娜斯大齐，问道。

伯爵夫人停顿了片刻，说道，“他注视着我，说道：——阿娜斯大齐，我可以毫不计较，依旧和你过着同居的生活，我们已有子女。我不把脱拉伊打死，因为我不可能击中他，如用别的手段打死他，我又要违反刑法。在你的怀中将他打死吧，孩子们又有何面目示人？为了不伤害孩子们，孩子们的爸爸——我，我提出两个要求。首先，你对我的问题做出回答，有没有我的孩子，我答道有。他又问道——谁？——欧纳斯德，长子。——行，他说道，此时你立下誓言，从此依从我一件事情。（我便立下了誓言）什么时候我提出要求，你就必须在你的财产的卖契上签字。”

“不可，”高老头喊道，“永生永世也不可签字。哇，雷斯多先生，你不能为女人带来幸福，她亲自去寻找，你不感到有愧，反而惩罚她？……哼，你得留心点！我还在呢！我会在处处等候着他。娜齐，别担心，啊，他还放心不下他的儿子。行，行。让我把他的儿子掐死，哎呀！天杀的，他是我的外孙呀！如此说来，这么办吧！我可以见到小孩子，我让他躲在乡下，你不用担心，我会好好地照料他。我能让这个魔鬼屈服，告诉他，我们拼命吧！如果你想要儿子，就得把财产还给我的女儿，给予她自由。”

“我的爸爸！”

“没错，你的爸爸！唉，我是一个真正的爸爸！这个无赖显贵不对我的女儿造成伤害，那还行，天杀的！我不明白我有多大的怒气！我如同一只虎，巴望吞掉这两个男人。哎呀！孩子们，你们过的这种日子！我都着急得要发疯了。我一翻双眼，你们还行？做爸爸的应该和女儿同样长寿。主啊，你把世界搞得多么糟糕，别人还说你圣父生有圣子呢！你该庇护我们，不要让女儿吃苦。亲爱的安琪儿，咋啦？直到你们遭受了苦难时，我才能与你们相见么？你们只让我看见泪水。哎，没错，你们爱我，我明白。过来吧，来这里诉苦吧！我的心无比宽广，可以容纳任何东西。是啊，虽然你们把我的心弄破了撕成了几片，可那依然是片片慈父心。我巴望代替你们吃苦！啊，儿时的你们是多么快乐！……”

“唯有在那时，我们过的才是好日子。”但斐纳说道，“在阁楼上的面粉袋上滚来滚去的时光呢！”

“爸爸，事情远远不止这些呢，”阿娜斯大齐凑近老人的耳边，吓得他一跃而起。“钻石的卖价还不及十万法郎，别人控告了玛克辛，还有一万二千法郎没有着落，他同意了我的要求，从此以后，老老实实，不再涉足赌场。你明白，我只拥有他的爱情，除此之外，我什么都没有。我付出的代价是那么大，如果没有爱情，我只好死去了。为了他，我把财产，名誉，良知，孩子都牺牲了。唉，至于你可以出出主意，不要让玛克辛身陷囹圄，丢了面子，我们必须给让他混出一个名堂来。如今，他不仅要对我的幸福负责任，而且还要对两手空空的孩子们负责任，他被关进了圣·贝拉伊，一切都彻底地完蛋了。”

“娜齐，这笔钱我拿不出来。我一无所有了，一无所有了。世界末日真的来临了。哎呀，世界要塌陷了，这是肯定的。你们走吧！去逃生吧！呃，我还拥有银搭扣，六套银制刀叉，当年，我最早买下了它们，然后，我的终身年金只有一千两百法郎……”

“你的长期存款呢？”

“我出卖了它。只把那笔小数目留了下来，以支付日常花销。我为但斐纳把一个屋子布置齐全了，需要花费一万二千法郎。”

“但斐纳，那屋子是在你的家里吗？”特·雷斯多夫人向妹妹发问道。

高老头说道：“为什么问这个，反正已经花光了一万二千法郎。”

伯爵夫人说道：“我猜得不错。这笔钱是为特·拉斯蒂涅先生花的。唉，可怜的但斐纳，行了。看看我落到了什么样的地步。”

“亲爱的，特·拉斯蒂涅先生不会让情人不名一文的。”

“但斐纳，十分感谢你！没想到，当我处在紧要关头时，你会如此待我。确实，你从未对我产生过爱。”

“娜齐，她爱你。”高老头说道，“刚才，我们提及了你。她说你真迷人，她自己则只是好看而已。”

接着，伯爵夫人又说道：“她，那么冷若冰霜的，还谈得上好看？”

“随便你说什么，”但斐纳满面通红地答道，“然而你又是如何待我的呢？你不承认我是你的妹妹，凡是我想去拜访的人家，你都把门路给堵死了。稍有机会，就找我的碴儿。我是否曾向你那样从可怜的爸爸这儿骗了一千又一千，挤干了他，让他走到了这种地步？看吧，这便是你的功劳，姐姐。然而我尽一切可能前来探望爸爸，并未将其拒之门外，当用得着他时，又来舔着他的手。为了我，他用去了一万二千法郎，事先我对此一无所知。你是清楚的，我从不胡乱用钱。再说即便爸爸送我礼物，我也从未向他要过。”

“你比我快乐，特·玛赛先生富有，你心里清楚。你总是如同金子一般小气。再见了，我没有姊妹，也无……”

高老头喝令道：“住口，娜齐！”

但斐纳对娜齐的话做出了答复，“只有你这种姐姐才会和别人一起说我的风言风语，已经无人相信你的这种话语了．你是野兽。”

“孩子们，孩子们，不要再说了，否则我会在你们的面前死去。”

特·纽沁根夫人接过了话头，说道：“好了，娜齐，我谅解你，你背了时。然而我做人和你不一样。你对我这么说话，正当我想把胆子放大些，助你一臂之力时，甚至想来到丈夫的房间里，向他乞求，我从不愿如此，即使是为我自己或者为……九个年头过去了，你对我的讥讽，这总对得起它吧？”

爸爸说道：“孩子们，我的孩子们，你们拥抱在一起吧！你俩是一对好心的安琪儿呀！”

“不，不，你把手放开，”伯爵夫人从爸爸的手臂中挣脱开来，不肯接受他的拥抱，“与我丈夫相比，她还要残忍，别人还认为她贤惠呢！”

特·纽沁根夫人答道："哼，我宁愿听别人说负特·玛赛先生的债，也不想承认把二十多万法郎花在特·脱拉伊先生身上。"

伯爵夫人面对着她，迈了一步，喊道："但斐纳！"

男爵夫人用冷冰冰的口气答道："你造我的谣，而我只是实话实说。"

"但斐纳，你是……"

高老头向前扑去，把娜齐拉住，并用手放在她的嘴上。

娜齐说道："哎呀，爸爸，今天，你接触了什么？"

"呀，对，我忘记得一干二净，"可怜的爸爸在裤子上擦拭了好长时间，"我不清楚你们会前来此地，我正准备搬走。"

女儿这么埋怨他，他很快乐，以便女儿把怒气撒在他的身上。他坐了下来，说道：

"唉，你们把我的心撕碎了，我将要死去了，孩子们，如同有一团火在脑中燃烧，你们应该和和睦睦的，互敬互爱。你们要我死了。但斐纳，娜齐，行了，你们俩都有对有错。喂，但斐纳，"他噙着泪水注视着男爵夫人，"她需要一万两千法郎，我们来为她筹集一下吧！你们不要如此瞪着眼睛呀！"

他在但斐纳的面前跪了下来，附耳对她说道："让我快乐快乐吧，向她赔礼道歉吧！她比你更背时，对吗？"

爸爸带着痛苦不堪的神情，如同一个疯子和野火，但斐纳害怕极了，说道："可怜的娜齐，一切都是我的错，来，抱我一下吧！"

高老人说道："只有如此，我的心里才会好受的，然而这一万二千法郎去哪儿弄呢？大概我能替人参军。"

"啊，爸爸，不可如此，不可如此。"两个女儿在他的身边叫道。

但斐纳说道："你有这种想法，只有主才能给你回报，我们即便是粉身碎骨，也难以补报。是吗，娜齐？"

"而且，可怜的爸爸，即便替人参军，也只是一点点钱呀，没有多大的用处。”娜齐答道。

老人彻底地绝望了。喊道：“这么说来，我们出卖性命也不行么？只要有人救了你的命，娜齐，我愿为他奉献生命，为他杀人放火。我心甘情愿地如伏脱冷一样，被抓进了苦役监。我……’他突然打住了话头，如同雷劈了他似的，他撕扯头发，说道：“一无所有了！如果我明白去哪里偷，那该多好呀！只是很难找一个可以盗窃的地方。去抢劫银行吧！既要帮手，又费时！唉，我应该死去，只有死去了！已经毫无用处了，再也不能自称爸爸了！再也不能了，她找我要钱，她着急用钱，而我，见鬼的家伙，居然不名一文。啊，你存了终身年金，你这老浑蛋，你把女儿抛到了九霄云外了？难道你对她们没有爱吗？死去吧！如野狗一般告别人世吧！是的，我都比不上狗，至少狗不会如此行事，哎呀，我的头在燃烧！”

“哦，爸爸，不能这样，不能这样！”姐妹俩把父亲给拦住了，不让他以头撞墙。

他放声大哭，欧也纳害怕极了。把以前立给伏脱冷的借据拿了起来，印花本已不止原来的借款数，他把数字改动了一下，变成一张有一万二千法郎的借据。并把高里奥的抬头写了上去，拿着借据走向伯爵夫人。

“夫人，这是你的钱，”他递给她借据，说道：“我本已进入梦乡，你们的谈话惊醒了我，我才明白我欠高里奥先生一万二千法郎。这是借据，你拿去吧！期限一到，我肯定会还清的。”

伯爵夫人把借据拿在手中，没有动弹，她脸色苍白，全身颤抖，气愤之极，喊道：

“但斐纳，我可以原谅你的一切，上帝可以充当证人！然而这一招呀！哇，你分明清楚他待在屋中，你居然如此下流！以他来报复我，让他得到我的隐私、生活，孩子的情况，我的耻辱，名声，滚，我不认识你，我仇视你，我会好好收拾你……”由于气愤，她无法说话，喉咙里干巴巴的。

“哎，他是我的儿呀！是我们的孩子，是你的兄弟，你的救命恩人呀！”高老头叫了起来，“娜齐，过来拥抱他！你看，我在和他拥抱呢！”说罢，他竭尽全力地搂着欧也纳。“嗯，我的孩子，我不仅要成为你的爸爸，还要做你的一切亲人。我巴望成为上帝，让你脚踩世界。过来，娜齐，亲亲他，他不是一个凡夫俗子，是个天使，货真价实的天使。”

但斐纳说道：“不要理睬她，爸爸，她是个疯子。”

特·雷斯多夫人说道：“疯子，疯子，你又如何呢？”

“孩子们，如果你们再这样，我会死去了。”说罢，老人如同一颗子弹似的，倒在床上，“她们把我逼死了。”他喃喃自语。

这场不可开交的争吵使欧也纳神情恍惚，呆呆地站在一旁。但斐纳匆匆忙忙地把爸爸的背心解开了，娜齐却是一副无所谓的样子。她的嗓音、眼神、举止、都带着询问的意思，呼唤了一声欧也纳：

“先生——”

没等她提出问题，他就答道：“夫人，我肯定还清，绝不告诉别人。”

老人昏迷了，但斐纳喊道：

“娜齐，你逼死了爸爸。”

娜齐却拔腿跑向门外。

“我谅解她，”老人睁开了双眼，说道，“她的处境太恐怖了。即使是头脑冷静的人也难以承受。你出言劝慰娜齐吧，好好地待她，你必须表示同意，对你垂死的爸爸作个答复。”他把但斐纳的手握得紧紧地说道。

但斐纳惊讶不堪，说道：“你发生了什么事情？”

爸爸答道：“没事，没事，一会就好了。我感到脑门上压着东西，也许是头痛。可怜的娜齐，以后她该如何是好呀？”

正在这时候，伯爵夫人回到了房中，在爸爸的脚边跪倒了，喊道：“对不起！”

“唉”，高老头答道，“如今你让我更不好受了。”

伯爵夫人热泪盈眶地向拉斯蒂涅打招呼：“先生，我一下急得昏头昏脑的，使你蒙冤，你真如兄弟一般地对待我吗？”她把手伸给了他。

“娜齐，我的小娜齐，忘记这一切吧！”但斐纳搂着姐姐叫道。

“我会记得的！我！”

高老头叫道：“你们都是安琪儿，你们让我再次看见了光明！你们的嗓音让我苏醒了。你们再互相拥抱一下吧！喂，娜齐，这张借据可以救下你的命吗？”

“希望是这样的，喂，爸，你能鉴字吗？”

“是呀！我真见鬼！竟把签字给忘了。刚才我身体有点不适，娜齐，不要恨爸爸呀！你办完事后，立即派人前来告诉我一下。不，我还是亲自前去的，哦，不，我不能去，我不想与你的丈夫相见，我会立即打死他的，他别想把你的财产抢走，我还在呢！赶快走吧！孩子，设法让玛克辛放老实些！”

欧也纳见此情景，呆了。

特·纽沁根夫人说道：“可怜的娜齐素来脾气急躁，但是她有一颗善良的心！”

“为了借据的背书，她才返回来了。”欧也纳附耳告诉但斐纳。

“果真如此？”

“我希望并非如此，你必须提防她。”他抬起双眼，似乎是对上帝说了没有勇气明说的话语。

“不错，她总是装模作样，可怜的父亲对她的那一套信以为真。”

“你感觉如何？”拉斯蒂涅向老人问道。

“我想睡觉。”高老头答道。

欧也纳帮高里奥躺在床上，老人握住但斐纳的手，进入了梦乡时，她准备离开这儿，向欧也纳说道。

“今天晚上，在意大利剧院里，我等你。到那时，你再把爸爸的情况告诉我，明天，你必须搬家了，让我参观参观你的房间吧！”她刚刚迈进了房门，就惊叫起来，“哎，见鬼！你住的地方比爸爸的地方还要糟糕，欧也纳，你太善良了，我会更加爱你，然而，孩子，如果你想挣下一份家产，就不能随心所欲地把一万两千法郎扔出窗外。特·脱拉伊先生是个赌徒，姐姐不愿明白这一点。一万二！他会去把一座金山输掉或者赢掉的地方去筹款。”

“哼”的一声传人他们的耳中，俩人便走回了高里奥的房间，他好像已经进入了梦乡，一对情人走到他面前，只听见他说：

“她们在受折磨呢！”

“喂，你感觉如何？”她问道。

“还行。你不要为我担心，我马上要到街上去。行了，行了，孩子们，你们尽情地玩去吧！”

欧也纳把但斐纳送到了家中，由于对高里奥放心不下，他没有同意和她一起吃饭。他回来了，见高老头已经起床了，正在准备用餐。皮安训选择了一个位子，可以细细地端详老人，见他闻着面包，分辨面粉的样子，发现他的动作有点僵硬，便摆出了一个悲哀的举止。

“到这里来坐，实习医生。”欧也纳对他说道。

皮安训十分愿意换个地方坐，可以离老头子更近了一些。

“他得了啥病呀？”欧也纳问道。

“如果我没瞧错的话，他完蛋了。他的身上发生了一些奇怪的变化，可能不久以后就要脑溢血了。他的下半张脸还凑合，上半张脸的全部线条都被扯向脑门。那种奇怪的目光也说明脑子里已经涌进了血浆。你看，他的双眼不是如同布满了微尘吗？明天，我能看得更清晰些。”

“他能获救吗？”

“已没有希望了。说不定能够延续几天，如果能够把反应控制在身体的下部，比方说，把它控制在腿部，明天夜晚，如果病情继续恶化，那么这个可怜虫就完蛋了，你明白他是如何染病的吗？肯定是他的精神上遭到了重大刺激。”

“没错。”说罢，欧也纳回想起了两个女儿不停地给父亲的心带来刺激。

“至少但斐纳孝顺爸爸！”他暗暗心想。

夜晚，在意大利剧院里，他小心翼翼地说话，生怕特·纽沁根夫人手足无措。

“你别着急，”刚听了几句，她便答道，“爸爸身强力壮，只是今天早上我们刺激了他。我们的财产遇到了麻烦，你明白这件背运的事情的严重性吗？如果不是你的爱情让我变迟钝了，我会不活的。爱情为我带来了生活的趣味，此时，我只担心爱情消失了。除了这个，我对一切都不在乎，世界上没有我爱的东西了。你是我的全部，如果我认为富有便是幸福，那也是为了讨你的欢心。可以不害羞地说我的孝心不及我的爱情，我不明白为什么如此。你的身上有我的整个生命。父亲把一颗心给予了我，然而拥有了你，它才跳动起来。即使所有的人都骂我，我也在所不惜。你无权恨我，只要你可以为我赎去我为了难以抗争的感情而犯下的罪行就可以了。在你的眼中，我是失去了良知的女儿吗？噢，并非如此，我怎会不对一个像我们那样的好父亲产生爱呢？然而我能不把我们那让人叹息的婚姻的不可避免的结局告诉他吗？为什么当时他不阻止我们？他不是该为我们考虑吗？直到今天，我才明白他和我们一样难受，然而又能怎样呢？出言相慰吗？无法安慰，咬紧牙关，逆来顺受吗？那与我们的出言相责和哭诉相比，会更让他不好受，人生的一些片断几乎都充满了酸楚。”

真正的情感如此坦诚地表露出来，欧也纳倾听着，被她感动了，默默无语，尽管巴黎女人经常矫揉造作，极其爱慕虚荣、自私自利，既肤浅又无情，然而一旦她动了真情，可以比别的女人为爱奉献更多的真情，可以抛弃所有的小心眼和无耻，变得崇高起来，进入极高的境界。再说，当女人和天性（譬如说骨肉之情）被一种极其狂烈的情感隔开了，产生了隔阂之后，她抨击天性时所流露出来的深刻和无误，也让欧也纳私下里惊讶不已。特·纽沁根夫人见欧也纳一声不吭，心中有点不高兴，向他问道："你在思索什么？"

"我在回味你所说的话。我素来以为你对我的爱比不上我对你的爱呢！"

她微微笑了一下，努力不表现出心中的欢乐，避免交谈越轨。年少而纯真的爱情自然有些感人肺腑的话语，她从未听到过。又说了句话，她便要不耐烦了。

她将话题一转，说："欧也纳，难道你还没听到那条消息吗？明天，所有的巴黎人都要前往特·鲍赛昂夫人家，洛希斐特与特·阿瞿达侯爵已经商量好了，严密地封锁消息，他们的婚约明天就可获得王上的批准，还瞒着你那可怜的表姐呢！她无法把舞会取消，然而侯爵不会出席了，这件事传得沸沸扬扬。"

"大家讥讽一个人遭到侮辱，私下里却在为这件事情出力。你不明白特·鲍赛昂夫人会被这事活活地气死吗？"

但斐纳面带笑容地说道："不可能的，这种女人你不懂。然而所有的巴黎人都要前往鲍府，我也要如此——托你的福！"

"巴黎谣言满天飞，也许这又是件没影的事情。"

"明天，我们就会知道的。"

欧也纳并没返同伏盖公寓，他决心享用一下他的新房子。昨天深夜一点时，他告别了但斐纳，今天深夜两点时，但斐纳告别了他，回到了家里。第二大，他很晚才起床，中午等待特·纽沁根夫人的光临，并共进午餐。年轻人全心全意地埋头享乐，欧也纳几乎把高老头抛到了脑后。他一件件地使用新房里的那些无比精致的摆设，真是无比地高兴。另外特·纽沁根夫人也在那儿，更加提高所有东西的价值。大约四点钟时，一对情人想到了高老头，想起他很想来这儿住，享享福。欧也纳觉得如果老人生病了，应该赶快接他过来。他告别了但斐纳，一路奔跑，来到伏盖公寓，饭桌上没有高里奥和皮安训。

“喂，”画家冲他打招呼，“高老头病了，皮安训正在楼上照顾他。今天，老头与一个女儿见面了，即特·雷斯多喇嘛伯爵夫人，后来他外出了，病情加重，也许我们会失去一件漂亮的古玩了。”

拉斯蒂涅向楼上冲去。

“喂，欧也纳先生！”

“欧也纳先生，夫人让你去一下。”西尔维喊道。

“先生，”寡妇说道，“高里奥先生和你本应于二月十五日搬出公寓，如今已经超过期限三天，今天是十八日，你们必须再支付一个月的钱。如果你可以为高老头担保的话，你打声招呼就可以了。”

“为什么？你怀疑他？”

“相信！如果老头子昏过去了，死去了，他的女儿们不会给我一个子儿的，他的那些破破烂烂的东西总计都没有十法郎呢！今天早上，他不知为何卖掉了剩下的餐具，他的脸色与小伙子无异，上帝，请宽恕我，我还以为他涂了脂粉，变年轻了呢！”

“我负责一切。”欧也纳说罢，心慌意乱，生怕又引起了麻烦。

他跑到了高老头的房中，老人在床上躺着，他的身旁坐着皮安训。

“你好，老人家！”

老人对他温和地微微一笑，用一双如同玻璃似的眼睛注视着他，问道：

“她如何？”

“很好，你怎么样？”

“凑合。”

“不要让他费神。”皮安训拉着欧也纳，来到了屋里的一个角落，对他叮咛道。

“情况如何？”欧也纳问道。

“除非会出现奇迹，脑溢血开始发作了。此时他贴了芥子膏药，幸亏他尚未失去知觉，药性发挥了作用。”

“能否把他搬到另外一个地方去？”

“不可以，他必须待在此地。不能为他带来细微的行动上或精神上的打击……”

欧也纳说道：“皮安训，我们来照料他吧！”

“我已经请了医院的主任医师来看过他。”

“结果如何？”

“明天晚上，才会见分晓。他同意下了班后就到这里来，不幸的是，今天早上，这个背时鬼胡闹，不愿说出原因。他脾气倔强，如同一头驴。我对他说话，他假装没听见，假装睡着了，毫不理睬我，如果他睁开了双眼的话，老是哼哼叽叽的。早上他出门了，在街上乱跑，不知去了哪儿，他拿走了一切值钱的东西，做了几笔见鬼的生意，搞得疲惫不堪，他的一个女儿到这里来过。”

“是伯爵夫人吗？是不是身材高大，头发呈深色，双眼很机灵很漂亮，腰脚柔软，双脚很好看的那一个？”

“没错。”

拉斯蒂涅说道：“我陪伴他片刻。我问他，他会对我说的。”

“我趁机去用午餐，切切不可让他激动，我们还有一点点的希望呢！”

“你别担心。”

皮安训走后，高老头对欧也纳说道：“明天，她们可以高高兴兴地玩一玩了。她们将要出席一个大型舞会。”

“老人家，今天早晨，你干什么去了？如此疲劳，在床上躺着？”

“什么事也没干。”

“阿娜斯大齐来找过您，对吗？”拉斯蒂涅问道。

“没错！”高老头答道。

“哎，不要对我隐瞒，她又要什么？”

“唉，”他竭尽全力，说道，“她太苦了，我的孩子！自从发生了钻石事件后，她不名一文了。为了出席跳舞会，她定做了一件金线锦缎衣服。非常漂亮，没想到，那个卑鄙的女成衣匠不愿赊账。于是老女仆为她先垫上了定金一千法郎。可怜的娜齐走到了如此地步！我的心都破碎了。老女仆见雷斯多不信任娜齐，担心垫上的钱无法得到，便勾结成衣匠，要她还清一千法郎后才把衣服送给她。明天就是舞会举办的日子，娜齐急得要命！她意欲抵押掉我的餐具，雷斯多要求她必须出席这个舞会，让所有的巴黎人看看那些钻石，外面传闻她出卖了钻石，你想一想，她能告诉那个恶鬼我欠人一千法郎，为我付清吧！当然不能如此，这个道理我懂。明天，但斐纳打扮得如同天仙一般，娜齐当然不能让妹妹比下去。再说她哭得如同一个泪人儿，可怜的孩子！昨天，我没有一万两千法郎，心中已是愧疚不已，我要拼着这条苦命来进行补偿。以前，我紧咬牙关，默默地忍受一切，然而这一次我不名一文，真是把我的心撕碎了。哇！我立刻做出了决定，重新安排一下我的钱，拼凑一番，以六百法郎的价格卖掉了银制塔扣和餐具。向高勃萨克抵押了四百法郎，代价是终身年金，期限是一年。也可以！我吃面包就可以了。我年轻时便是如此，如今也还行。至少我的娜齐可以高高兴兴地度过一个夜晚了。可以娇媚去出尽风头呀！我的床头上便是一千法郎，一想到娜齐喜爱的东西藏在头下，我心里就暖洋洋的。如今，她可把讨厌的维多阿赶出门外。唉，仆人不信任主人，还成何体统！明天，我就会复原了。十点时，娜齐将要来找我，我不想她们认为我生病，便放弃跳舞，来照料我了。娜齐会和我拥抱，像我拥抱她的孩子一般。她和我亲热亲热，我就会好了。而且，我不也会把上千法郎花在药铺里吗？我宁愿把钱给娜齐，她可以医治任何疾病。至少我让面临苦难的她得到一点慰藉。我也可以补救我存了终身年金的过错！她陷入了洞里，我无能为力。哦，我想再把生意做起来，去奥特赛购买谷子。那里的麦子要比这里便宜三倍的价钱。国家禁止进口麦子，然而制定法律的人们并没有不允许进口用麦子做成的东西呀！嘿，嘿，今天早上，我得出了这个主意，做淀粉生意还能赚很多钱。”

“他成了疯子！”欧也纳注视着老人，心想。

“好，你休息一下吧！不要开口……”

皮安训来到了楼上，欧也纳下楼用餐，然而俩人轮着守护老人，一个看医书，一位为母亲姐妹写信。

第二天，皮安训认为病人的症状略有好转。然而必须继续医治，只有两个大学生才能担此重任。老人那瘦骨嶙峋的躯体上放了无数的水蛭，除此之外，还有水罨，用热水洗脚，各种各样的办法，并非两个乐于助人而身强力壮的小伙子能够应付的，特·雷斯多夫人并未亲自前来，而是让仆人来把钱拿去。

“我当她会亲自前来呢！也罢，不要让她看见我生了病，而费心。”高老头说道。女儿没来，他却似乎兴高采烈。

晚上七点钟，丹兰士把但斐纳的一封信送到伏盖公寓。

你在忙啥呢？朋友，我们刚刚相爱，难道你就冷淡了我吗？在心心相印的那些体己话中，你显露出来的心灵美极了！我想你是始终忠心的，你对情感的微妙懂得太深刻了，正如你在欣赏摩才的祈祷时所说，对有的人来说，这只是音符而已，而对另外的一些人来说，这是无限的乐曲！不要忘记今天晚上，我等着和你同去参加特·鲍赛昂夫人的舞会。今天早晨，在王宫中，王上签了特·阿瞿达先生的婚约。直到两点，可怜的子爵才明白这一点。所有的巴黎的女士都要登门造访她，如同人们挤在葛兰佛广场上欣赏死刑的执行呢！你想想，去看这位夫人是否可以把她的痛苦隐藏起来，是否坦然面对此事，不是太凄惨了吗？朋友，如果过去我到她家去过，今天，我是坚决不去的。然而从此以后，她不肯不再宴请宾客，以前我的一切努力不都化为泡影了吗？我的情况和别人不一样，再说，我之所以去，也是为了你。我等着你，如果两个小时之内你还没来，我不知能否谅解你。

拉斯蒂涅提笔回信：

我在等待医生的到来，想明白你父亲是否可以活下去。他已奄奄一息了。我会对你说医生的判决，可能会是死刑。你能否出席舞会，到时候你自己思量吧！请收下我的无穷无尽的柔情。

八点半，医生到达了伏盖公寓，他认为尽管希望渺茫，也不会立刻就会死去。他说这种情形还会反复发生，那时老人的生命和智力才能得到判决。

“他最好还是早点死吧！”最后，医生这么说道。

欧也纳让皮安训照顾高老头，跑去找特·纽沁根夫人，把坏消息告诉她。他依然有着很重的家庭观念。认为此时此刻应该停止一切娱乐。

高老头好像迷迷糊糊地进入了梦乡，当拉斯蒂涅出门时，他突然坐了起来，叫道，“对她说，让她尽情地玩耍。”

拉斯蒂涅满面愁容地来到了但斐纳的面前。她已经梳好了头发，穿好了鞋，只用把跳舞的衣衫穿上就行了。然而最后的调整，如同画家画完作品后的收尾的几笔，与用打底色相比，更加费劲。

“嗯，怎么回事，你还没把衣服换好？”她问道。

“然而夫人，你爸爸……”

“又是我爸爸，”她把他的话头截住了，“该如何待爸爸，用不着你来教我。我知道，这么多个年头了。欧也纳，别说了。你先打扮妥当，我才听你说。在你的家里，丹兰士准备好了一切，我的车已套好了，就在那里，你坐车去，坐车回来，在去参加舞会的途中，你再把父亲的事情说给我听，我们必须早点走，如果在车马阵中被困，保证到十一点时，我们才能进屋。”

“夫人！”

“走吧，别说了。”说罢，她向内客室奔去，去把项链拿来。

“哎，走吧！欧也纳先生！你会让夫人发脾气的。”丹兰士一面说话，一面把他向外推。这个高雅的叛逆女儿把他吓傻了。

他一边穿衣服，一边思索着些最恐怖最令人沮丧的办法。在他的眼中，社会如同一个大泥潭，如果踩了一脚，就会淹没到颈部的。他心想：

“甚至他们在犯罪时也是个软骨头，没有人性，伏脱冷比他们要了不起呢！”

人生的三个面目他都看到了：屈服、抗争、反抗、家庭、社会，伏脱冷。要选择哪条路，他拿不定主意，是屈服吗？不堪忍受！是反抗吗？无法做到！是抗争吗？毫无把握！他又想起老家，平静的日子，真诚的感情，以前在对他百般疼爱的人之间度过的日子，那些亲人循规蹈矩，根据日常生活的规律，在家中发现了一种完整的，连续的，毫无忧愁的快乐。这些崇高的想法尽管在他的身上也可以找到，然而他不敢把他那纯真的信仰告诉但斐纳，没有胆量用爱情迫使她讲道德。不久之前他受到的教育已经发挥了作用，为了爱情，他已经是自私自利者。依据他的聪慧，他把但斐纳的心给看穿了。认为她为了出席舞会，不惜从父亲的身上踩过。而他既无力劝说她，也不敢把她给得罪了，更不敢离她而去。

“面对此情此景，如果让她理亏了，她一辈子都不会谅解我。”欧也纳心想。

接着，他又把医生的话研究了一番，认为高老头说不定并没有面临他想象的危险。总而言之，他找出了许多于凶手有利的借口，为但斐纳辩解。开始时她对爸爸的病情一无所知，即便她前来看望他，老人也会逼她去出席舞会的。死板的礼教只知抓住公式不放，埋怨那些明显的过错。实际上，家中每个人的脾气，利益看法、当时的情形，都是变幻不定的，也许也形成许多非同一般的情况，原谅那些表面上的过失。欧也纳想自欺欺人，准备为了姘头而昧着自己的良知。两天过去了，他的生活发生了巨变。女人把他的心给扰乱了，把家庭压下去了，为了女人，奉献一切。拉斯蒂涅与但斐纳，是在干柴和烈火使他俩周密准备一番之后走到了一起。欢乐不但没有置情欲于死地，反倒更加拨动他们充分培育的情欲。欧也纳得到了这个女人，才发现以前只是追求她的肉体直至获得了幸福后才对她产生了爱。可能爱情不过是对享乐表示感谢。无论她是无耻，还是崇高，反正他对这个女人爱到了极点，为了他带给她的幸福，也为了他获得的幸福，而但斐纳对拉斯蒂涅的爱，正如当太尔①对一个为他充饥疗渴的天使的爱。

欧也纳身穿舞服，回到了特·纽沁根夫人家，她问道："好，你说吧！爸爸的情况如何？"

"不妙！如果你真心爱我，我们立刻去看望他。"

她说道："可以，跳完舞以后吧！我的好欧也纳，乖一些，别训我，过来吧！"

他们启程了。车子走了一段路，欧也纳默默无语。

"你是怎么搞的？"她问道。

"我听见你爸爸的痰都涌上喉咙。"他用恼怒的口气答道。

然后他又用青年人那振奋人心的话语，告诉但斐纳，特·雷斯多夫人怎样因为爱慕虚荣而下了毒手，爸爸怎样因为爱她而染上了这场危及生命的疾病，为娜齐的金线舞衫付出了怎样令人恐惧的代价。但斐纳一听，泪流满面。

"我会变丑了。"

如此一想，她就没有了眼泪，说道："我要前去照料爸爸，在他的床头守着。"

① 当太尔：神话中利提阿国王，因杀子飨神，被罚永久饥渴：俯饮河水，水即不见；仰取果实，高不可攀。

拉斯蒂涅说道："啊，你若如此，我才满意呢！"

五百多辆车的灯光把鲍赛昂府的四周照得如同白昼。各有一个上气不接下气的警察站在大门的两边。这个世家贵夫人跌了一跤，许多高等社会都来看她的笑话。当特·纽沁根夫人和拉斯蒂涅抵达鲍府时，楼下的大厅里满是密集的人群。当年，路易十四否决了大公主和特·洛尚公爵的婚约后，宫中的所有的人都到公主府里来了，打那以后，尚未有一情场失意的悲剧像特·鲍赛昂夫人的那般惊动了整个巴黎。痛苦并没压倒那位显贵名媛，蒲高涅王帝的最后一个女儿①。过去，为了装饰情场上得意，她曾经应付过这个爱慕虚荣、肤浅的社会，如今到了最后关头，她依然凌驾于别之人，支配着这个社会。巴黎的美女挤满了每一间客厅，人人身穿艳丽服装，满面笑容。宫廷里最显赫的人，各国的大使、公使、部长、名人，身上缀满了十字勋章，还有五颜六色的绶带，簇拥着子爵夫人。乐队奏出了音乐，在光辉灿烂的天顶下回响，然而在女皇的心中，此处已是满目荒凉。鲍赛昂夫人在第一间客厅的门口站着，迎来了那些和她以朋友相称的人。她浑身缟素，头上的发辫盘了起来，样式十分简单，毫无装饰物，她安静端庄，既不痛苦，也无傲慢，也没有佯装的欢乐。无人能把她的心思看透。她简直就像一尊尼沃贝的石像。她对几个好友的笑脸中偶尔带点细微的讥讽味道。然而在大家看来，她和以前一样，与沐浴着快乐的光芒时一样。一些最迟钝的人见了她这个样子，陡生钦佩之意。就像古时候的罗马小伙子为一个面带笑容告别人世的斗兽士叫好。高等社会仿佛有意点缀得花花绿绿的，来送别它的一个王后。

她对拉斯蒂涅说道："我还担心你不来了呢！"

在拉斯蒂涅听来，这句话带着责备的意味，他用激动的嗓音答道："夫人，我准备最后一个离开这儿。"

"行，"她把他的手握住，说道，"在这儿，也许只有你才是

① 作者假定特·鲍赛昂夫人的母家是蒲高涅王族。中世纪时与十五世纪时，蒲高涅族曾两次君临法国。

我可以信任的，朋友，能永远地爱一个女人，就永远地爱她，不要随便抛弃她。”

她挽着拉斯蒂涅，来到了一间玩牌的客房里，和他在一张长沙发上坐了下来，说道：

“请你为我送封信给侯爵，我让仆人带你去。我想把书信要回来，希望他都给你。拿到信后，你到楼上的睡房里等我，他们会告诉我的。”

她的好友特·朗日公爵夫人也来参加舞会了。她站了起来，表示欢迎。拉斯蒂涅动身前往洛希斐特公馆，听说今天晚上，侯爵待在那里。他果然把阿瞿达给找到了，和他一块回家，侯爵把一个匣子拿了出来，说道：

“全部都在这儿。”

他似乎想和欧也纳交谈，说不定想探听舞会和子爵夫人的情况。说不定也说出他对婚姻已经失去了希望——后来他真的很失望，没想到一道自豪的光芒出现在他的脑海里，鼓起令人叹服的勇气，压下了他最崇高的情感。

“亲爱的欧也纳，不要和她提及我。”

他握住了拉斯蒂涅的手，紧了紧，脸上带着恳求和伤感的神情，暗示他赶紧离去。欧也纳返回了鲍赛昂府，跟着仆人来到了子爵夫人的睡房里。房中是一副打算远行的情景。他在壁炉边坐了下来，注视着那个杉木匣子，伤心极了。他认为特·鲍赛昂夫人的地位可与《依里阿特》史诗的女神相提并论。

“啊，朋友。”子爵夫人走了进来，按住了拉斯蒂涅的肩膀。

她热泪盈眶，双眼向上，一只手不停地哆嗦，忽然，她把匣子扔进了火中，注视着它燃烧。

“他们都在翩翩起舞，他们都按时登门，然而死神偏偏不愿立即来临，嘘，朋友，”拉斯蒂涅欲插话，被她阻止了，她说道，“我永世永生不再与巴黎相见，不再见人了。凌晨五点，我就启程，去诺曼底乡下隐居。从下午三点开始，我做着一些准备工作，签署文书，打理金钱业务，我无人可派往……”

她没有再说下去。

“我明白他肯定在……”

她难受极了，又停止了说话，此时此刻，一切都充满了痛苦，有些话几乎难以出口。

“我早就想请你在今天晚上最后一次帮帮我。我想把一件纪念品送给你。我经常想起你，认为你善良，崇高、年轻、真诚，这个社会缺少这些品质。希望你也偶尔想起我。”她环顾了一下四周，“哦，好了，这个匣子是我用来放手套的，每次去参加舞会或者是去戏院之前拿手套时，我老认为自己长得很漂亮，因为那时候，我是快乐的，我每次拿着这匣子，总对它很有感情，它的上面多少留下了我的一些气息，留有当年的鲍赛昂夫人的一切。你拿着吧！过一会儿，我派人把它送到阿多阿街。今天晚上，特·纽沁根夫人很美丽，你必须好好地爱她，朋友，虽然我们从此分开了，你可以相信，我在遥远的地方祝福你。你待我很好。我们到楼下去吧！我不想让别人误会我在哭泣！以后的时间还多着呢！独自一人时，无人来追究我为什么哭了。让我再看几眼这间房子。”

这时，她没有再说话，把手放在眼睛上，擦了一下，用凉水浸了一下，接着挽着大学生，说：“下去吧！”

特·鲍赛昂夫人，凭如此勇敢的精神默默地忍受着折磨，拉斯蒂涅见此情景，感动极了！返回舞池后，他与特·鲍赛昂夫人在舞池转了一圈。这位诚恳的夫人以此表达她最后的心意。

过了一会儿，他遇到了姐妹俩，即特·雷斯多夫人和特·纽沁根夫人。伯爵夫人把所有的钻石都戴在身上，雍容华贵，然而那些钻石绝不会使她心情舒畅，再说，这也是最后一次佩戴它们了。虽然爱情热烈，态度高傲，她终究无法抵挡丈夫的眼神。拉斯蒂涅见此情景，更加伤心。在姐妹俩的钻石的后面，是高老头躺着的破床。子爵夫人对他那闷闷不乐的神情产生了误解，把手臂抽了回来，说：“去吧，我不愿为了我，你失去了快乐。”

片刻之后，但斐纳叫去了欧也纳，她出了风头，得意扬扬。她老想讨这个社会的欢心，既然愿望已变成了现实，她就急不可耐地向大学生献上了他的成功。

“你认为娜齐如何？”她问道。

“她呀，”欧也纳答道，“她预先支走了他爸爸的生命。”

凌晨四点，客厅的人慢慢地变少了，片刻之后，乐队停止了奏乐。只有特·朗日公爵夫人和拉斯蒂涅待在大客厅里。子爵想去安歇，子爵夫人向他道别，他总是说：

“亲爱的，何必要去乡下生活呢！在你这种年龄，还是和我们同住吧！”

话别完毕，她来到了大厅里，以为只有大学生待在那里，当她发现公爵夫人后，不由自主地发出了一声惊叫。

“你的意思我明白，格拉拉，”特·朗日夫人说道：“你将一去不回头了。在你没离去之前，我有话要告诉你，在我们之间，不能存在一点点的误解。”

特·朗日夫人挽着特·鲍赛昂夫人，来到了邻近的客厅里，热泪盈眶地注视着她，拥抱她，亲吻她的面孔，说道：

“亲爱的，我不愿冷冷地和你告别，我良心上不安，你可以相信，正如相信你本人一样。今天晚上，你很了不起，我扪心自问，还能与你相提并论，而且要向你证实这一点。以前，我有得罪你的地方，我没有自始至终，亲爱的，对不起。所有伤害了你的举止，我都请求你谅解。我愿意把我说过的话收回去。患难见真情，我不明白我们之间谁会更加难过。今天晚上，特·蒙脱里伏先生也没来参加舞会，你知道吗？格拉拉，参加了这次舞会的人一辈子也难以将你忘怀。我呀，我在孤注一掷，万一败了，我就到修道院里去。你到哪里去呢，你？”

“去诺曼底，在古撒尔乡下隐居起来。去爱，去祷告，直至上帝召回了我。”

子爵夫人想起了等在一边的欧也纳，便对他喊道：“拉斯蒂涅先生，你过来吧！”

大学生俯身亲吻表姐的手。

特·鲍赛昂夫人说道：“安多纳德，告别了。希望你快乐。”她转过身来，对大学生说道：“你已经得到了幸福，你年少，还可以有信仰。想不到我告别这个社会时，如同那些走运的死者，身边还有一些真诚的心。”

拉斯蒂涅注视着特·鲍赛昂夫人上了马车，注视着她热泪盈眶地和他最后道声再见。从这里可以看出，在社会上拥有最高的地位的人，并不同于那些拍马屁者所言，可以摆脱感情的规律而无悲伤之事。大约五点钟时，欧也纳顶着又寒冷又湿润的天气，回到了伏盖公寓里。他已经受完了教育。

拉斯蒂涅来到了邻居的房中，皮安训告诉他：“可怜的高老头没治了。”

欧也纳瞥了一眼沉浸在梦乡中的老人，答道，“朋友，既然你可以压抑欲望，就沿着你的平凡的路向前走吧！我掉进了地狱里，而且必须待在那儿。无论在别人的口中，上流社会是多么的不好，你相信就是了。没有哪一个讽刺作家可以把金银珠宝下隐藏的罪恶写得淋漓尽致。”

父亲之死

第二天下午，大约两点钟时，皮安训即将外出，把拉斯蒂涅叫醒了，让他值班。上午，高老头的病情又加重了。

“老头儿活着的时间不会超过两天的，说不定都活不了六小时，”医学生说道，“然而我们不能对他的病情放任不管，必须花钱治疗。我们做他的护理员倒没什么，只是我两手空空。我翻遍了他的口袋，柜子，都是空空如也。当他头脑清醒时，我问过他，他说已经一贫如洗了，你有多少钱，你？”

“只有二十法郎，我可以去赌博，我会赢的。”

“输了又咋办？”

“找他的女婿女儿要钱。”

皮安训说道：“如果他们不给呢？目前最要紧并非金钱，而是把热热的芥子膏药贴满他的下身，从脚板直至大腿中部，如果他大叫，那么他还有救，你明白如何做这一切。另外，克利斯朵夫可以做你的帮手。我去找药剂师，担保一下，赊点药。遗憾的是，我不能把他送到我们的医院去，照顾得舒适些。过来，我对你说怎么做，如果我没回来，你一定要待在他的身边。”

他们来到了老人的房间里，欧也纳发现他的脸上，毫无血色，死气沉沉的，蜷成了一块，不禁惊讶万分。

“喂，老人家，感觉如何？”他挨着破床，俯身问道。

高里奥眨了眨无神的双眼，细细地看看欧也纳，他认不出来。大学生难过极了，泪水涌出眼眶。

“皮安训，可需要挂个窗帘？”

“不必了。气候的变化不会给他带来任何影响。如果他还能知冷知热，那倒不错，然而我们必须生个炉子，准备煮点茶，还可以派上别的用场。片刻之后，我派人送来柴草，先应付一下，然后再弄些木柴来。昨天一天一夜，我烧光了你的柴和老头子的泥炭，屋里十分潮湿，墙壁上都在流水，尚未彻底烘干呢！克利斯托夫已打扫了屋子，这里几乎如马房一般，臭气熏天，我把一些松子烧掉了。”

拉斯蒂涅叫了起来：“老天，想想他的女儿们呀！”

“如果他想喝水，就把这个给他，”医学生手指一把大白壶。“如果他咕咕哝哝地叫苦，腹部滚烫而且硬邦邦的，你就喊来克利斯朵夫，帮他弄一下，你明白的。万一他亢奋起来，滔滔不绝地说话，有点精神不正常，随便他吧！这倒不是坏事，然而你必须让克利斯朵夫去医院。我们医生，我的同僚，或我本人，会来给他打针。今天早晨，你还在梦中时，我们进行了会诊，迦尔博士的一个高徒，圣父医院的主任医师以及我们的主任医生都来了。他们觉得症状颇为奇特，必须密切观察病情的变化，可以把科学上的几个要点看清楚。有一个人说，如果某个器官尤其承受血浆的压力，可能会有一些特殊的情况发生。因此老头子一开口，你必须仔细倾听，看属于哪一种思想，是有关记忆的，智力的，还是判断的，观察他思想是物质上的事情还是感情上的，是否计算。是否回首往事，总而言之，你千方百计地准确无误地报告病情。病情也许会急剧恶化，他会像此时此刻这样，毫无知觉地告别人世。这种病十分奇怪。如果在此爆发，”皮安训用手指了指病人的后脑勺，“也许会出现一些奇怪的情况。头脑的几个部位会恢复原有的机能，不会很快死去，血浆流出脑子，至于然后会怎样，只有把尸体进行解剖后，才会明白。一个痴呆老人生活在残废院中，充血时，血浆顺着背椎骨流动，人痛苦不堪，然而依然活着。”

突然，高老头把欧也纳认出来了，问道：

“她们玩得尽兴吗？”

“哦，他心里只有他的女儿，”皮安训说道，“昨天晚上，他数百次告诉我：她们在跳舞！她有了舞衣——他呼唤着她们，听着那声音，我都流泪了，真是见鬼！他喊道：但斐纳，我的好但斐纳！娜齐！千真万确！几乎无法让你止泪！”

“但斐纳，”老人接过了话头，“她也在，对吗？我明白。”

他骨碌碌地转动眼珠，注视着墙壁与房门。

“我到楼下去，吩咐西尔维把芥子膏药准备好，”皮安训说道，“此时正是上药的良机！”

拉斯蒂涅一个人和老人待在一起，他在床脚头坐了下来，专注地注视着这副嘴脸，感到又恐惧又难受。

“特·鲍赛昂夫人躲在乡下，这一个又要告别人世了，”他心想，“在这个世界上，美好的灵魂无法长期停留。真是的，崇高的感情又怎能与一个肮脏、狭窄、肤浅的社会同流合污呢？”

他的脑海里浮现出了那个他曾经参加了的盛会上的情景。与面前这个病人奄奄一息的样子形成鲜明的反差。突然，皮安训跑了进来，喊道：“喂，欧也纳，我刚才遇到了我们的主任医师，就回来了。如果他突然头脑清醒了，开口说话了，你就让他躺在一大片芥子膏药上，用芥末裹住从脖子到腰部的部分，再派人向我们报告。”

“亲爱的皮安训！”欧也纳说道。

“哦，这是为科学！”医学生说道，他的乐于助人如同一个刚刚皈依宗教的人。

欧也纳说道，“如此说来，唯独我是出于感情而照料他的了。”

听了这话，皮安训毫不气恼，只是说道：“如果你见到我早上的样子，你就不会这样说话了。对你说，朋友，开业的医生只看得见疾病，而我还能看到患者呢！”

他转身离去了。欧也纳一个人和病人待在一起，生怕高潮即将爆发，过了片刻，高潮终于来临了。

“啊，原来是你！亲爱的孩子！”高老头把欧也纳认出来了。

“你感觉好了一些吗？”大学生握住他的手，问道。

“好了一点，刚才，我的头如同被钳子夹着似的，此时有点松了，你可见过我的女儿？她即将来到这里，一听说我病了，她们会马上来的。过去，住在于西安街时，她们照料我多少次呀！老天！我恨不能收拾好房间，以接待她们，有个小伙子烧完了我的泥炭！”

欧也纳说道：“我听到了克利斯朵夫的声音，他正在为你搬木柴，那是那个小伙子送给你的。”

“行，然而用啥付款呢？我不名一文了。孩子，我献出了一切！所有！我成了乞丐了。至少那件金钱衫很漂亮吧？（哎呀，我痛死了！）感谢你，克利斯朵夫，上天会酬谢你的，孩子，我一无所有了？”

欧也纳咬咬男仆人的耳朵，“我不会让你和西尔维白干的。”

“克利斯朵夫，是否我的两个女儿对你说她们即将来临了？你再跑一趟，我给你五法郎。告诉她们，我感觉不妙，在死之前，我想和她们拥抱，再次见到她们。你就这样告诉她们，然而不要吓着她们了。”

克利斯朵夫发现欧也纳向他使了个眼色，便走了。

“她们即将来临了，”老人接着说道，“我了解她们的性格，好但斐纳，如果我告别了人世，她将会多么难过呀！还有娜齐，也是如此！我不想死，因为不愿让她们流泪。我的好欧也纳，死亡，死亡即永远见不到她们。在那里，我会闷死了。见不到孩子，做爸爸的如同到地狱里去了。自从她们嫁为人妻后，我就品尝了这种滋味。于西安街是我的天堂。哎，喂，如果我到天堂里去了，我的灵魂还可以和她们待在一起吗？据说这种事情是存在的，果真如此吗？此时此刻，她们在于西安街时的样子，我都记得一清二楚。一大早，她们就来到了楼下，说：‘爸爸，早！’我让她们坐在膝头，费尽心机地逗她们，和她们玩。她们也会和我亲热一段时间。每天我们一同用午餐，晚餐，总而言之，当年，我是爸爸，注视着孩子，高兴不已。在于西安街，她们不和我顶嘴，不懂人情世故，她们十分爱我。老天！为什么她们要长大成人呢？（哎呀，我痛呀！脑袋里在抽动。）啊，啊！请原谅，孩子们，我痛得厉害，如果不是真的很痛，我不会呻吟的！我早已被你们训练得不怕痛苦了！主呀！只要我可以把她们的手握住，我就不感到疼痛了。你想想，她们会到这儿来吗？克利斯朵夫真是个笨蛋！我应该亲自登门的。他倒有幸与她们相见！昨天，你参加了舞会，她们玩得如何？我生病一事，她们并不知晓，对吗？否则她们不愿参加舞会了，可怜的孩子们！哦，我再也不想生病了。她们还离不开我呢！她们的财产面临着危险，又是被怎样的丈夫控制了。治好我呀，治好呀！（噢，我难受极了，哟，哟，哟！）你看，必须医好我，她们离不开我，我明白去哪里挣钱，我要前往奥特赛，经营淀粉，我才精明过人呢，可赚来几百万法郎。（哎呀，我痛得要命！）”

高里奥不再说下去了，似乎在集中精力，忍受着痛苦。

“如果她们在这里的话，我就不会呻吟了，为什么要呻吟呢？”

他神志不清，昏沉了好长时间。克利斯朵夫回到了公寓里，拉斯蒂涅以为高老头已经进入了梦乡，便让仆人大声报告他做这件事情的经过。

“先生，我先到伯爵夫人家去了，然而无法和她谈话，她和丈夫有要事在身。我多次哀求，特·雷斯多先生走了出来，说道：高里奥先生只剩下一口气了，是吗？哎，没有比这更好的事情了。我有事要办，需要夫人留守家中，办完事后，她会去的。——他像很气愤，这位先生。我正准备离去，夫人从一扇我无法看见的门中来到了穿堂里，对我说道：克利斯朵夫，你告诉我父亲，我正同丈夫谈事情，无法前来。此事有关我的孩子们的死活。但是，事情办完以后，我马上就去。——一提起男爵夫人吧，又是另一回事！我没能和她见面，不能对她说话，老女仆说：啊，今天凌晨五点一刻，夫人才从舞会上回来，如果中午以前把她喊醒了，她肯定会骂我们的，片刻之后，她按铃唤我时，我会对她说的，说她爸爸病情加重，告诉她一件坏事，不会嫌太迟的。——我多次哀求，毫无用处，哎，对呀，我要求与男爵见面，他外出了。”

“都不来。”拉斯蒂涅叫道，“我给她们写信。”

“一个都不来，”老人坐了起来，继续说道，“她们有事在身，她们在休息，她们不会到这儿来的。我早就明白了，直到弥留之际，我才明白女儿是啥玩意儿！唉，朋友，你不要娶妻，不要生孩子！你给予了他们生命，他们给予你死亡！你把他们带到了这个世界上，他们把你赶出这个世界！她们不会到这里来的！我已经明白了十个年头。偶尔我也这么寻思，只是没有勇气相信而已！”

他的双眼中各溢出了一滴泪水，停留在红通通的眼皮旁。

“唉，如果我富有，如果我把家产留着，没有分给她们，她们就会到这里来，会亲吻我的脸庞！我可以在一所公馆里居住，拥有好看的屋子，有仆人，还生着炉子，她们会哭得死去活来，以及她们的丈夫，孩子。我可以得到这所有的，然而现在我一无所有，金钱可以买为任何东西，包括女儿。啊，我的钱呢？如果我还有剩余财产，她们就会来照顾我，问候我，我可以倾听她们的声音，看到她们的身影。啊，欧也纳，亲爱的孩子，我仅有的一个孩子，我宁愿被人抛弃，宁愿成为一个背时鬼！有人爱背时鬼，至少这爱是真心的！啊，不，我要变得富有起来，如此一来，我可以与她们相见了。唉，太晓得呢？她们俩的心和石头一样坚硬。

“我在她们身上倾注了所有的爱，她们不再爱我了。做爸爸应该始终富有，应该把儿女的缰绳拉得紧紧的。如应付狡黠的马儿一般。我却跪倒在她们面前。见鬼的家伙！十年来，她们对待我的举动，如今达到了顶峰。你不明白她们刚成家时是如何拍我的马屁，对我体贴入微！（噢，我痛得如受酷刑一般！）我才分给她们每人八十万法郎！她们以及她们的丈夫都不敢对我有一丝的不敬。她们款待我；好父亲，来这儿，好父亲，去那儿。我的一份刀叉永远摆放在他们家里！我与她们的丈夫一同用餐。他们恭恭敬敬地对待我，见我手边还有钱呢！什么原因，因为我只字不提我的买卖的情况。一个人送给了女儿八十万，她们应该说他的好话。她们待我如此细致，如此体贴，那是因为我的财产呀！世界是丑陋的，我发现了，我！她们陪伴我乘车前往剧院，我可以随心所欲地待在她们的晚会上。她们公开表示是我的女儿，我是她们的爸爸！我还不笨呢！嘿，我能看出任何蛛丝马迹。我察觉到了一切，我的心碎了，我分明明白那是虚假的情意，然而我无可奈何。在她们的府上，我就不如在这儿的饭桌上那么自由。我不会说话。一些体面的人凑近我女婿的耳朵问道：那位先生是什么人？

——他是财神爷，很富有。

——啊，是这样！

“别人如此说道，还带着毕恭毕敬的神情注视着我，如同毕恭毕敬地注视着金钱一般。即便有时候我让他们难为情，我也弥补了我的过错。另外，谁又是完美无缺的呢？（哎呀，我的头几乎是块烂疮！）此时此刻我的痛苦是即将告别人世时的痛苦。亲爱的欧也纳先生，然而若同过去娜齐首次朝我瞪眼时带给我的痛苦相比，面临的痛苦就显得微不足道了。那时候，她瞪着我，因为我说话不当，使她丢面子。唉，她的那一眼刺破我所有的血管。我渴望明白交际场中的规则，然而我只知道一件事情，在这个世界上，我是一个多余的人！第二天，我到但斐纳家去了，试图得到她的安慰，谁想到我又出丑了。让她气愤万分。为此，我急得要命，八天的时间里，我不知如何是好，我没有胆量去看望她们，担心受到责备。如此一来，我便无法迈进女儿家的大门。哦，我的主！既然你对我的苦难一清二楚，既然你记下了我的百般折磨，使我满头白头，身躯损坏，那么今天你为什么还要折磨我呢！即使对她们的溺爱是我的错，我受到的惩罚也足以赎罪呀！她们都残酷地回报了我对她们的慈爱，如同刽子手一样，对我用了毒刑！唉，做父亲的真笨！我太爱她们了，每次都随她们，如同赌棍难以离开赌场一般！我的癖好，我的情人，我的所有便是两个女儿，如果她们俩想得到一点首饰或别的什么，老仆人对我说了以后，我连忙买来给她们，渴望她们会好好地招待我。然而当她们发现我在外人面前的样子后，依然会教训我一通！并且绝不会拖到第二天！哇！因为我，她们害羞，这是让女儿接受良好的教育的报应！我已经活到这种岁数了，可不能再去受教育了！（我痛得厉害，老天！医生，医生，劈开我的脑袋吧！说不定我会好受些！）我的女儿；我的女儿！娜齐，但斐纳，我要出门看望她们！让警察把她们找来，把她们抓来！法律应该帮助我，天性，民法都应助我一臂之力。我要反对！踩着父亲，同不是要亡国吗？这是清楚明白的。社会，世界的轴心都是父道！儿女对父亲不孝顺，不是天地塌陷吗？哦，看见她们，听到她们的嗓音，无论她们说什么话，只要她们的声音能够传入我的耳中，特别是但斐纳，我就不感到难过。当她们到了后，你对她们说，不要用那种冷漠的目光注视着我！啊，我的好友，欧也纳先生，当我看到她们眼中的光芒变得如同铅块一般，灰暗的色彩，你真不明白我心中是什么滋味。自从她们注视我的目光黯淡无光之后，我总是生活在冬天里。只存在苦水，于是我也就咽下去了。我活着就是忍辱负重。我都接受了她们给予我的一点点的，渺小的、卑鄙的欢乐，而我付出的代价却是各种各样的羞辱。因为我对她们的爱太深了。父亲躲躲闪闪地看女儿，你听说过吗？我为她们奉献一生的生命，今天，她们甚至都不愿奉献给我一个小时！我饥渴交加，心里发烧，她们都不来使我的临死前的痛苦得到缓解！我感到我即将死亡。难道她们不明白何谓践踏爸爸的尸体吗？上帝在天上，他可不问我们当爸爸的是否愿意，会为我们报复的，哦，她们会来这儿的，来吧！我的小宝贝，你们过来亲吻我吧！你们的爸爸垂死前的圣餐便是最后的亲吻了。他会为你们向上帝乞求，告诉他，你们始终对父亲很孝顺，为你们辩解！总之，你们是无罪的！朋友，她们无罪！请你这样告诉大家，别因为我而找她们的麻烦。都是我错了，放纵她们践踏我的是我！我爱这样！如果上帝因为我而对她们进行惩罚，那就有失公平了。我不善于为人处世，是我头脑发昏，自己把权利放弃了。为了她们，即使是堕落我也是无怨 无悔！又能怎样呢！即使是最美丽的天性，最出色的灵魂，都会过分地疼爱儿女的，我头脑糊涂，受到报应，我一手造成了女儿那乱七八糟的生活！我把她们给宠坏了。如今，她们想享乐，正如过去她们想 吃糖一样，我素来不违背她们的意志，都使小女孩胡思乱想的欲望得到了满足！十五岁的小姑娘便拥有了马车！应有尽有！这都是我的罪过！为了爱她们，我犯下了罪过！唉！我的心房只有她们的嗓音可以开启！我听见了，她们正在向这儿赶来呢！哦，这是肯定的，她们会来的！法律也允许人为爸爸送老，法律是帮我的！只需派人去一下就可以了！车钱我付！你给她们写封信，说我为她们还留下几百万的家产！我敢于立下誓言！我可以去奥特赛，制作高级面点。我有法子。按照计划，我还能嫌几百万呢！哼，这出乎任何人的意料！那和麦子和面粉不一样，不会在中途变质！哎，淀粉，能挣几百万呀！你对她们说，有几百万绝对不是谎言！由于贪婪，她们还会到这儿来的，我宁可上当，我要与她们见面！我要我的女儿！我生下了她们，她们属于我。”他一面说，一面支起身子，映入欧也纳眼帘的是一张有着满头凌乱的头发的脸庞和努力佯装的恐吓的神情！

欧也纳说道：“哎，你躺着吧！我来给她们写信，当皮安训回来了以后，如果她们还没来，我就亲自登门。”

“他们还不来，”老人一面失声痛哭，一边继续说道，“我要离开人世了，我要气得发疯了，气得要死了，已经有气涌上来了。此时，我看清我的一生。我被骗了，她们对我没有爱，从未有过！这是显而易见的！此时此刻，她们会来的，她们越是拖延时间，越不愿给予我这种幸福！我了解她们！她们从未领略到我的一点点的伤心、痛苦、所需。甚至都没想到过我的死亡。她们根本不理解我的爱，我的柔情，不错，她们习惯于糟蹋我，在她们看来，我的一切奉献都毫无用处！即便是她们要把我的双眼挖掉，我也会说道：行！我真是个笨蛋！她们以为所有的父亲都与她们的爸爸一样。没想到一定要让别人知道你待人不错。以后我的仇她们的孩子会报的。唉，她们来看望我也是为她们自已着想呀！你去对她们说，当她们奄奄一息的时候，报应会降临的！犯下了这种罪行，如同犯下世界上的一切罪行！走呀！去告诉她们，不前来为我送终是大逆小道！不加这一条，她们已犯下不计其数的罪过了。你必须像我一样呼唤！哎，娜齐，哎，但斐纳！父亲对你们的态度多好，他正在遭受折磨，你们来看他吧！——唉，没有一个来。难道我死得如同一只野狗吗？对女儿爱了一生，最终被女儿遗弃了！几乎是些无耻的东西！无赖婆！我恨她们，诅咒她们，半夜里我还会爬过棺材诅咒他们！哎，朋友，这能说是我的不对吗？她们为人如此之坏，对吗？我在说啥？你不是对我说但斐纳待在这儿吗？还是她善良。你是我的儿子，欧也纳，你，你必须爱她，如同爸爸一般地爱她，另外一个遭了祸！她们的财富呀！哦，主，我即将死去了，我苦到极点！割掉我的头吧！把心留给我这可以了！”

“克利斯朵夫，去把皮安训找来，另外为我叫辆车子。”欧也纳喊道。老天！这些叫天叫地的哭诉吓坏了他。

“大伯，我去你女儿家，带她们来。”

“抓她们来！捉来！去喊警察，去喊军队。”老人说罢，瞪了一眼欧也纳，最后的一缕理智之光闪现在他的双眼里，“去对政府说，去对检察官说，派人为我把她们带来！”

“不久之前，你已经诅咒了她们。”

老人呆了片刻，说道：“这是谁说的？你明白我爱她们，疼爱她们，一见到她们，我的病就烟消云散了……走吧！我的好邻居，好孩子，走吧！你是善良的，我要好好地感谢你。然而我一无所有了，只能祝福你，这是一个将死的人的祝愿。啊，至少我要和但斐纳见面，叫她为我给予你回报，那个女儿不能前来送终，那就把这一个带来吧！对她说，如果她不来，你便失去了对她的爱，她十分爱你，她一定会来的。哟，我口渴得要命！腹中一切都燃烧，替我放点东西在脑袋上吧！最好把女儿的手放在上面。那么我就可以活下来了。我认为的……老天，如果我死去了，谁给她们赚钱呀？为了她们，我要去奥特赛，去奥特赛经营面条买卖。”

欧也纳用左臂把老人扶了起来，另一只手端着满满的一杯药茶，说道：“喝下去吧！”

“你千万要爱你的双亲，”老人说罢，很吃力地把欧也纳的手握住了，“你知道吗？我要死去了，没与她们见面就走了。老是感到口渴却无水喝，十个年头过去了，我的生活便是这样……我的女儿被我的两个女婿给断送了，对啊，自从她们嫁为人妇之后，我便失去了女儿。做父亲的听我说，你们必须向国会提出订条有关结婚的法律的要求。如果你们爱女儿，就不能让她们出嫁。女婿是个坏家伙，他毁了女儿。他玷污了一切。再也不要有婚姻。结婚把我们的女儿给抢走了。让我直到奄奄一息之时也无法见到女儿。为了爸爸的死亡，应该制订一条法规，真是恐惧！报复呀！报复！是我的女婿禁止她们来。把他们杀死！把雷斯多杀掉！把纽沁根杀掉！杀死我的凶手便是他们。不把女儿还给我，我就要杀死他们！唉，完蛋了！我无法与他们相见了！她们，娜齐，娜齐，但斐纳！喂，到这儿来呀！爸爸即将远行了……”

“大伯，你平静一下吧！不要发脾气，不要多想了！”

“见不到她们，我临死时的痛苦便是这个！”

“你会见到她们的！”

“果真如此？”老人十分茫然地叫道，“噢，与她们见面！我依然会与她们相见，倾听到她们的嗓音。那我去死也死得高高兴兴的。唉，没错，我不想留在世上，我不想活着，我越来越痛了。然而与她们相见，与她们的衣服相接触，唉！只想碰到她们的衣服，衣服，只有这一点要求。只需她们的一点什么被我摸到了就可以了。让我把她们的头发抓在手中，头发……”

他如同被棍子打中了似的，头倒向枕头。双手放在被单上，四处乱抓，如同要把女儿们的头发抓在手中似的。

他费力地挣扎着，说道："我为她们祝福，我为她们祝福！"

接着，他陷入了昏迷状态，皮安训走了进来，说道："我与克利斯朵夫相遇了，他去为你叫车了。"

他看了看病人，使劲把他的眼皮翻开了，映入了两个大学生的眼帘的是一只无色的黯淡无关的眼睛。

"完蛋了！"皮安训说道，"以我看，他永远睡着了。"

他号了一下脉，过了片刻，他将手放置在老头儿的胸膛上。

"机器依然在运转，像他这样受折磨还不如早点死去！"

"是的，我也是这么认为的！"拉斯蒂涅答道。

"你发生了什么事啦？脸色如死人般地苍白。"

"朋友，我听见他又是哭，又是喊，说了许多话。上帝真的存在！哦，不错，上帝是存在的！他为我们准备了另一个世界。一个比这稍好一点的世界！我们太无用了！如果刚才的一幕不是如此悲壮的话，我早已哭得没命了，我的心和胃都被抓得紧紧的。"

"喂，还有许多事要做呢，这钱从何而来呀？"

拉斯蒂涅把表掏了出来。

"你把它送往当铺。路上我不能耽误时间，只担心来不及。此时此刻，我正在等候克利斯朵夫，我已不名一文了，回来后还必须把车钱付清呢！"

拉斯蒂涅沿着楼梯跑了下去，前往位于海尔特街的特·雷斯多夫人府上。他为刚才那恐怖的一幕动了情，一路上都气愤不已。他来到了穿堂里，要求与特·雷斯多夫人见面，仆人说她不能会见来客。

他向仆人说道："我到这里来是为了她那临死的爸爸。"

"先生，伯爵多次对我们说……"

"既然伯爵没有外出，那么你对他说，他岳父即将与世长辞了，我想马上见他。"

欧也纳等待了好长时间。

"也许这时他就死去了。"他心想。

仆人领着他来到了第一客厅，壁炉里没有生火，它的前面站着特·雷斯多先生。见客人来了，他也不请客人坐下。

“伯爵，”拉斯蒂涅说道：“令岳即将死在破破烂烂的阁楼上了，甚至都无力购买木柴，他一会儿就要与世长辞了，然而他等待着与女儿见上一面……”

“先生，”伯爵冷漠地答道，“也许你能发现，我讨厌高里奥先生，他教我夫人学坏，酿成我的家庭悲剧。在我眼里，他是破坏了我的安宁的仇敌。无论他是死是活，我毫不在乎。你看，我对他的情分便是如此，社会可以批评我，我才不会在意呢！此时我要应付的事情要比顾忌那些笨蛋的风言风语更加重要。至于我的夫人，她如今那副样子是无法外出的，我也不允许她外出，请你对他爸爸说一下，只要她对我，我的儿子，完成了义务，她就会去看望他。如果她爱她爸爸，几分钟之内，她就可以获得自由……”

“伯爵，我无权责备你的所作所为，你的夫人属于你，然而至少我想你是讲义气的吧？请你同意我的一个要求，即对她说，她爸爸已经活不了一天了，由于她没有前去为她送终，他已经诅咒她了。”

雷斯多发现了欧也纳的话中带着气愤愤的意味，答道：“你亲自告诉她吧！”

拉斯蒂涅跟在伯爵的身后，来到了伯爵夫人一向爱待的客厅里。她坐在沙发里，如同泪人儿一般。见她那副痛苦不堪的样子，他的心中充满了同情。她没有勇气注视拉斯蒂涅，首先用胆怯的目光看了看丈夫，那眼神说明了专制的丈夫压制着她的精神和肉体。伯爵歪了歪头，她才敢说话。

“先生，我都知道了。你对我父亲说，如果他明白我此时此刻的处境，他肯定会谅解我的。我没想到会受到这种惩罚，几乎不堪忍受。然而我会永远抗争的，”她向丈夫说道，“我也生有子女，请你告诉爸爸，无论外表如何，我都没有对不住爸爸的地方。”她带着万般无奈的神情向欧也纳说道。

欧也纳很容易想象出这个女士所经受的苦难，他呆呆地来到了门外，一听特·雷斯多先生的语气，他明白自己是白跑了。阿娜斯大齐已经没有了人身自由。

然后他便驱车前往特·纽沁根夫人家却发现她依然在睡觉。

“我身体欠佳呢，朋友，”她说道，“出了舞会后，我着凉了，我可能会患上肺炎的，我在等医生的光临……”

欧也纳截住了她的话头，说道：“即使死神已经在你的身边降临，即使是爬，你也必须爬去。你的父亲正在呼唤你！如果有一声传入了你的耳中，你就立即不会感到身体欠佳的。”

“欧也纳，爸爸的病情可能没有你说的那么严重，然而你认为我有什么不对的地方，我才会难受得要命呢！因此，我肯定遵守你的旨意。我明白，如果我这次出门染上了重病，爸爸会十分伤心的。医生来了后，我就去。”她第一眼没有发现欧也纳身上的表链，便喊道，“哇！你的表怎么不见了？”

一朵红云飞上了欧也纳的脸颊。

“欧也纳，欧也纳，如果你已出卖了它，或掉了……哦，那真是无理之至。”

大学生俯身到但斐纳的床上，咬咬耳朵，说道：“你要明白吗？行，行，我对你说吧！你爸爸一贫如洗，今天晚上，都无法购买他入殓时的裹尸布。你送给的表已经进了当铺，我的钱用完了。”

但斐纳突然跃下床来，向书柜跑去，一把把钱袋抓起，给了拉斯蒂涅，按响了铃，叫道：

“我走，我走，欧也纳。等我把衣服穿好，我几乎是牲畜了。走吧，我会比你先到。”她转过头来，对老女仆说道：“丹兰士，立即把老爷请来，我有话要说。”

欧也纳由于可以告诉一个即将死去的老人，来了一个女儿，简直兴高采烈地回到圣·日尔维新街，为了付车钱，他掏了一阵但斐纳的钱袋。他发现这位如此富有如此美丽的少妇的钱袋里只剩下了七十法郎。他上了楼，看见皮安训搀扶着高老头，医院里的外科医生充当内科医生为病人在背上做炙。这是科学的最后治疗方法，毫无用处。

“你感觉到在为你做灸吗？”内科医生问道。

高老头一眼瞥见了大学生，说道：“她们来了，对吗？”

外科医生说道：“还有救，他开口了。”

欧也纳向老人答道：“没错，但斐纳马上要来。”

“呃，”皮安训说道，“他依然在提及他的女儿，他努力地呼唤她们，如同一个被吊在刑台上的人吵着要喝水一样……”

“别忙了，”内科医生对外科医生说道：“已经无计可施了，没希望了。”

皮安训和外科医生把垂死的患者放在散发着臭味的破床上。

医生说道：“必须让他换套衣服，尽管没有希望他到底也是人。”他又对皮安训说道，“片刻之后，我再来一趟，如果他呻吟的话，你就涂点鸦片在他的横隔膜上。”

两个医生离去了。皮安训说道：“来，欧也纳，放大胆一些，我们把一件白衬衣给他换上，再换一条被单，你让西尔维把床单拿来，并帮帮忙。”

欧也纳来到楼下，只见伏盖太太正在做西尔维的帮手，在摆放餐具。拉斯蒂涅才刚刚开口，寡妇就过来，佯装既温和又丑陋，活脱脱是一个疑虑重重的老板娘。既不想破财，又不敢把客人给得罪了。

“亲爱的欧也纳先生，你我同样明白高老头不名一文，还给一个正在翻白眼的人拿去一条被单，这不是白白地丢了吗？另外还要一条，从做人殓的裹尸布，你们已经负债一百四十法郎，还有四十法郎的被单，还有一些零碎的花销，还有片刻之后西尔维再提供给你们的蜡烛，总计一下，最少也有二百法郎，这笔损失我一个寡妇如何能承受得了？老天！你讲讲良心，欧也纳先生，自从晦气星来到了我家以后，在这五天的时间，我已经够惨的了。我情愿拿出三十法郎，让这个好人死去，正如你们所说。这种事儿还会给我的房客带来不快，只要免费，我愿把他送到医院里去。总而言之，你为我着想一下吧！我的店很重要，是我的，我的命呀！”

欧也纳连忙来到了高里奥的房里。

“皮安训，用表押来的钱在哪儿？”

“就放在桌子上。还有三百六十多法郎，已经还清了欠账，钱下有当票。”

“喂，夫人，”拉斯蒂涅十分生气地来到了楼下，“把账算一下。高里奥先生不会在这儿待多长时间的，而我……”

“对呀，他只能脚朝外地出去了。可怜的人。”她一面说话，一面数钱，拿了二百法郎，脸上透着喜悦，和一点点沮丧。

“快点！”拉斯蒂涅催促道。

“西尔维，把被单拿出来，上楼帮帮两位先生！”

“不要忘了，西尔维已有两夜没合眼了。”伏盖太太附耳告诉欧也纳。

欧也纳刚转过身去，老寡妇立即向厨娘跑去，附耳说道：“你拿七号被单，那是以旧翻新的，反正是给死人用，还可以。”

在楼梯上，欧也纳已经走了几步，房东的话没有传入他的耳中。

皮安训说道：“来，把衬衣给他穿上，你扶着他。”

床头站着搀扶着垂死的人的欧也纳，他让皮安训把衬衣给脱下来。老人做了个手势，似乎要护卫着放在胸口的什么，与此同时，他咕咕哝哝的哀号着，不成音，就像野兽在表明他忍着非同一般的痛苦。

“哦，哦，”皮安训说道，“他要的是一根头发辫以及一个微小的胸章，刚才做炙时，我们把拿掉了它。可怜的人，为他挂好吧！喂，就放在壁炉架上。”

欧也纳把一条黄灰色的头发辫给他拿来了。这头发肯定是高里奥夫人的，胸章的一面镌刻着阿娜斯大齐，另一面则是但斐纳，这心影永远挂在他的心上。胸章里装着细细的头发卷儿，也许是儿时的女儿们剪掉的。在他的脖子上挂上发辫时，当胸章与胸膛相遇时，老人发出了一声满意的叹息，让人听了心惊胆战。就这样，他的知觉发了一下震动，仿佛向那个充满了神秘色彩的地方，发出怜悯和接受怜悯的中心，消失了。一种不正常的欢乐的表情浮现在不断抽动的脸上。思想烟消云散，情感尚未消失，还可以散发出这种恐怖的光辉，两个大学生见此情景，被深深地感动了，流出了几颗热泪，滴在病人的身上，病人快乐得叫唤起来了：

“咦，娜齐，但斐纳！”

“他还没死呢！”皮安训说道。

“干吗要活着呢？”西尔维说道。

“遭罪！”拉斯蒂涅答道。

皮安训使了个眼色给拉斯蒂涅，让他和自己一样，蹲着，把手臂放在病人的腿肚子下，中间隔着床，俩人动作相同，把病人的背托住了。西尔维在一边站着，但当他们把病人的身体抬起来后，把被单换好了。高里奥也许对刚才的泪水产生了误解，竭尽最后的力量，把手伸了出来，在床的两边，与两个大学生的头相碰上，努力把他们的头发抓住，用轻柔的声音叫道：“哎，我的儿！”这两句话包容了整个灵魂，而随着这两句喁语，灵魂消失了。

“可怜而又令人怜爱的人呀！”西尔维说道。这声哀叹感动了他。这声哀叹，表明那高尚的父爱遭受到了凄惨而又无情的欺骗，最后激动了一下。

这个做爸爸的最后的长叹同时也是高兴的长叹。这长叹表明了他的一辈子，他依然欺骗了自己。大家毕恭毕敬地让他躺在破床上。从此，喜怒哀乐的感觉都不存在了，唯有生死的抗争在他的脸上留下了悲哀的标志。彻底毁灭是早晚的事情。

“他还能延续几个小时，当我们没有察觉时，告别了人世。他都不会有死前的痰厥，脑中全是血浆。”

这时候，一个上气不接下气的少妇的脚步声在楼梯上响起。

“来得太迟了。”拉斯蒂涅说道。

来人并非但斐纳，而是她的老女仆丹兰士。

“欧也纳先生，为了父亲，可怜的夫人找丈夫要钱，先生和她吵起来了。她昏迷了。医生也去了。可能要把血放掉一些。她大叫道：爸爸即将告别人世了，我要去看望他呀！让人听了毛骨悚然。”

“得了吧！丹兰士，此时来也无益，高里奥先生已经陷入了昏迷状态。”

丹兰士说道：“可怜的先生竟如此病重？”

“我帮不上什么了，我要下楼开饭，现在已是四点半了。”西尔维说罢，在楼梯台上差点和特·雷斯多夫人撞了个满怀。

伯爵夫人来了，这让人感到又严肃又恐怖。床边黑乎乎的，只有一支蜡烛在燃着，注视着父亲的那张还有几丝活力的脸庞，她流泪了。皮安训很知趣地出去了。

“怨我，没有早点逃出来。”伯爵夫人对拉斯蒂涅说道。

大学生伤心地点了点头，她握住父亲的手，亲吻着。

“对不起，爸爸，你说我的声音可以唤你走出坟墓，哎，那请你回来片刻，为你那正在忏悔的女儿祝福吧！我对你说——真恐怖，在这个世界上，你是唯一祝福我的人。所有的人都恨我，唯独你爱我，甚至以后我的孩子也会恨我，带我走吧！我会爱你，照顾你，噢，他无法听到了。我是个疯子。”

她跪倒在地，像个疯子似的打量着那个身躯。

“我吃尽了一切苦头，”她注视着欧也纳，说道，“特·脱拉伊先生离开了这里，只抛给我满身的债务。而且我发现他在骗我。丈夫永远不可能谅解我了，我已经向他交出了所有的财产，噢，一切都成空，为了谁呀，我把一个唯一爱我的人给骗了。（她手指其父）我愧对他，嫌弃他，让他吃尽苦头。我这该死的！”

“他明白。”拉斯蒂涅说道。

突然，高老头的双眼睁开了。然而只是肌肉的抽动而已。伯爵夫人那手势意味着希望，与垂死的人的双眼一般悲凄。

“我的话他还能听见吗？——哦，无法听见了。”她在床边坐了下 来，喃喃自语。

特·雷特多夫人要求守护爸爸，欧也纳便来到了楼下用餐，房客们一个不少。

“喂，”画家对他说道，“好像我的楼上即将有人死去了？”

“查理，找点高兴的事情寻开心，行吗？”欧也纳说道。

“难道我们连笑一下也不行吗？”画家答道，“有什么相干？听皮安训说，他已经陷入了昏迷状态。”

“哦，”博物院的职员接过了话头，“无论他是死是活，反正都一样。”

“爸爸走了。”伯爵夫人发出一声惊叫。

闻听这声恐惧的惊叫，西尔维，拉斯蒂涅，皮安训一同来到楼上，发现特·雷斯多夫晕倒在地。她们救醒了她，并送到在门外等候的车上，欧也纳叫丹兰士细心照料一下，到特·纽沁根夫人家去。

“哦，这次他真的死亡了。”皮安训来到楼下，说道。

“各位，用餐吧，汤凉了。”伏盖太太对众人说道。

两个大学生坐在一起。

欧也纳向皮安训问道：“如今该如何是好？”

“我合上了他的眼睛，放正了四肢，等我们去区公所报亡，那里的医生过来检验后，用尸衣裹着他，埋进土中，你还打算咋办？”

“他无法再这样闻他的面包了。”一个房客学着高老头的神情说道。

“见鬼！”助教叫了起来，“各位能否不提高老头，让我们享受一下清静，行吗？一个小时以来，传入耳中的只有他的事情。巴黎这儿有一种益处，无人理睬一个人的降生，活着，死亡。我们应该享乐这种文明的益处。今天如有六十个人死去了，难道你们都要对这些亡灵表示哀悼吗？高老头死了就死了吧！他最好还是死掉，如果你们爱他，去为他守灵，让我们轻轻松松地用餐。”

“噢，说得对，”寡妇说道，“他最好还是死掉，据说这个可怜的人终生吃苦。”

欧也纳认为高老头代表父爱，然而他死后只得到这几句唯一的悼词，十五个房客依旧聊天。当刀叉声和谈笑声传入欧也纳和皮安训的耳中，那些人大吃大喝。漠不关心的神情映入他们的眼帘时，他们十分难过，心都冷了。吃罢饭，他们出门了，要想找来一个守夜的教士。他们只有一点点钱了，必须看着办。晚上九点晚，尸体在便榻上放着，两边有蜡烛在燃烧，屋中空空如也，唯有他的身边坐着一个教士。上床睡觉之前，拉斯蒂涅向教士询问一些有关礼忏和送葬的价钱，给特·纽沁根男爵和雷斯多伯爵写信，让他们派管家送丧费来。他让克利斯朵夫送信去了，然后才上床。他筋疲力尽，没多久就进入了梦乡。

第二天早晨，皮安训和拉斯蒂涅去了区公所报亡，中午时分，医生来了，签字了。两个小时后，没有一个女婿送钱来，也未派人来，拉斯蒂涅只好先把教士给打发了。为了缝衣，西尔维要了十个法郎。欧也纳和皮安训算了一下，如果死者的亲人不过问的话，他们拿出所有的钱，也只能勉勉强强地应付过去。医学生负责把尸体放入棺材，他低价向医院里买来了这口穷人用的棺材，他对欧也纳说道：

“我们和那些混球开个玩笑吧！你去拉希公墓买地，期限为五年，向去丧礼代办所和教堂，订下一套三级丧仪。如果女婿女儿不把钱还给你的话，你就立块墓碑，上面写着：

特·雷斯多伯爵夫人暨特·纽沁根夫人之父
高里奥先生之墓
两位大学生借钱代葬

欧也纳白跑了一趟特·纽沁根夫妇家和特·雷斯多夫妇家。无可奈何，他只得接受了朋友的建议，他只能到达两位女婿的大门处。看门人都有命令，说道：“先生和夫人不见客，他们的爸爸告别了人世，她们万分伤心。”

对巴黎社会，欧也纳已有了一些经验，明白不能倔强。见无法见到但斐纳，他感到一种不正常的压抑，在门房，写好了一张字条：

请你把首饰卖掉一件吧，让你父亲体体面面地下葬。

他把字条封好了，让门房送给丹兰士，再转交女主人，然而门房却把字条给了男爵，男爵扔进了火中，烧掉了。欧也纳准备妥当，大约三点时，他回到了公寓里，注视着棺木放在小门口，在悄无声息的街上，下面垫着两张凳子，甚至棺木上的黑布都无法完全盖住，见此情景，他不禁流出了泪水。谁也不曾在装满了水的镀银盘中放着用手蘸过的怪怪的圣水壶。门上没挂黑布，这是穷人的葬礼，既无场面，也无子女，无亲无友。由于医院里有事，皮安训给拉斯蒂涅留了张便条，说明和教堂谈的事情。他告诉拉斯蒂涅，弥撒价格昂贵，只好办个便宜的晚祷。他已吩咐克利斯朵夫送信给丧礼代办所。读完便条，欧也纳忽然看见伏盖太太拿着藏有两个女儿的头发的胸章。

“你怎么敢把这个东西拿下来？”他说道。

“老天！难道让它充当陪葬？”西尔维答道，“这是用金子做的呀！”

“当然如此！”欧也纳生气地说道：“只有这点东西代表两个女儿，还不给他吗？”

灵车来到伏盖公寓时，欧也纳派人抬着棺木回到楼上，他把钉子撬开了，真诚地把那枚胸章，姐妹俩还年轻、单纯、圣洁，如同他临终时所说的“对顶嘴一窍不通”的时代的形象，在死人的胸前挂好。除两个丧礼执事外，跟在棺材后面的只有拉斯蒂涅和克利斯朵夫，送可怜的人去圣·丹蒂安·杜·蒙，离圣·日尔维新街很近的教堂。在一所低矮的黑乎乎的圣堂前，棺木被放了下来。大学生环顾四周，没有发现高老头的两个女儿和女婿。除了他，唯独克利斯朵夫由于得到他许多酒钱，认为应尽最后的礼道。两个神甫，唱诗班的小孩，教堂总管尚未来临。拉斯蒂涅把克利斯朵夫的手握了握，说不出一句话来。

“对，欧也纳先生，”克利斯朵夫说道，“他为人老实，善良，从未高声说话，从不损害别人，也从未做过恶！”

这时，两个神甫，唱诗班的小孩，教堂管事都到了。在这个宗教无力为穷人义务祈祷的时代，他们把七十法郎所能做到的礼忏做尽了。先唱段圣诗，唱：解脱和来自灵魂深处，二十分钟后，全部礼忏都做完了。只有一辆送丧车，教士和唱诗班的小孩坐车，他们同意捎带欧也纳和克利斯朵夫，神甫说道。“没有许多人送丧，我们可以快一点，不要浪费时间，现在已是五点半了。”

当把棺材抬上车时，突然来了特·雷斯多和特·纽沁根两家带有爵徽的空车，它们随到灵车来到了拉希公墓。六点时，高老头进了洞穴，女儿家的管事站在四周。刚念完大学生出资购买的简洁的祈祷，管事和教士就不见了。两个盖坟工人扔了几铲土在棺木上，伸了伸腰，有一个走向拉斯蒂涅，讨要酒钱，欧也纳掏了一阵，发现身无分文，只好借了克利斯朵夫一法郎。这件微不足道的琐事，突然让拉斯蒂涅悲伤不已。白天即将过去了，湿润的傍晚让他感到心中烦乱不堪。他注视着墓坑，把他小伙子的最后的一滴泪给埋葬了。圣洁的感情从一颗纯真的心中挤出来的泪水，从它坠落的地上马上返回了天上的泪水。他环抱双臂，专注地注视着天上的云彩。克利斯朵夫见此情景，一个人离去了。

拉斯蒂涅独自待在公墓内，向高处迈了几步，远望着巴黎，只见巴黎在弯弯曲曲地在塞纳河两边躺着，渐渐地，灯火亮起来了。他用燃烧着欲火的双眼注视着王杜姆广场和安伐里特宫的尖顶中间的地方。这是上流社会的范围，是他十分向往的。面对这个人声鼎沸的蜂房，他看了一眼，似乎渴望吸尽其中的甜蜜。与此同时，他气宇轩昂地说道：

“现在，我们来斗争吧！”

接着，为了挑战社会，拉斯蒂涅前往特·纽沁根夫人家用餐。